奥威尔作品全集

- 奥威尔纪实作品全集

《巴黎伦敦落魄记》

《通往威根码头之路》

《向加泰罗尼亚致敬》

- 奥威尔小说全集

《缅甸岁月》

《牧师的女儿》

《让叶兰继续飘扬》

《上来透口气》

《动物农场》

《一九八四》

- 奥威尔散杂文全集（1－4部）

George Orwell

奥 威 尔 小 说 全 集

让叶兰继续飘扬

Keep the Aspidistra Flying

[英]乔治·奥威尔 著　陈超 译

上海译文出版社

第一章

　　时钟敲响了两点半。麦克凯切尼书店后面的小办公室里，戈登——他叫戈登·康斯托克，康斯托克家族的最后一位男丁，今年二十九岁，看上去却已经憔悴不堪——懒洋洋地伸手越过桌子，把一包四便士的"运动员体格牌"香烟打开，又用拇指将烟盒合上。

　　远处，另一口时钟的报时声——从街对面威尔士王子酒店那边——透过凝滞的空气飘了过来。戈登费劲地坐起身，把那包香烟放进里衣的口袋里。他很想抽一口烟，但只剩下四根烟了。今天是星期三，得到星期五他才有钱。今晚和明天要是没有烟抽会非常难挨。

　　想到明天没烟抽会多么无聊，他站起身，走到门边——他个头瘦弱，骨架很小，举止烦躁不安。他那件大衣右边袖子的手肘处破了个洞，中间的钮扣不见了。那条成衣法兰绒裤子斑斑驳驳，已经不成样子。即使居高临下望去，你也看得出他那双鞋子的底需要更换了。

　　他站起身的时候，裤袋里的钱叮当作响。他知道里面到底有多少钱。五个半便士——一个两便士硬币、一个半便士硬币和一个三便士硬币。他停下脚步，拿出那个可怜兮兮的三便士小硬币，端详着它。该死的没用的东西！他真是个该死的傻瓜，居然要了这个硬币！那是昨天的事，他去买烟，"您不介意收三便士的硬币吧，先生？"那个女店员像婊子一样冲他发哆。他当然就让她把硬币给他了，"噢，不，当然不介意！"他说道——傻瓜，该死的傻瓜！

想到只剩下五个半便士，他的心一沉，里面还有三便士是根本花不出去的，因为你拿着一个三便士的硬币怎么能买东西呢？这不是一个硬币，而是谜语的答案。把这个硬币从口袋里拿出来时，你看上去就像个大傻瓜，除非把它放进满满一堆硬币里面才能花出去。"多少钱？"你问道。"三便士。"女店员回答。然后你满口袋里找，掏出那奇怪的小玩意儿，就只有那么一枚硬币，夹在指尖，就像挑圆片游戏①的小圆筹一样。那个女店员嗤之以鼻。她立刻察觉到那是你仅剩的三便士。你看到她迅速瞥了它一眼——她怀疑上面是不是还沾有圣诞节的布丁。你昂首阔步地走出店外，以后再也没脸进这间商店了。不！我们决不会把三便士硬币花掉。那就只剩下两个半便士——这两个半便士要撑到星期五。

午饭后的这个小时很冷清，没有几个顾客，或者说，根本没有顾客会上门。他独自与七千本书为伍。房间狭小阴暗，弥漫着灰尘和霉纸的味道，正对着办公室摆着整整一墙的书，绝大部分是卖不出去的陈年旧书。最顶端的书架上摆着四卷本的绝版百科全书，静静地躺在那儿，就像公共墓地里层层叠叠的棺材。戈登把隔开隔壁房间的那道布满灰尘的蓝色布帘拉开。这间房的采光要好一些，借书部也设在这里。这是一间"两便士免押金"的借书部，不肯花钱买书的人喜欢到这儿来。当然，除了小说之外没别的书了。都是些什么小说啊！而这也

---

① 挑圆片游戏(tiddley-wink)：英国民间游戏，游戏者将许多彩色的小圆筹用小棍子挑到圆筒里。

是天经地义的事情。

八百多本小说堆满了借书部的三面墙壁，一直堆到了天花板那里，一排又一排艳俗的长方形书皮，看上去好像墙壁是用许多不同颜色的砖头堆砌而成似的。这些书按照字母顺序排列好了：阿尔伦①、布洛斯②、迪平③、戴尔④、弗兰考⑤、高斯华绥⑥、吉布斯⑦、普雷斯利⑧、萨帕⑨、沃波尔⑩。戈登怀着恨意看着这些书。这个时候他痛恨所有的书籍，尤其是小说。想到这么多沉闷、无聊而肤浅的读物就集中在一个地方，实在是

---

① 应指迈克尔·阿尔伦（Michael Arlen, 1895—1956），亚美尼亚裔英国作家，作品多讽刺一战后的伦敦社会，文风玩世不恭，充满幻灭感，代表作有《伦敦历险记》、《恋爱中的年轻人》等。

② 应指埃德加·赖斯·布洛斯（Edgar Rice Burroughs, 1875—1950），美国作家，作品多描写白人殖民者的冒险，《人猿泰山》即出自他的手笔。

③ 乔治·华威·迪平（George Warwick Deeping, 1877—1950），英国作家，其作品在二三十年代非常畅销，代表作有《福克斯庄园》、《猫咪》、《十诫》等。

④ 埃塞尔·梅·戴尔（Ethel May Dell, 1881—1939），英国女作家，其作品多为浪漫言情小说。

⑤ 应指吉尔伯特·弗兰考（Gilbert Francau, 1884—1952），英国作家，出身犹太家庭，却接受英国国教洗礼，并且在三十年代撰写文章《身为犹太人，我并不反对希特勒执政》，自此声名狼藉。

⑥ 约翰·高斯华绥（John Galsworthy, 1867—1933），英国作家，曾获1932年诺贝尔文学奖，作品有《福尔赛世家》、《小男人》、《岛国法利赛人》等。

⑦ 应指菲利普·吉布斯（Philip Gibbs, 1877—1962），英国作家、新闻工作者，曾担任两次世界大战的战地记者，1918年受册封为勋爵。

⑧ 应指约翰·布伊顿·普雷斯利（John Boynton Priestley, 1894—1984），英国作家、剧作家、广播员，作品诙谐而具批判精神，倾向社会主义。

⑨ 萨帕（Sapper），赫尔曼·西里尔·麦克尼尔（Herman Cyril McNeile, 1888—1937）的笔名，英国作家，其作品在一战与二战期间广受欢迎，代表作有间谍推理小说《斗牛犬杜蒙》系列，主人公杜蒙被认为是电影007系列詹姆斯·邦德的前身。

⑩ 休·沃波尔（Hugh Walpole, 1884—1941），英国作家，其作品在二三十年代广受欢迎，代表作有《浪人哈里斯》系列、《绿镜》、《金色稻草人》等。

太可怕了。布丁——牛油布丁。八百块牛油布丁把他包围在一座圆砾岩的小房间里。这个想法压在他的心头。他穿过通道，走到书店的店面，一边梳理好头发。这是他的习惯举动。毕竟，那扇玻璃门外面可能会有女孩子。戈登不是什么美男子。他只有五英尺七英寸高，他的头发总是太长，因而给人的印象是，相比起他的身躯，他的头看上去未免太大了一些。他知道自己身材瘦小，当发现有人在看着他时，他会站得笔直，挺起胸膛，摆出一副不可一世的架势，有时候头脑简单的人还真的被他骗了。

但是，外面没有人。和店里其它地方不一样，店面装修得很华丽高档。这里摆放了两千本书，不包括玻璃橱窗里的书。在右边有一个玻璃陈列柜，里面陈列着儿童读物。戈登的眼睛避开了一本包着丑陋的、花花绿绿的封皮的书，上面画着淘气的孩子们轻快地在一片风信子花海中奔跑。他透过玻璃门望着外面。天气很糟糕，起风了，天空阴沉沉的，鹅卵石街道湿漉漉的。今天是十一月三十号圣安德鲁节①。麦克凯切尼书店坐落于一个四条街道汇集的形状不规则的街角。朝门左边望去是一棵大榆树，现在树叶都掉光了，繁茂的枝条似乎为天空穿上了一件棕褐色的蕾丝。书店对面是威尔士王子酒店，旁边有几面围墙，贴满了专利食物和专利药品的广告。上面尽是巨大的洋娃娃的脸庞——肤色粉嫩，神情空洞，洋溢着傻瓜一样的快乐，有 Q. T.调味品、特鲁维特牌早餐麦片（"早餐麦片，小孩子们都吵着要吃！"）、袋鼠牌勃艮第红酒、维塔莫牌巧克力和

---

① 圣安德鲁节(St. Andrew's day)，于 11 月 30 日举行，纪念苏格兰守护圣人圣·安德鲁。

宝维消化液的广告。全部广告中，那张宝维消化液广告最令戈登心烦。一个戴着眼镜獐头鼠目的职员，戴着专利假发，坐在一张咖啡桌旁，笑眯眯地拿着一杯宝维消化液，"科纳·忒布尔喜欢吃饭时喝一杯宝维"，广告标语如是说。

戈登收回视线，布满灰尘的玻璃上映出他自己的脸庞，正在凝视着他。这张脸不好看。虽然还没到三十岁，看上去却已经很沧桑，脸色苍白，刻着无可磨灭的愁苦的皱纹。人们会说他的额头"好看"——很高——但下巴又小又尖，使得整张脸变成了瓜子脸，而不是鹅蛋脸。他的头发是栗灰色的，蓬乱不堪，嘴角下垂着，眼珠是淡褐色又偏绿色。他又望着远处。如今他讨厌照镜子。外面是萧瑟阴冷的冬天，一辆电车像钢铁天鹅一样沙哑地叫唤着在鹅卵石街面上驶过，带起一股风，吹起被踩成碎片的落叶。那棵榆树的枝条被风一吹，伸向东边。那张 Q. T. 调味品公司的海报边缘已经破损了，有个角落像一面小三角旗一样飘舞不停。在右边的小巷子里，人行道上那一排光秃秃的白杨树被风一吹，弓起了树干。冬天的寒风实在是令人讨厌，发出令人不安的警告，像是盛怒的冬天发出的第一声咆哮。戈登的脑海里酝酿着两句诗：

什么什么寒风——发出威胁的寒风好吗？——不好，凛冽的寒风比较贴切。凛冽的寒风吹过——不好，应该改为呼啸而来。

白杨树怎么了——屈服了？不好，弓下了腰比较好。呼啸和弯腰会不会更加押韵？这个不重要。白杨树弓下了腰，再加一个词"落叶殆尽"，很好。

凛冽的寒风呼啸而来，
落叶殆尽的白杨树弓下了腰。

很好，"落叶"这个词就很押韵，自诗人乔叟①以降，每个诗人都在绞尽脑汁创作韵律诗。但是，创作的冲动在戈登的脑海中消逝了。他摆弄着口袋里的钱。两个半便士和一个三便士硬币——其实就只有两个半便士。他觉得百无聊赖，不想去推敲韵律和修辞。口袋里只有两个半便士的时候你根本没有心情。

他的眼睛落在了对面的海报上。他对这些海报怀有私愤。他呆板地读着那些标语，"袋鼠牌波艮第红酒——英国人的选择""哮喘让她窒息了！""Q. T.调味品让老公笑口常开""远足一天，你只要吃一块维塔莫牌巧克力！""科弗·卡特牌香烟——户外男子汉的香烟""早餐麦片，小孩子们都爱吃""科纳·忒布尔喜欢吃饭时喝一杯宝维"。

哈！有顾客上门了——当然只是潜在的顾客。戈登站直了身子。站在门口你可以透过前面的玻璃斜斜地看到外面，而别人看不到你。他打量着那位潜在顾客。

他是个体面的中年男子，穿着黑西装，戴着圆礼帽，拿着雨伞和公文包——不是镇里的律师就是城里的文员——正睁大着淡褐色的眼睛朝窗户里窥视着，看上去有点做贼心虚。戈登顺着他的视线望去。啊！就是那本书！他正在窥视摆在远端角落里的那些戴维·赫伯特·劳伦斯②初版的作品。显然，他渴望受到毒害。他听说过《查泰莱夫人的情人》这本书。戈登觉

---

① 杰弗里·乔叟（Geoffrey Chaucer，1340—1400），英国著名诗人，代表作有《坎特伯雷故事集》（*The Canterbury Tales*）等。
② 戴维·赫伯特·劳伦斯（David Herbert Lawrence，1885—1930），英国作家、诗人、文学批评家，其作品曾因涉及性爱描写而被列为禁书，现被公认为现代小说的先驱者，代表作有《查泰莱夫人的情人》、《虹》、《恋爱中的女人》等。

得他的脸长得很丑。苍白，下坠，毛茸茸的，轮廓很难看。看他的样子像威尔士人——总之是非英国国教信徒。他总是把反国教的教义挂在嘴边，在他的家乡，他可能是地区贞洁团体的理事长或海滨治安委员会的成员（穿着橡胶底的凉鞋，拿着手电筒，沿着海滨捉拿那些亲热的情侣），现在跑到城里来偷欢嬉戏。戈登希望他会进来。卖他一本《恋爱中的女人》。他会多么失望啊！

但是，不要！那个威尔士律师退却了。他把雨伞夹在腋下，一本正经地走开了。但他今晚肯定会趁着夜色掩盖了他的脸红，鬼鬼祟祟地溜进一间成人商店买一本萨蒂·布莱克艾斯[①]的《巴黎女修道院狂欢》。

戈登从门边转身回到书架旁边。从借书部那边走过来，左手边的书架上摆放着新出的书和差不多是新出的书——颜色很鲜艳，读者从玻璃门望进来时会被吸引住。它们光滑干净的书皮似乎在书架上冲着你叫嚷道："买我吧，买我吧！"刚从出版社送来的小说——就像是未经人事的新娘子，期待着裁纸刀辣刃摧花——还有许多本被人翻看过的供写书评的用书，就像年轻的寡妇，风韵犹存却不再是处子之身。有的书好像是可怜的"剩女"，六七本堆在一起，散落得到处都是，仍然坚守着贞洁，怀着被买下的希望。戈登不去看这些剩书，它们勾起了伤心的回忆。两年前他自己出版过一本可怜的劣作，只售出了一百五十三本，然后就被归入"剩女"的行列，自此再也卖不出一本。他经过摆放新书的书架，在与之成直角线的那几排书

---

① 萨蒂·布莱克艾斯(Sadie Blackeyes)，法国作家皮埃尔·马克·奥兰(Pierre Mac Orlan, 1882—1970)的笔名，曾撰写一系列畅销的性爱虐恋小说。

架前停了下来，这里摆放的是二手书。

右边的几个书架摆放着诗歌作品。在他面前的是散文作品，什么样的内容都有。这些书按照高低顺序进行了排列，干净的、昂贵的书摆在眼睛的高度，而便宜的、破烂的书就摆在上方和下方。所有的书店都在进行残酷野蛮的达尔文主义式的斗争，在世作家的作品占得眼睛高度的风水宝地，而逝世作家的作品就只能屈居上面或下面的书架——向下直到欣嫩谷①，向上直到天堂的宝座，但总是被摆放在不会受人注意的位置。最下面的书架上摆放着"经典著作"，都是维多利亚时代之后已经绝种的蛮荒怪物，静静地步入腐朽。斯科特②、卡莱尔③、梅雷迪斯④、拉斯金⑤、帕特⑥、斯蒂文森⑦——宽阔的书皮已经弄得脏兮兮的，几乎看不见书名了。最顶端几乎在视线之外的书架上沉睡着厚厚的达官贵人的传记。在这些书的下面是一些仍然卖得出去的书籍，因此放在了触手可及的地方，这些书是"宗教"文学——各个教派各种教义都有，毫无秩序地堆放在一起。《圣灵之手抚摸着我》的作者所写的《来生的世界》、

---

① 欣嫩谷（Gehenna），耶路撒冷城外一处山谷，为犹太人焚烧罪犯尸体的地方，终年烟雾缭绕。

② 沃尔特·斯科特（Walter Scott，1771—1832），英国作家、剧作家、诗人，代表作有《赤胆豪情》、《湖畔少女》等。

③ 托马斯·卡莱尔（Thomas Carlyle，1795—1881），苏格兰作家、历史学家，代表作有《法国大革命》、《论英雄与英雄崇拜》等。

④ 乔治·梅雷迪斯（George Meredith，1828—1909），英国作家、诗人，代表作有《利己主义者》、《哈利·里奇蒙历险记》等。

⑤ 约翰·拉斯金（John Ruskin，1819—1900），英国作家、诗人、画家、思想家，代表作有《现代画家》、《建筑学的诗艺》等。

⑥ 沃尔特·帕特（Walter Pater，1839—1894），英国作家、诗人、文学及绘画批评家，对文艺复兴时代的名家有独到见解。

⑦ 罗伯特·路易斯·斯蒂文森（Robert Luis Stevenson，1850—1894），苏格兰作家、诗人，代表作有《金银岛》、《新一千零一夜》等。

法勒牧师①的《基督的生平》和《扶轮社创始人耶稣》、希莱尔·切斯特纳神父②最新的宣扬罗马天主教的书籍。只要写得够煽情，宗教书籍总是能卖得出去。在下面，刚好在眼睛的高度，是当代作家的作品。普里斯利的新作、再版的口袋书、赫伯特·诺克斯③和米尔恩④的诙谐作品。还有几本高雅的作品，包括一两本海明威⑤和弗吉尼亚·伍尔夫⑥的小说。还有托名斯特拉奇⑦所写的名人简明传记，还有那些从伊顿公学考入剑桥大学，再从剑桥大学跻身文学评论界的富家子弟所撰写的关于画家和诗人的评论，文风精致典雅，但傲气十足，目中无人。

戈登无精打采地看着这堵书墙。他痛恨这里所有的书籍，无论是新书还是旧书、高雅的书或是粗俗的书、装腔作势的书还是幽默诙谐的书，统统都不喜欢。单是看到这些书就令他想

① 弗雷德里克·威廉·法勒（Frederick William Farrar，1831—1903），英国圣公会牧师，曾任职坎特伯雷大教堂主持牧师。

② 希莱尔·切斯特纳神父（Father Hilaire Chestnut），这个名字应该是奥威尔杜撰的，将希莱尔·贝洛克（Hilaire Belloc，1870—1953，英国作家，思想笃信天主教）和吉尔伯特·基思·切斯特顿（Gilbert Keith Chesterton，1874—1936，英国作家，思想笃信基督教）的名字合二为一。

③ 应指埃德蒙德·乔治·瓦尔比·诺克斯（Edmund George Valpy Knox，1881—1971），英国诗人及讽刺作家，1932 年至 1946 年曾担任幽默杂志《潘趣》的主编。

④ 应指尤尔特·米尔恩（Ewart Milne，1903—1987），爱尔兰诗人，曾与奥威尔一起奔赴西班牙内战。

⑤ 欧内斯特·海明威（Ernest Hemmingway，1899—1961），美国记者及作家，1954 年诺贝尔文学奖得主，代表作有《老人与海》、《丧钟为谁而鸣》等。

⑥ 弗吉尼亚·伍尔夫（Virginia Woolf，1882—1941），英国女作家，代表作有《日日夜夜》、《年华》等。

⑦ 贾尔斯·里顿·斯特拉奇（Giles Lytton Strachey，1880—1932），英国作家，其传记作品以细腻描写及心理阐述而见长。

起自己已经文思枯竭。他在这里上班，说是一位作家，却根本写不出一个字！这不仅仅是不能出版的问题，而是他什么都写不出来。而那些尽是废话的作品却能堆在书架上——至少它们就在那里，称得上是一种成就。连戴尔和迪平那种作家每年都能出书。不过，他最痛恨的是那些装腔作势的"有文化"的书，那些文学批评和纯文学作品。那些有钱的剑桥文艺青年几乎是在睡梦中写下了这些东西——要是戈登钱多一点的话，说不定他也会写出这种作品。金钱与文化！在英国，没有钱就意味着你没有文化，就像没有钱你进不了马术俱乐部。就像一个孩子摆弄松动的牙齿的本能，他拿出一本看上去很高雅的作品——《意大利巴罗克风格之我见》——打开这本书，读了其中一段，然后半是厌恶半是羡慕地把书塞回原来的位置。多么渊博的知识！多么富于品味而可恶的典雅文字！而且，这种精致的作品意味着金钱！因为说到底，藏在这些文字背后的除了钱还有什么？有钱才能接受正规的教育，有钱才能结交有影响力的朋友，有钱才能享受闲暇和心灵的宁静，有钱才能去意大利。是钱写出了书，是钱把书卖出去。噢，上帝啊，不要赐予我公义，赐予我金钱吧。

他晃了晃口袋，里面的硬币叮当作响。他就快三十岁了，仍然一事无成，只有他那本彻底以失败告终的可悲的诗集。自从那时起，整整两年，他在一本烂书的迷宫中竭力挣扎，毫无进展，而且他也清楚地知道以后也不会有任何进展。全都是因为缺钱，就是因为缺钱，剥夺了他"创作"的能力。他认定了一个信念：钱，钱，一切都和钱有关！没钱的话就连一本只卖几便士的廉价中篇小说你也写不出来。构思、精力、才智、风格、魅力——这些都得用真金白银才能买到。

不过，顺着这几排书架望去，他觉得心里舒服了一些。这么多本书已经成为过去，不忍卒读。我们大家都有着相同的命运。死亡的象征。你、我、那些剑桥大学毕业的自负的青年才俊都一样，一切都注定会湮灭——当然，那些剑桥大学毕业的自负的青年才俊步入湮灭的用时要久得多。他看着脚边那些被时间遗忘的"经典著作"。死了，全都死了。卡莱尔、拉斯金、梅雷迪斯和斯蒂文森——都死去了，上帝将他们毁灭了。他看着那些褪色的书名。《罗伯特·路易斯·斯蒂文森作品集》。哈哈，好嘛。《罗伯特·路易斯·斯蒂文森作品集》！这本书的上面堆满了黑灰。汝本是尘土，应归于尘土。戈登把斯蒂文森这本包着硬衬布书皮的大部头踢到一边。你在那儿吗，不值一文的老家伙？① 你已是明日黄花，就像每个苏格兰人一样。

哗！是书店的铃声。戈登转过身。有两个顾客来借书。

一个萎靡弓背的下等阶层的女人走了进来，笨拙地挽着一个篮子，看上去像一只在垃圾堆里翻寻的母鸭。一个丰满矮小的女人跟在后面走了进来，她面色红润，是那种中层中产阶级妇女，胳膊下夹着一本《福尔赛世家》——书名对着外面，这样经过她身边的人会认为她很有品位。

戈登一改闷闷不乐的表情，以书店店员那种亲切和蔼如家庭医生的态度和两位女士打招呼。

"下午好，威弗太太。下午好，佩恩太太。天气真是太糟糕了！"

---

① 此句出自于《哈姆雷特》，原文是："你在那儿吗，好家伙？"（朱生豪译本）奥威尔进行了些许改动。

"糟透了！"佩恩太太说道。

他站到一边给她们让道。威弗太太把篮子弄翻了，一本翻得皱巴巴的埃塞尔·梅·戴尔的《银婚》掉在地上。佩恩太太鸟一般锐利的眼睛看见了，在威弗太太背后，她朝戈登示以狡黠的微笑，他们俩可都是品味高雅的人。戴尔的书！太低俗了！这些下等阶层的人读的都是些什么书啊！他会心地报以微笑。两人走进借书部，心心相印地微笑着。

佩恩太太把《福尔赛世家》放在桌子上，将麻雀一般的胸脯对着戈登。她对戈登总是很客气，虽然他只是一个店员，却称呼他为"康斯托克先生"，和他聊聊文学。两人因为品味高雅而惺惺相惜。

"我希望这本《福尔赛世家》您读得开心，佩恩太太。"

"这真是一本伟大的、杰出的作品，康斯托克先生！我读了四遍，你知道吗？真是史诗般的作品！"

威弗太太在书堆里翻寻着，她笨得连这些书是按字母顺序排列的都不知道。

"我不知道这个星期该读哪本书好，我不知道。"她嘟囔着，嘴唇上不是很干净，"我女儿一直叫我读一读迪平的书。我女儿很喜欢迪平的书，但我的女婿，他更喜欢布洛斯的书。我不知道读什么好，我真的不知道。"

听到布洛斯这个名字，佩恩太太的脸抽搐了一下，转过身背对着威弗太太。

"康斯托克先生，我觉得高斯华绥称得上是位文学大家。他的作品堪称博大精深，却又体现了纯粹的英国风格，如此具有人文色彩。他的作品真是人文精神的写照。"

戈登说道："普雷斯利也不错。我觉得普雷斯利是位非常优秀的作家，您认为呢？"

"噢，是的！如此博大精深，如此具有人文精神！而且是纯粹的英国风格！"

威弗太太努起嘴唇，露出三颗孤零零的黄牙。

"我想或许我还是再借一本戴尔的书吧。"她说道，"你这儿还有戴尔的书吗？我得说，我很喜欢读戴尔的书。我对我女儿说，我说：'你们可以自己去借迪平和布洛斯的书。我就要戴尔的书。'"

叮咚！戴尔！公爵和狗鞭！佩恩太太的眼里露出高雅的揶揄神情。戈登回应了她的眼神。他得讨好佩恩太太，因为她经常光顾。

"噢，当然有，威弗太太。我们有整整一书架埃塞尔·梅·戴尔的书。您想读《他生命中的渴望》吗？或许您读过这本书。那《荣耀的祭坛》呢？"

"我不知道你这儿有没有休·沃波尔的新书？"佩恩太太问道，"这星期我想读大部头的史诗作品。沃波尔，你知道的。我觉得他是个伟大的作家，仅次于高斯华绥。他的作品博大精深，却很有人文思想。"

"而且体现了纯粹的英国风格。"戈登说道。

"噢，这是当然！体现了纯粹的英国风格！"

"我想我还是再读一遍《苍鹰之道》吧。"威弗太太说道，"《苍鹰之道》这本书怎么读都读不厌，是吧？"

"这本书的确很受欢迎。"戈登以外交家的口吻说道，眼睛看着佩恩太太。

"哦，的确如此！"佩恩太太讽刺地应和着，眼睛看着戈登。

他各收了两人两便士，然后把她们开心地打发走了。佩恩太太借了沃波尔的《浪人哈里斯》，威弗太太借了《苍鹰之道》。

过了一会他走进另一间房，朝摆放诗歌作品的书架走去。那几排书架对他来说有股忧郁的魔力。他那本拙作也在里头——当然是放在最高的地方，和那些卖不出去的书放在一起。《耗子》，戈登·康斯托克作品，是一本上不了台面的八开本小书，原价三先令六便士，现在减价为一先令。那十三个为它写了书评的大傻瓜中（《时代文学增刊》盛赞这是一本"前途无量"的作品），没有一个能理解其书名中那个算不得隐晦的玩笑。他在麦克凯切尼书店工作了两年，没有一个顾客，一个也没有，曾把《耗子》从书架上拿下来过。

诗歌类的书籍摆了十五到二十个书架，戈登乖戾地看着这些书。大部分都是百无一用的内容。在比眼睛高一些的书架上是以前的诗人的作品，他们已经上了天堂，渐渐被遗忘。这些人是他童年时的偶像，有叶芝①、戴维斯②、豪斯曼③、托马斯④、

① 威廉·巴特勒·叶芝(William Butler Yeats, 1865—1939)，爱尔兰诗人、剧作家，1923 年诺贝尔文学奖得主，代表作有《当你老了》、《钟楼》、《旋梯》等。
② 应指威廉·亨利·戴维斯(William Henry Davies, 1871—1940)，威尔士诗人，曾沦落为流浪汉，诗作多描写社会底层人物生活的艰辛，对奥威尔有一定影响。
③ 阿尔弗莱德·爱德华·豪斯曼(Alfred Edward Housman, 1859—1936)，英国学者、诗人，代表作有《西洛普郡的少年》、《最后的诗集：亨利·霍尔特和同伴们》等。
④ 菲利普·爱德华·托马斯(Philip Edward Thomas, 1878—1917)，威尔士作家、诗人，代表作有《随遇而安的摩根一家》、《六诗集》等。

德·拉·梅尔①、哈代②，都是逝去的文坛巨星。在这些人的作品下面，正好位于眼睛的高度，是当代诗人的作品：艾略特③、庞德④、奥登⑤、坎贝尔⑥、戴伊·刘易斯⑦、斯宾德⑧，都是些令人败兴的作品。逝去的巨匠的作品摆在上面，而失败的作品却摆在下面，我们还能再遇到优秀的作家吗？不过劳伦斯倒是不错，乔伊斯⑨患眼疾之前文笔更好。就算真的出了这么一个作家，置身于垃圾中，已经喘不过气来了的我们看到他的时候还认得出来吗？

哗！书店的铃声又响了。戈登转过身。又有顾客上门了。

---

① 沃尔特·德·拉·梅尔（Walter De la Mare, 1873—1956），英国作家、诗人，作品想象力丰富，代表作有《邦普斯先生和他的猴子》、《聆听者》、《风吹起时》等。

② 托马斯·哈代（Thomas Hardy, 1840—1928），英国作家、诗人，代表作有《还乡》、《德伯家的苔丝》、《今昔诗集》等。

③ 托马斯·斯特恩斯·艾略特（Thomas Sterns Eliot, 1888—1965），美国/英国剧作家、文学批评家、诗人，1948 年诺贝尔文学奖得主，代表作有《荒原》、《四个四重奏》等。

④ 埃兹拉·庞德（Ezra Pound, 1885—1972），美国流亡诗人、文学批评家，二十世纪现代主义文学运动先锋之一，曾翻译一系列东方文学（包括孔子的作品），促进东西文化交流。二战时庞德投靠墨索里尼，效忠纳粹政府，战后被收押精神病院长达 13 年。代表作有《灯火熄灭之时》、《在地铁站内》等。

⑤ 威斯坦·休·奥登（Wystan Hugh Auden, 1907—1973），英国/美国诗人，代表作有《死亡之舞》、《阿基里斯之盾》等。

⑥ 应指伊格那修斯·罗伊斯顿·当纳切·坎贝尔（Ignatius Royston Dunnachie Campbell, 1901—1957），非洲裔英国诗人、讽刺作家，代表作有《夏宴：南部非洲的讽刺》、《饶舌的布兰科》等。

⑦ 塞西尔·戴伊·刘易斯（Cecil Day Lewis, 1904—1972），爱尔兰诗人，曾翻译古罗马诗人维吉尔的作品，代表作有《从羽毛到坚铁》、《天马座与其它诗集》等。

⑧ 史蒂芬·哈罗德·斯宾德（Stephen Harold Spender, 1909—1995），英国作家、诗人，代表作有《法官的审判》、《世界中的世界》等。

⑨ 詹姆斯·乔伊斯（James Joyce, 1882—1941），爱尔兰作家、诗人，代表作有《尤利西斯》、《都柏林人》等。

那是一个二十岁左右的年轻人，长着一张樱桃小嘴和一头金发，娘娘腔地走了进来。他显然是个有钱人，头上似乎有金灿灿的金钱的光环。他以前来过书店。戈登露出接待新顾客那绅士般恭敬的态度，重复了一遍平时常说的商业问候语：

"下午好。我能为您效劳吗？您在找什么书吗？"

"噢，不，不用。"一听就是上流社会娘娘腔的口音。"我可以看看吗？看了你们的橱窗我忍不住就走进来了。我见到书店就忍不住想进来看看！其实我只是进来……呵呵！"

然后又会出去是吧，娘娘腔。戈登露出富有教养的微笑，就像爱书之人惺惺相惜一样。

"噢，请随便看。我们欢迎顾客参观。顺便问一句，您对诗歌感兴趣吗？"

"噢，当然！我钟爱诗歌。"

当然！这个该死的自命不凡者。他的衣着颇有艺术气息。戈登从诗歌作品的书架上取下一本薄薄的红色装帧的书。

"这本书是新出的，或许您会感兴趣。是译文诗集——不同寻常的好作品，保加利亚作品的译本。"

点到即止就好了。现在就让他自己转悠去。对待客人就得这样。不要打扰他们，由得他们浏览二十分钟左右，然后他们就会觉得很惭愧，随便买本书走人。戈登悄悄地走到门口，与这位娘娘腔的顾客保持距离，一只手插在口袋里，装出绅士般漫不经心的派头。

外面湿漉漉的街道看上去很冷清寂寞。某个街角传来了马蹄的咔嗒声，听上去很空洞。烟囱喷出黑烟，被风一吹，改变了方向，水平地顺着斜斜的屋顶滚滚而下。啊！有了！

凛冽的寒风呼啸而来，

落叶殆尽的白杨树弓下了腰，

烟囱飘舞着黑黢黢的缎带，

在昏沉沉（"阴郁朦胧"的同义词）的空气中摇摆而下。

　　很好。但是创作的冲动又消逝了。他的眼睛再一次落在街对面的广告海报上。

　　他很想冲那些广告海报大笑一通，那些内容那么苍白无力，那么死气沉沉，那么倒人胃口，还以为会有人被那些内容所吸引！就像屁股上长了疱疹的女妖，它们给他的感觉都一样：铜臭味，处处都充斥着铜臭味。他偷偷望了那个娘娘腔一眼，他离开了诗歌的书架，取下了一本昂贵的关于俄国芭蕾舞的书。他小心翼翼地用粉红色的柔弱的手指托着书，就像一只松鼠托着坚果，端详着那些相片。戈登了解他这种人。有钱的"艺术气息"的公子哥儿，自己不是艺术家，却倾心于艺术，经常到画廊流连，惹出丑闻。虽然举止很娘娘腔，但长得还算英俊。他脖子后面的皮肤像丝绸一般光滑，又像贝壳的里层。一年挣不到五百英镑可保养不了这种皮肤。和别的有钱人一样，他有一种魅力。金钱和魅力，谁能将它们分开呢？

　　戈登想起了他那富有而充满魅力的朋友，《反基督报》的编辑拉沃斯顿。他很喜欢拉沃斯顿，但不是太经常见面，大约每半个月聚一聚。还有他的女朋友罗丝玛丽，她爱着他——用她的话说，爱慕着他——但是，她总是不肯和他上床。又是钱，一切都与钱有关，所有的人际关系都必须靠金钱去维系。要是你一文不名，男人不会在乎你，女人不会爱上你，换句话说，不肯在需要迈出那至关重要的最后一步时在乎你、爱上你。而他们是对的，确实如此！没有钱你并不值得被爱。虽然他谈吐大方得体，但假如他没钱，他说出来的话就没有半点分量。

他又看着那些广告海报。这一次他气不打一处来。比方说吧，那个维塔莫牌巧克力的广告，"远足一天，你只要吃一块维塔莫牌巧克力！"一对年轻的夫妇与一男一女两个小孩，带着干干净净的郊游用品，清风吹拂着他们的头发，正在苏塞克斯郡如画的风景中远足。那个女孩的脸！就像假小子一样热情活泼！是那种参加"正派娱乐"的女孩。在清风吹拂下，她穿着卡其布紧身短裤，但这并不意味着你能捏一把她的屁股。在他们旁边——科纳·忒布尔。"科纳·忒布尔喜欢吃饭时喝一杯宝维。"戈登怀着恨意看着那张海报。那张白痴一般咧嘴大笑的脸，活像一只自鸣得意的老鼠，油光水亮的黑发，傻兮兮的眼镜。科纳·忒布尔，时代的宠儿，滑铁卢的胜利者，科纳·忒布尔，上帝塑造的现代男人。他就像一只温顺的小肉猪，坐在金钱筑成的猪圈里，享受着宝维消化液。

一张张被风吹得蜡黄的脸经过书店，一辆电车轰隆隆地驶过广场，威尔士王子酒店的时钟敲响了三点钟。一对老夫老妻，男的可能是流浪汉，也可能是乞丐，带着他的妻子，两人都穿着油腻腻的、几乎垂到了地面的长风衣，正脚步蹒跚地朝书店走来。一看他们的外表就知道他们是来卖书的。最好盯紧外面的箱子。那个老头站在离书店几码远的地方，那个老太婆走到书店门口，推开门，抬头望着戈登。她头发花白，脸上露出怨毒而期盼的表情。

"你们收书吗？"她嘶哑着声音问道。

"有时会收。得看是什么书。"

"我这里有几本很好的书。"

她走进书店里，吭的一声关上了门。那个娘娘腔扭头不悦地望了一眼，挪开了一两步，躲在角落里。老太婆从她的大衣下面拿出一个小小的、油腻腻的麻袋，悄悄地凑近戈登，身上有股很浓郁的陈年面包屑的味道。

她紧紧地抓住麻袋的袋口，问道："你会买下这些书吗？只要半克朗，全都归你。"

"都是些什么书？让我先看一看，好吗？"

"都是些好书。"她喘着气，弯下腰解开麻袋，一股浓烈的面包屑的味道涌了过来。

"看吧！"她把一摞脏兮兮的书推到戈登面前。

那些是 1884 年出版的夏绿蒂·玛丽·杨格①的小说，看上去已经沉睡了许多年。戈登退后一步，突然间觉得很恶心。

"这些书我们肯定不收。"他匆匆说了一句。

"不收这些书？为什么你们不收这些书？"

"因为它们对我们一点用处也没有。我们不卖这种书。"

"那你要我把书从袋子里拿出来干吗？"这个老女人恶狠狠地追问道。

戈登绕过她以避开那股味道，静静地打开店门。争辩毫无意义。每天都会有这种人走进书店。那个老太婆嘟嘟囔囔地离开了，恶狠狠地弓着背，回到她老公身边。他站在外面大声地咳嗽，隔着店门你都可以听见。一团浓痰，看上去就像一小根白色的舌头一样，慢慢地从他的嘴唇之间溜出来，被吐进阴沟

___

① 夏绿蒂·玛丽·杨格（Charlotte M. Yonge，1823—1901），英国女作家，代表作有《当代式勒玛科斯》、《家里的顶梁柱》等。

里。然后这两个老人慢悠悠地离开，穿着那一身油腻腻的长大衣，下面只露出两只脚，就像两只甲虫。

戈登看着他们走开。他们是没有得到财神爷眷顾的可怜人。这种人在伦敦数以万计，像肮脏的甲虫一样游荡，直到踏入坟墓。

他看着破败的街道，这时他觉得在这么一座城市，这么一条街道，每个人的生活都毫无意义，不堪忍受。这种破败萎靡的感觉正是我们这个时代的写照，强烈地影响着他。不知怎的，这种感觉和对面那些广告海报交织在一起。现在他看着那些笑眯眯的巨大的脸庞，洞察到更为深邃的意义。那些脸庞不仅象征着贪婪、愚昧和粗俗。科纳·忒布尔正冲你咧嘴大笑，他的假牙闪烁着光芒，看上去似乎很乐观。但在那笑容后面隐藏着什么呢？荒芜、空虚、早已注定的毁灭。如果你知道如何观察的话，你难道看不出在那矫情的自我满足，在那肉嘟嘟、笑嘻嘻的轻浮面孔后面，只有令人恐惧的空虚和隐秘的绝望吗？现在这个世界充斥着求死的欲望。很多人集体自杀。在孤独的小公寓里，人们把头伸进了煤气炉里。避孕套和安眠药、对未来战争的恐惧、正在伦敦上空盘旋的敌机、充满威胁意味的螺旋桨的轰鸣、炸弹震耳欲聋的爆炸声。这一切都写在科纳·忒布尔的脸上。

又有顾客上门了。戈登退了开去，露出绅士一般温顺恭敬的表情。

门铃响了。两位上层中产阶级的女士吵吵闹闹地走进店里。一个三十五岁左右，脸色绯红丰润如同水果一般，松鼠皮大衣下面有一对鼓鼓胀胀的撩人胸脯，散发出风情万种的帕尔马紫罗兰香味。另一位是个中年妇女，脸蛋瘦削，呈咖喱色——应该是印度咖喱。一个肤色黝黑、身材矮小的害羞的年轻人紧跟在她们后面，像猫咪一样从门口溜了进来。他是书店最好的顾客——是个单身汉，性情羞涩，不喜欢说话，不知道为什么，总是隔天才刮一次胡子。

戈登重复了他那几句陈词滥调：

"下午好。有什么我能为您效劳的吗？您在找什么书吗？"

那个长着水果脸的女人冲着他笑了一下，但那个咖喱脸的女人却认为他这么问冒犯了她。她没有理会戈登，拉着那个丰满的女人走到新书的架子旁边摆放宠物书籍的书架那里。两人立刻从架子上拿起书开始浏览，还大声地谈论着。咖喱脸说起话来就像军训教官在说话一样，显然，她是某位上校的妻子或遗孀。那个娘娘腔还沉浸在俄国芭蕾舞中，悄悄退到一边。他的表情好像在说，如果他的私人空间再被侵犯的话，他就会离开书店。那个羞涩的年轻人已经找到了通往诗歌书架的路。这两位女士经常光顾书店。她们总是浏览关于猫猫狗狗的书，但从未购买任何书籍。猫猫狗狗的书塞了满满两个书架。老麦克凯切尼称之为"女士角落"。

又有一位顾客上门了，是来借书的。那是一个二十岁左右的丑女，没有戴帽子，穿着一袭白色大衣，脸色蜡黄，表情诚恳，总是在念叨着什么，戴着一副高度数的眼镜，眼睛看东西时乜斜着。她在一间药店当店员。戈登摆出亲切的图书管理员的姿态。她冲他微笑着，迈着狗熊一样笨拙的步伐跟着他走进了借书部。

"您这次要借什么书，威克斯小姐？"

"嗯……"她抓住大衣的前襟，那双黑漆漆的、乜斜的眼睛盯着他的眼睛，露出信任的神情，"嗯，我想借一本描写大胆一点的爱情小说。你知道的——现代读物。"

"现代读物？比方说，芭芭拉·贝德沃斯①的作品？您读过《宛若处子》吗？"

"哦，不，不要她的书。她写得太深了。我不喜欢读太深的书。但我要的是——嗯，你知道——现代风格的。关于性的问题和离婚什么的。你懂的。"

"现代风格，但又不至于太深。"戈登说道，对品味浅薄的客人他也得装出品味浅薄的样子。

他在描写大胆的现代爱情故事书里翻翻捡捡。借书部里有三百多本这样的书。前面的房间传来那两个上层中产阶级女士的声音，是水果脸和咖喱脸在说话，两人在关于狗的问题上起了争执。两人拿出了一本养狗的书，正在端详上面的相片。水果脸看到一张哈巴狗的相片，喜欢得不得了，这小东西好可爱，长着一双水汪汪的大眼睛，还有那小黑鼻子——噢，真是太可爱了！但咖喱脸——没错，她就是某位上校的遗孀——说哈巴狗太软弱了。她说她要养的是勇敢的狗——能打架的狗。她说她不喜欢那些没用的宠物狗。"你真是没心没肝，贝德里亚，真是没心没肝。"水果脸哀怨地说道。门铃又响了。戈登将《绯红色的七夜》递给药店的女店员，然后在她的借书单上作了登记。她从大衣口袋里掏出一个难看的皮夹，付给了他两便士。

他回到前屋。那个娘娘腔把书放错了架子，不见了。一个瘦削活泼的女人，长着尖尖的鼻子，穿着很知性的衣服，戴着

---

① 贝德沃斯（Bedworth）的英文单词有"性感撩人，床上风光"之意。

金边夹鼻眼镜——应该是个女老师，肯定是个女权主义者——走了进来，要买沃顿-比弗利太太关于女权主义运动历史的书籍。戈登告诉她店里没有这本书，心里暗自高兴。她狠狠地瞪了他一眼，刺透了他无能小男人的内心，然后走了出去。那个瘦小的年轻人带着歉意站在角落里，把脸埋在劳伦斯的诗集当中，看上去就像一只长腿鹭鸶把头埋在自己的翅膀中间。

戈登候在门口。外面有一个破落户老头，长着草莓鼻子，脖子上围着卡其布围巾，正在六便士廉价书籍的箱子里翻翻拣拣。两个上层中产阶级女士突然间离开了，桌子上摊着几本打开了的书。水果脸还回头恋恋不舍地看着那几本关于宠物狗的书，咖喱脸拉着她出去了，坚决不肯买书。戈登打开了门，两个女人吵吵闹闹地离开，根本不去理会他。

他看着这两个穿着皮草大衣的上层中产阶级女人沿着街道走去。草莓鼻老头一边翻着书一边喃喃自语，或许他的精神有点毛病。要是不看着的话他可能会偷书。风越吹越冷，吹干了湿漉漉的街道。很快就得点灯了。一股风吹过，Q. T.调味品广告海报那剥落的一角猛烈地扑腾着，像吊在晾衣绳上的一件衣服。啊！有了！

> 凛冽的寒风呼啸而来，
> 落叶殆尽的白杨树弓下了腰，
> 烟囱飘舞着黑黢黢的缎带，
> 在昏沉沉的空气中摇摆而下，
> 撕裂开来的海报战栗颤抖着。

不错，写得不错。但他不想继续写下去——事实上，他写不下去。他的手指摆弄着口袋里的钱，没有弄出声音，免得被那个害羞的年轻人听见。两个半便士。明天一整天都没有烟抽，他浑身的骨头都疼了。

威尔士王子酒店亮起了一盏灯。他们应该正在清洁吧台。那个草莓鼻老头正从两便士的箱子里拿出一本埃德加·华莱士①的小说在阅读。远处传来电车轰隆隆的声音。在楼上的房间里，麦克凯切尼先生正在壁炉旁边打瞌睡。他的头发和胡子全白了，手里拿着鼻烟盒和一本小牛皮装帧的米德尔顿的《流亡记》②。他很少到店里来。

那个害羞的年轻人突然发现只剩下自己一个人，内疚地抬头看了看。他经常到各间书店浏览，但在每间店从不停留超过十分钟。他很喜欢看书，又害怕自己惹人讨厌，总是在内心苦苦挣扎。在任何一间书店停留超过十分钟他就会觉得很不自在，觉得自己是不受欢迎的人，出于紧张会买一本书，然后匆匆离开。他什么也没说，拿着一本劳伦斯的诗集，尴尬地从口袋里拿出三个弗洛林③。把钱递给戈登的时候他掉了一个弗洛林，两人同时蹲下去捡钱，头碰到了一块儿。那个年轻人退了开去，脸涨得通红。

"我帮您把书包好吧。"戈登说道。

但那个害羞的年轻人摇摇头——他结巴很厉害，尽量不开口说话。他把书夹在腋下，溜出书店，似乎做了什么见不得人

---

① 理查德·霍拉西奥·埃德加·华莱士（Richard Horatio Edgar Wallace，1875—1932），英国作家，作品多为犯罪心理小说，代表作有《四个公正的人》、《神探里德》、《金刚》等。

② 托马斯·米德尔顿（Thomas Middleton，1580—1627），英国剧作家、诗人，代表作有《凤凰》、《女人，小心女人》、《致吾王》等。

③ 弗洛林（florin），英国硬币，价值为两先令。

的事情。

戈登回到门口，那个草莓鼻老头转头看了一眼，与戈登的目光碰到一块儿，于是打消了主意。他刚才正想把那本埃德加·华莱士的小说放进口袋里。威尔士王子酒店的时钟敲响了三点一刻。

叮咚！三点一刻了。三点半点灯。还有四小时三刻钟才下班，还有五小时一刻钟才能吃晚饭。口袋里还有两个半便士。明天没有烟抽。

突然间，一股难以抵挡的烟瘾朝戈登袭来。他原本下定决心下午不抽烟的。他只剩四支烟，得留着今晚"创作"的时候抽，因为没烟抽比断气更难受，他根本写不出东西来。但是，他一定得抽一口。他拿出那包"运动员体格牌"香烟，拿出一支短烟。这完全是在纵容自己，这意味着今晚"写作"时间将会少了半小时。但他抵挡不住烟瘾。怀着羞耻的快感，他一口将能抚慰身心的烟雾吸入肺部。

灰蒙蒙的玻璃上倒映出他的脸，正在看着自己。戈登·康斯托克，《耗子》的作者，已经年过三旬，面容憔悴，嘴里只剩二十六颗牙齿。但诗人维庸①三十岁的时候正在忍受病痛的折磨。让我们为上帝的怜悯而感恩。

他看着 Q. T.调味品那张广告海报剥落的一角不停地颤动着。我们的文明已经奄奄一息，确实如此。但它不会寿终正寝。很快飞机就来了。嗡嗡嗡——嗖——砰！整个西方世界将在高能炸药的轰鸣声中灰飞烟灭。

---

① 弗朗科伊斯·维庸(Francois Villon，1431—1463)，法国诗人，代表作有《去年之雪今安在》、《我的遗嘱》等。

他看着渐渐暗下来的街道，看着玻璃窗上他那张脸的灰蒙蒙的倒影，看着来来往往、衣着褴褛的路人，无意识地重复着一句话：

"这便是无聊！——眼里噙着不由自主的泪花，

他抽着烟斗，幻想着断头台！"①

金钱，金钱，科纳·忒布尔！飞机在轰鸣，炸弹在引爆。

戈登乜斜着眼睛望着灰沉沉的天空。那些飞机正在飞来，他似乎想象得到它们正在飞来。一队队的飞机，不胜其数，就像铺天盖地的蝗虫。他的舌头稍微顶着牙齿，发出嗡嗡嗡的声音，模拟着飞机的轰鸣声，听上去就好像一只青蝇撞击着窗户玻璃。在这个时候，他很渴望听到这个声音。

---

① 此句出自波德莱尔《致读者》（*Au lecteur*）。

第二章

戈登顶着凛冽的寒风往家里走去，风势将他的头发吹往脑后，秀出他那"好看的"额头，比任何时候都好看。路过的人看到他的姿态会以为——至少他希望如此——他是个放荡不羁之人，故意不穿上大衣。事实上，他的大衣在当铺里，当了十五先令。

西北段的柳堤路严格来说不算是贫民窟，只是很肮脏萧条，离真正的贫民窟只有不到五分钟的路程。那里的出租屋家庭一张床睡五口人，要是有人死掉了，在尸首下葬之前，家里人都得与其同眠。在后巷里，女孩长到十五岁就和十六岁的男孩靠着斑斑驳驳的灰泥墙初尝禁果。不过，柳堤路本身看上去还保持着一丁点儿中下层中产阶级的体面，在其中一户房子门前甚至还挂着一位牙医的黄铜招牌。三分之二的房子都在客厅窗户的蕾丝窗帘之间，在一株叶兰的叶子上面挂着一块绿牌，上面用银色字体写着"公寓"二字。

戈登的女房东威斯比奇太太专门招徕"单身绅士"。房间是卧室兼起居室，有煤气灯，自己安装暖气，洗澡另外加钱（房子里有热水锅炉），在陵墓一般黑漆漆的饭厅里吃饭，饭桌中间密密麻麻摆着许多瓶已经凝固了的酱料。戈登中午回来吃午饭，一周付二十七先令六便士。

三十一号房门上方结了霜的气窗里透出煤油灯昏黄的光芒。戈登取出钥匙，摸索着插进钥匙孔里——这种房子的钥匙和锁头从来就没有严丝合缝过。玄关狭小漆黑——事实上，那只是一条走廊——带着洗碗水、卷心菜、破布地毡和卧室废水的味道。戈登看了玄关架子上那个涂漆托盘一眼。果不其然，没有信件。他已经告诉过自己不要指望有信件，但他还是心存侥幸。他的胸口掠过一阵不算疼痛但很不舒服的感觉。罗丝玛丽或许已经写了信了！自从她上回给他写信已经过去四天了。而且他给几份杂志投了几首诗，却还没有收到回信。能够让今晚好过一点的事情就是回到家的时候看到有他的信件，但他的来信不多——每星期最多只有四五封。

玄关的左边是从来没有人用过的客厅，后面是楼梯，再过去是一条过道，通往厨房和威斯比奇太太自己住的不可侵犯的房间。戈登一进门，通道尽头的门打开了一英尺左右，威斯比奇太太探出头，狐疑地打量了他一眼，然后立刻缩了回去。晚上十一点钟之前，进出这间屋子都会被这样审视一番。不知道威斯比奇太太到底在怀疑你什么，可能是怕你偷偷带女人回来吧。她是那种经营出租屋的不好相处的体面女人，年纪约莫四十五岁，身材矮胖却很好动，脸色红扑扑的风韵犹存，而且特别会察言观色。她那头灰色的头发很漂亮，却总是愁眉苦脸。

戈登在窄窄的楼梯底下停住了脚步。上面传来了浑厚的歌喉，唱着粗俗的小曲，"谁怕大灰狼啊？"一个三十八岁的大胖子从楼梯的拐角处走了出来，跳着对于胖子来说很难想象的轻盈舞步。他穿着一套时髦的灰西装和一双黄色的鞋子，戴着一顶时髦的呢帽，外面披着一件粗俗无比的束腰蓝色风衣。这位是一楼的房客弗拉斯曼，是示巴女王卫浴精品公司的旅行推销员。下楼的时候他扬了扬一只柠檬色的手套朝戈登致意。

"你好，老伙计！（弗拉斯曼管每个人都叫'老伙计'）"

他快活地打着招呼，"你还好吗？"

"糟透了。"戈登回了一句。

弗拉斯曼已经走到楼梯底下了，伸出短短胖胖的胳膊热情地搂着戈登的肩膀。

"开心点，小老头，开心点！干吗像奔丧一样。我去克莱顿酒吧，一起去喝点东西吧。"

"不去了，我得写东西。"

"哦，该死的！别那么见外嘛，好吗？在这里发呆有什么好？到克莱顿酒吧去，我们可以捏一捏那个吧女的屁股。"

戈登挣脱弗拉斯曼的胳膊。和所有个头瘦小的人一样，他讨厌人家碰他。弗拉斯曼只是咧嘴一笑，和大部分胖子一样，他很有幽默感。他真的很胖，那条长裤鼓鼓胀胀的，似乎他是被融化后再倒进裤腿里一样。不过，和其他胖子一样，他从不承认自己很胖。如果可以的话，没有胖子会说起"胖"这个字。他们用的是"肉头"这个词——"健壮"这个词更好。一个胖子说自己很"健壮"的时候最开心不过了。第一次与戈登见面时弗拉斯曼就想说自己很"健壮"，但戈登那双绿色的眼睛露出狐疑的神情，于是他转而用"肉头"形容自己。

"我得承认，伙计，"他说道，"我确实有点肉头，但并不影响健康，你知道的。"他拍了拍胸膛和腹部那条模糊的界线。"结实得很呢。站起身来可算得上身姿挺拔。不过——嗯，我想你可能觉得我很肉头。"

"像科特兹[①]。"戈登提了一句。

---

① 赫南·科特兹（Hernán Cortés，1485—1547），西班牙征服者，曾率西班牙军队灭亡阿兹特克帝国，殖民墨西哥，曾任墨西哥总督。

"科特兹？科特兹？就是经常在墨西哥山区里转悠的那个家伙？"

"就是他。他很肉头，但眼睛像雄鹰一样锐利。"

"啊？真是太有趣了，因为我太太也曾对我说过类似的话。'乔治，'她说道，'你长了一双世界上最漂亮的眼睛。你的眼睛就像鹰眼一样。'她就是这么说的。那是结婚前的事情了。你懂的。"

弗拉斯曼现在与妻子分居了，不久前示巴女王卫浴精品公司给所有旅行推销员发了一笔意想不到的奖金，有三十英镑之多。弗拉斯曼和两个同事被派到巴黎向几家法国公司推销新推出的天然色泽性感唇膏。弗拉斯曼觉得没有必要告诉他的妻子这三十英镑的事。当然，那趟巴黎之旅是他生命中最快活的时光。直到现在，三个月过去了，一说起巴黎之旅他就会口水直流。他总是向戈登绘声绘色地吹嘘他的享受。揣着老婆根本不知道的三十英镑在巴黎待了十天！我的天哪！乖乖！然而，不幸的是，不知哪里走漏了风声，弗拉斯曼回到家里，发现报应正等候着他。他老婆用一樽雕花玻璃威士忌酒瓶打破了他的头，那是他们保存了十四年之久的结婚礼物。然后她带着孩子回了娘家。自此弗拉斯曼便被流放到柳堤路。但他可不会因为这个而忧愁。事情总会过去的，这种事已经发生过好几回了。

戈登又尝试着摆脱弗拉斯曼，登上楼梯。可怕的是，他心里其实很想和他一起去。他很想喝一杯——提到克莱顿酒吧就勾起了他的酒瘾。但那当然是不可能的事情：他没钱。弗拉斯曼伸出一只胳膊跨过楼梯，拦住他的去路。他真的很喜欢戈登，觉得他是个"聪明人"——在他看来，"聪明"其实是没有恶意的精神癫狂。而且他不喜欢独自一人，就算走几步路到酒馆这么短的时间也不愿意。

"走嘛，伙计！"他催促道，"你需要喝杯吉尼斯啤酒让自己振作起来。你需要的就是这个。你还没见过雅座吧台那里他们新请来的小女孩呢。乖乖！就像水蜜桃一样！"

"这就是为什么你打扮得这么潇洒，对吧？"戈登冷冷地看着弗拉斯曼那双黄色的手套。

"被你猜对了，伙计！噢，就像水蜜桃一样！她是个金发女郎，而且懂的事情还挺多，这种骚货都是这样。昨晚上我送给了她一管我们公司的天然色泽性感唇膏。你真得看看她经过我的桌子时朝我晃着她那小巧的屁股是什么样子。她令我心悸了吗？心悸了吗？乖乖！"

弗拉斯曼猥琐地扭动着身子，舌头伸在双唇之间。然后，他假装戈登就是那个金发吧女，搂着他的腰，温柔地掐了他一把。戈登将他推开。有那么一刻，去克莱顿酒吧的渴望是那么强烈，几乎征服了他。噢，喝上一品脱啤酒！他几乎可以感觉得到啤酒涌入喉咙的快感。要是他有钱的话就好了！就算只有七便士买一品脱啤酒也好。但光想又有什么用呢？他口袋里只有两个半便士。你可不能指望别人会帮你付酒钱。

"噢，看在上帝的分上，别烦我！"他气恼地说道，挣开弗拉斯曼，登上楼梯，没有回头看一眼。

弗拉斯曼把头上的帽子摆正，有点愠愠地朝前门走去。戈登闷闷不乐地想到，如今情况总是这样，他总是冲别人友好的问候泼冷水。当然，说到底就是钱的问题，总是关于钱的问题。当你口袋里没钱的时候，你无法友好待人，甚至无法彬彬有礼。他顿时觉得自怜自伤。他的心向往着克莱顿酒吧的雅座吧台、啤酒美妙的味道、温暖明亮的灯光、欢声笑语、滴满啤酒的吧台上酒杯轻轻碰撞的声音。金钱！金钱！他继续顺着黑漆漆冒着一股怪味的楼梯走着。想到要在阁楼度过阴冷的漫漫长夜，他想死的心都有了。

二楼住着罗伦海姆，一个又黑又瘦的家伙，长得像只蜥蜴，看不出是什么族裔或多大年纪，每周靠兜售吸尘器挣三十五先令。戈登总是匆匆忙忙地走过罗伦海姆的门口。罗伦海姆是那种世界上连一个朋友都没有的人，很想有人能陪陪他。他如此孤独，只要你在他门外经过时走得慢了一些，他肯定会冲出来，又是拉扯，又是哄骗把你拽进他的房间里，让你听他那些冗长而疯狂的如何哄骗小女孩的故事，以及他如何戏弄雇主的恶作剧。而且他的房间比任何一家寄宿旅馆的房间都要来得更阴冷肮脏一些。到处都是咬了几口的面包和人造黄油。这里还有另一个租客，好像是个工程师，上的是夜班。戈登只见过他几面——是个块头很大、脸色阴郁苍白的家伙，屋里屋外都戴着圆礼帽。

屋里很暗，戈登熟练地摸到煤气喷嘴，点着了灯。这间房中等大小，说大呢又不足以隔成两间，但说小呢一盏不太好的油灯根本不足以供暖。里面的家具都是那些你可以想象会在顶楼出现的东西。铺着白色床单的单人床，棕色的亚麻布地毡，摆放着水盆和水壶的洗手架。那个白色的水壶是个便宜货，你会以为那是一口夜壶。窗台上摆放着一个涂着绿漆的花盆，种着一株病恹恹的叶兰。

窗户下面摆着一张饭桌，上面铺着一张沾了墨迹的绿色桌布。那张就是戈登的写字桌，是他几经周折才从威斯比奇太太那里要来的。原来这里摆放的是一个竹制的临时茶几——是用来摆放那盆叶兰的——她觉得摆在顶楼很合适。直到现在她还总是絮絮叨叨的，因为戈登一直不肯好好收拾桌子。这张桌子上总是东西放得一团糟，几乎被一堆稿纸遮盖住了，大概得有两百多页，脏兮兮的，页角都卷了起来，上面写满了字，用笔划掉，又写上了字——就像迷宫一样，只有戈登掌握了开启迷宫的钥匙。每样东西上面都蒙着一层灰，几个小碟子上面落满了烟灰和扭曲的烟屁股。除了壁炉架上的几本书外，这张桌子和上面那堆杂乱的稿纸就是戈登的个性在这个房间里留下的印记。

屋里冷得出奇。戈登决定把油灯点着。他拿起油灯——感觉很轻，备用的灯油也快烧完了，到星期五才能去添油。他打着一根火柴，一团黯淡的黄色火苗不情愿地绕着灯芯亮了起来。运气好的话它还能燃烧上几个小时。戈登扔掉火柴，眼睛落在草绿色的花盆里那株叶兰上。这株东西还真是奇怪，只有七片叶子，似乎不会再长出新叶了。戈登心里隐隐讨厌这株叶兰。他试过很多次，想将其扼杀，但都没有成功——不给它浇水，用点着的烟屁股烫它的茎部，甚至往土里掺盐。但这该死的玩意儿似乎是不死之身。无论怎么虐待它，它总是病恹恹地继续活下来。戈登站起身，故意将沾了煤油的手指往叶片上面擦拭了一下。

这时楼下响起了威斯比奇太太泼妇骂街一般的声音。

"康——斯托克先生！"

戈登走到门口，冲着下面喊道："怎么了？"

"你的晚饭已经做好十分钟了。你怎么还不下来吃饭呢？我还等着洗碗哪。"

戈登走到楼下。餐室在一楼弗拉斯曼先生房间的对面。房间里很冷，而且通风不畅，有一股子味道，即使是在中午也很昏暗。里面摆放着好几株叶兰，戈登数不清到底有多少。它们堆放得到处都是——餐具柜上、地板上、临时桌台上、窗台的花架上，把光线都给遮住了。在半明半暗的屋里，周围摆放了这么多株叶兰，你感觉就像置身于不见天日的水族馆里，身边尽是枯燥乏味的海底植物。戈登的晚餐已经摆好了，正等候着他，破裂的煤气灯在桌布上投下一圈白色的光，他坐了下来，背朝着壁炉（里面摆放着一株叶兰，而不是生着火），吃他那碟冷盘牛肉，就着加拿大黄油、捕鼠诱饵那般大小的奶酪和潘彦牌腌黄瓜吃了两片板硬的白面包，喝了一杯有股霉味的冷水。

回到房间时那盏油灯已经快熄灭了，不过他想还能烧一壶水。现在将进行今晚的秘密行动——偷偷泡一杯茶喝。他几乎每天晚上都会偷偷摸摸地泡一杯茶。威斯比奇太太不肯给房客泡茶，因为她不想另外烧水，而私自在房间里泡茶是严令禁止的。戈登厌恶地看着桌子上那堆乱糟糟的稿纸，在心里对自己说今晚他绝对不会写作。他会喝一杯茶，把剩下的烟抽掉，读一读《李尔王》或《神探福尔摩斯》。他的书就放在壁炉架上闹钟的旁边——平装本的莎士比亚作品、《神探福尔摩斯》、维庸的诗歌、《罗德里克·兰登历险记》、《恶之花》和一堆法文小说。但如今他已经不读这些书了，《莎士比亚》和《神探福尔摩斯》除外。现在，他要泡茶了。

戈登走到门口，半推开门，倾听着有没有威斯比奇太太的动静。你得非常小心，她能蹑手蹑脚地摸上楼，把你逮个正着。私自泡茶可是严重的罪名，仅次于带女人回家。他悄悄地闩好门，从床底下拉出他那口廉价的行李箱，打开锁头，从里面拿出价值六便士的伍尔沃斯牌烧水壶、一包立顿茶叶、一罐炼乳、一个茶壶和一个茶杯。这些都用报纸包着，免得碰裂了。

他泡茶时自有一套步骤。首先他往烧水壶里装上半满的水，然后放在煤油灯上，接着跪了下来，铺开一张报纸。当然，昨天的茶渣还在茶壶里。他把茶渣摇出来，倒在报纸上，用大拇指清理干净茶壶，把那堆茶渣折成一个纸包。待会儿他就会偷偷将其带下楼。清理茶渣是最冒险的一个环节——难度不亚于毁尸灭迹。至于茶杯，他经常等到早上再拿到洗手盆里洗干净。这真是卑鄙的勾当，有时候令他觉得很恶心。真是奇怪，寄居威斯比奇太太篱下做什么事情都得偷偷摸摸的。你觉得她总是在监视着你，而事实上，她的确喜欢随时蹑着脚尖在楼上楼下转悠，希望逮到房客的不当行为。在这种房子里住，就算上厕所也不能安心，因为你总是觉得有人在偷听你如厕。

戈登又把门打开，专注地倾听着。没有动静。啊！楼下传来餐具的碰击声，威斯比奇太太正在清洗餐具，现在下去或许安全。

他蹑着脚尖下楼，把那包潮湿的茶渣搂在胸前。厕所在二楼，在楼梯的拐角处他停下脚步，又倾听了一会儿，啊！下面又传来餐具的碰击声。

安全！诗人戈登·康斯托克（"前途无量的希望之星"，《时代文学增刊》曾经这么说过）匆忙溜进厕所，把茶渣扔到下水道里，拉起塞子。然后他匆忙溜回房间，重新闩好门，小心翼翼地不弄出声音，给自己泡了一壶新茶。

现在房间里暖和多了，茶和香烟施展出了短暂的魔力。他感觉没有那么无聊烦躁了。说到底他得多多少少写点东西吧？这是当然的。每当他蹉跎了一个晚上后他总会痛恨自己。他不大情愿地把椅子拉到桌旁。甚至翻开那堆乱糟糟的稿纸也需要下一番决心。他把几张脏兮兮的稿纸拿了过来，摊开端详着上面写的字。上帝啊，多么潦草的笔迹！写了字，划掉，在上面又写了字，然后又划掉，直到最后稿纸看上去就像开了二十次刀的可怜巴巴的癌症病人。不过，没有被划掉的笔迹很清秀，有"学者派头"。戈登下过一番苦功练出这手有"学者派头"的字，跟他在学校里所学的铜版印刷体的字很不一样。

或许他能写点东西，写上一会儿也行。他在这堆稿纸里翻寻着。昨天他写的那一段诗稿哪儿去了？这首诗很长——确实很长，当这首诗完成时会是一首相当长的诗——大约两千行，以君王诗体①为格律，描述在伦敦的一日。这首诗起名叫《伦敦之乐》。这是一个非常庞大而雄心勃勃的工程——只有那些生活优裕的人才能把它写出来。刚开始写这首诗的时候戈登没有想到这一点，但是，现在他明白了。两年前他开始创作时怎么就那么鲁莽冲动呢！那时候他抛弃了一切，沦落到贫困的泥沼中，而这首诗的构思也是当初他的动机的一部分。那时候他充满自信，觉得自己能够写出这么一部长诗。但几乎从一开始，《伦敦之乐》就出了岔子。这首长诗对他来说太浩繁了，这就是事实。从一开始这首诗就没能有条不紊地写下去，而是一堆杂乱无章的零星片段。苦苦写了两年，这些就是他拿出来见人的东西——都是一些没有完成的残章片断，根本凑不到一块儿。每一张稿纸上都只写了几句诗，然后在几个月间反复修改。只有不到五百行诗句你可以说确实写完了，而他再也无法续写一句，只能就着这堆诗稿修修改改，这里添加几个词，那

---

① 君王诗体(rhyme royal)，五步格七行格律诗体，因英王詹姆斯一世曾以此作诗而闻名。

里删掉几个词，完全乱了套。这再也不是他创作出来的诗稿，而是变成了他苦苦与之斗争的梦魇。

除此之外，两年来他就只创作了一些短诗——或许总共有十来首吧。他总是无法让心情平静下来，而对于创作诗歌，平静的心情至关重要。他"无法创作"的时间越来越频繁。在所有人里面，只有艺术家会说他"没办法"工作。但这的确就是事实。有时一个人的确写不出东西。又是钱的问题，总是钱的问题！没钱意味着过得不舒服，意味着忧心忡忡，意味着没有烟抽，意味着总是觉得自己是失败者——而最重要的是，意味着孤独。当你周薪只有两英镑时，除了孤独的生活你还能怎么样？生活在孤独中可写不出什么好作品。有一点他很清楚，《伦敦之乐》将不会是他心目中所想象的那首长诗——他很清楚这首诗永远都写不完。当戈登能面对真相的时候，这一点他心知肚明。

尽管如此，正是因为这样，他更要写下去。这是他的坚持，是他对贫困和孤独的反击。有时候创造的灵感还是会回来的，或者说，似乎回来了。今晚它就回来了，但只是短暂的一小会儿——也就是抽两根烟的工夫。烟雾在他的肺里缭绕，他的精神摆脱了这个卑劣的现实世界，来到了孕育诗歌的深渊。煤油灯在他的脑袋上方发出令人放松的声响。词汇变成了鲜活的事物。他的眼睛带着疑惑，落到了一年前没写完的对偶句上面。他不停地对自己说这句话写得不好。一年前读上去还蛮好的，现在读起来透着一股子俗气。他在那堆稿纸中翻寻着，直到找到一张背面没有写字的空白稿纸，把那两行对偶句抄了上去，然后又写了几个不同的版本，每句话都对自己反复朗读几遍。最后，还是没有一句能让他满意。这个对偶句得去掉，太低俗了。他找到那张原稿，用粗线将那个对偶句删掉了，觉得颇有成就感，觉得光阴没有虚度，似乎将辛苦的劳动成果摧毁掉与创作出结晶是一回事。

突然楼下传来两记敲门声，整座屋子都在震动。戈登吓了一跳，精神从深渊里回来了。是邮递员！《伦敦之乐》被抛诸脑后。

他的心扑通乱跳。或许罗丝玛丽给他回信了。而且，他给几份杂志投了两首诗，事实上，其中一首诗他已经几乎放弃了希望。几个月前他把那首诗寄给了一份美国报纸《加利福尼亚文学评论》。或许他们嫌麻烦不肯退稿。但另一首诗投给了一份英国刊物《报春花季刊》。这首诗他觉得有点希望。《报春花季刊》是一份顶讨厌的文学刊物，许多时髦的娘娘腔作家和笃信罗马天主教的职业写手的作品同刊发表。它也是英国最具影响力的文学刊物之一。要是能在里面发表一首诗，那你就成名了。戈登打心眼里知道《报春花季刊》并不会发表他的诗作。他的文字还够不上水准，但奇迹偶尔也会发生，如果不是奇迹，意外也行。毕竟，他们收到他的诗稿有六个星期了。如果他们不接受诗稿的话，会保留六个星期吗？他试图平息这个不切实际的希望。但最低限度，罗丝玛丽可能给他写信了。自从她上次写信已经整整四天了。要是她知道这样会令他感到多么失望，或许她就不会这么做。她的信——写得很长，单词老是拼错，总是写了很多荒唐的笑话和对他热烈的爱的宣言——对他来说是多么的重要，而她是永远不会明白的。这些信让他知道这个世界上还有人在乎他，在他的诗稿被无情地退回来时安慰了他。事实上，那些刊物总是把他的诗稿退回。只有《反基督报》是例外，因为这份刊物的编辑拉沃斯顿是他的朋友。

楼下响起了脚步声，总是得等上几分钟威斯比奇太太才会把信带到楼上来。她喜欢摆弄这些信，掂一掂信有多厚，看一看邮戳，对着灯光照一照信封，猜一猜里面装了什么东西，然后才交给信件的主人。她似乎对这些信件拥有处置的权利，她觉得这些信件寄到她的家里，至少在部分程度上就是她的。如果你走到前门自己去取信的话，她会很不高兴。另一方面，她又不喜欢拿信上楼。你会听到她慢吞吞地走上来的脚步声，如果有你的信，楼梯平台上会传来沉重而痛苦的呼吸声——这是让你知道威斯比奇太太为了你爬了这么高的楼梯，累得喘不过气来了。最后，在不耐烦的嘟囔声中，她把信件从门缝里塞了进去。

威斯比奇太太正在走上楼梯，戈登倾听着，脚步声在一楼停了下来。弗拉斯曼有一封信。脚步声上来了，在二楼又停了下来，那个工程师有一封信。戈登的心跳得有点疼。一封信，求你了，上帝，来一封信吧！又有脚步声了。是上楼呢还是下楼呢？脚步声越来越近了，这必须的！啊，不，不要！脚步声减弱了。她下楼去了。脚步声渐渐听不见了，没有信件。

他又拿起笔，但这只是在装腔作势。她终究没有写信！她真是太可恶了！他没有继续工作的心情了。事实上，他真的无法继续工作下去了。失望涌满了他的心，五分钟之前他的诗在他眼中似乎是鲜活的事物，但现在他清楚地知道那只是毫无价值的废话。他厌恶地把散落的稿纸收集起来胡乱码在一块，将它们堆在桌子的另一头那株叶兰底下。再让他看到这些诗稿他可受不了。

他站起身。现在睡觉还太早了，至少，他没有睡觉的心情。他渴望能有点娱乐——廉价而轻松的娱乐。去电影院、抽烟、喝啤酒。没用的！这些他都付不起钱。他决定读《李尔王》，忘记这个卑劣的世纪。但是，他从壁炉架上拿下来的是《神探福尔摩斯》。《神探福尔摩斯》是他最喜欢的一本书，因为他已经烂熟于胸。灯油渐渐枯竭，屋里越来越冷。戈登从床上拽过被子，裹在腿上，然后坐下来读书，右肘撑在桌子上，双手放在大衣下保暖，读了一遍《斑点带子案》。那盏小煤气罩灯在上面叹息着，灯芯烧得很矮，圆形的火苗看上去像两个单薄的括号，热力比一支蜡烛大不了多少。

楼下威斯比奇太太房间里的时钟敲响了十点半。晚上你总能听见它的钟声。当—当—当，宣告着末日的到来。壁炉架上，小时钟的嘀嗒声又清晰可闻了，让戈登想起了时间在狰狞地流逝。他看了看自己身边，又一个晚上荒废了。时间就一小时一小时、一天一天、一年一年地流逝。夜复一夜，恒久不变。孤单的房间、没有女人的床铺、尘土、烟灰、叶兰的叶片。他已经快三十岁了。纯粹是作为对自己的惩罚，他拿了一叠《伦敦之乐》的稿纸，就像看着昭示着死亡的骷髅一样端详着那些文字。《伦敦之乐》作者：戈登·康斯托克，《耗子》的作者。这是他的鸿篇巨著，花费两年心血创作的成果（成果，确实如此！）——就是这么一堆乱糟糟的文字！今晚的成果就是——删掉了两行诗句，没有多写两行，而是少写了两行。

那盏灯发出一声像噎着了的轻响，然后熄灭了。戈登艰难地站起身，将被子扔回床上。或许在屋里变得更冷之前上床睡觉比较好。他朝床铺走去——等等，明天得上班，他给时钟上了发条，调好了闹钟。什么事也没做成，又是一夜的安眠。

他躺了好一会儿才有力气脱衣服。他双手放在头下，穿着全套衣服躺在床上大约得有十五分钟。天花板上有一道裂缝，形状像是澳大利亚地图。戈登没有坐起身子，勉强将鞋子和袜子脱掉。他抬起一只脚丫看了看。他的脚小而秀气，没有力气，就和他的手一样。而且上面很脏。他已经有将近十天没洗澡了。脚上这么脏让他觉得很难为情，蜷起身子坐了起来，脱掉身上的衣服，将衣服随手扔在地板上。然后他灭掉煤油灯，钻进被窝里，打着冷战，因为他光着身子。他总是光着身子睡觉，已经有一年多没穿过睡衣了。

楼下的时钟敲响了十一点。刚钻进床单的那阵寒意渐渐退去，戈登想起了下午他写了开头的那首诗。他低声念了一遍已经写完的那一节诗文：

> 凛冽的寒风呼啸而来，
> 落叶殆尽的白杨树弓下了腰，
> 烟囱飘舞着黑黢黢的缎带，
> 在昏沉沉的空气中摇摆而下，
> 撕裂开来的海报战栗颤抖着。

这些诗句念起来就像僵硬呆板的机械发条，嗒—嗒、嗒—嗒！空洞无聊的内容让他泛起了恐惧。这首诗就像一件毫无用途的小机器滴答作响。韵律遥相呼应，嗒—嗒、嗒—嗒。就像上了发条的人偶在点头。诗歌！毫无价值的文字。想到自己毫无作为，他就睡不着。三十岁了，他的生活走进了一条死胡同。

时钟敲响了十二点。戈登伸直双腿，床铺变得暖和舒服了。与柳堤路平行的一条街道上有一辆汽车亮起了车灯，灯光射到百叶窗上，投下那株叶兰的一片叶子的剪影，形态就像阿伽门农①的宝剑。

---

① 阿伽门农（Agamemnon），古希腊史诗《伊利亚特》中希腊城邦的盟主，征讨特洛伊的联军总帅。

第三章

　　"戈登·康斯托克"是个很土气的名字，但戈登就出生于一户很土气的家庭。"戈登"是苏格兰名字，如今这些苏格兰名字到处都是，这正是过去五十年来英国越来越苏格兰化的写照。"戈登"、"科林"、"马尔克姆"、"唐纳德"——这些都是苏格兰传播到世界的馈赠，包括高尔夫、威士忌、燕麦粥，还有巴利①和斯蒂文森的作品。

　　康斯托克家族属于最可怜的社会阶级——没有土地的中层中产阶级。他们穷得叮当响，而且甚至无法虚荣地自我安慰说他们原本是古老的世家，只是生不逢时家道中落了，因为他们根本称不上是古老的世家，只是趁着维多利亚时代的繁荣发了一笔小财，却比这一波繁荣衰落得更快。相对富裕的日子不过区区五十年，那时候戈登的祖父萨缪尔·康斯托克还在世——戈登应该叫他康斯托克爷爷，但老头子在他出生四年前就去世了。

　　康斯托克爷爷是那种即使进了坟墓仍很有影响力的人。在生的时候他是个强硬粗暴的老恶棍，从无产者和外国人身上压榨了五万英镑，建了一座红砖楼房，坚固程度有如金字塔，生了十二个孩子，十一个活了下来。他死得很突然，死因是脑出血。他的孩子们在肯萨尔陵园的墓地上用一大块石料给他做了墓碑，刻着如下铭文：

永远缅怀

萨缪尔·以西结·康斯托克

忠诚的丈夫、慈爱的父亲

正直而虔诚的男人。

生于 1828 年 7 月 9 日

卒于 1901 年 9 月 5 日

孝子贤孙

谨立此碑

愿他在耶稣的怀抱中安息

  认识康斯托克爷爷的人对碑文最后一句话都会说点难听的评论，这个就不提了。值得一提的是，那块刻了字的花岗岩墓碑重达近五吨，虽然不是刻意为之，但绝非出于巧合，目的是将康斯托克爷爷永远镇在地底下。如果你想知道一个死者的亲戚如何看待他，从他墓碑的重量便可略知端倪。

  在戈登的印象中，康斯托克家族是无聊、猥琐、没有活力的行尸走肉一般的家族。他们暮气沉沉，简直令人发指。这当然都是拜康斯托克爷爷所赐。他逝世的时候孩子们都长大成人了，有几个已经人到中年。康斯托克爷爷一早就已经将他们或许曾经有过的活力摧残殆尽。他欺辱着他们，就像园圃压土机碾过小雏菊一样。他们被压得扁扁的个性再也没能膨胀起来。他们一个个都变成了萎靡不振的失败者。没有一个儿子做出一番事业，因为康斯托克爷爷一直不遗余力地驱使他们从事根本

---

 ① 詹姆斯·马修·巴利（James Matthew Barrie，1860—1937），苏格兰诗人、剧作家，代表作有《小飞侠彼得·潘》、《婚礼的客人》等。

不适合自己的职业。只有一个儿子——约翰，戈登的父亲——敢于挑战康斯托克爷爷，居然在他还活着的时候结婚了。对于他们来说，在这个世界上留下印记是不可想象的事情。创造点东西，破坏点东西，活得开心一些，活得不开心一些，活得肆意自然，就连挣到体面的收入，都是不可能的事情。家族里一直弥漫着半吊子上流社会失败者的气氛。他们是中层中产阶级里常见的那些压抑沮丧的家庭中的一员，一辈子什么事情也没有发生过。

从小戈登的亲戚们就让他觉得非常郁闷。他还是个孩子的时候，许多叔伯姑婶都还在世。他们都是差不多的人——阴沉、破落、郁郁寡欢。所有人都病恹恹的，总是为了钱而发愁，勉强度日却又从未沦落到轰轰烈烈破产的地步。当时他已经注意到他们失去了繁衍后代的冲动。真正有活力的人，无论他们有钱没钱，都会像动物那样自发地生儿育女。以康斯托克爷爷为例，他自己就生了十二个孩子，养大了十一个。但这十一个孩子只生了两个孙辈——戈登和他的姐姐朱莉亚——而这两人到了 1934 年都还没有孩子，一个都没有。戈登是康斯托克家族最后的香火传人，生于 1905 年，原先他的父母根本没有想过要他。在他出生后漫长的三十年间，家族里再也没有添丁，只有死亡。这种情况不止局限于婚姻和生儿育女，而且蔓延到了方方面面。在康斯托克家族身上，什么事情也没有发生。每个人都似乎被诅咒缠身，过着凄凉寒酸不见天日的生活。没有人做过任何事情。他们属于那种会自动被排挤出一切事件中心的人，哪怕只是搭巴士。当然，在金钱问题上他们都是白痴。康斯托克爷爷最后将他的遗产平分给儿孙，卖掉那座红砖房子后，每个人分到大约五千英镑。康斯托克爷爷一下葬他们就开始乱花钱。没有一个人有勇气将遗产潇洒地花掉，像去泡妞或赌马什么的。他们只是坐吃山空，一点点地花光。女的拿去盲目地进行投资，男的拿去做小生意，但一两年后都以失败亏钱告终。他们当中大部分人终生未婚。而有几个女儿在康斯托克爷爷去世后嫁了出去，那时她们已人到中年，婚姻状况很不理想。几个儿子由于没有能力挣到体面的收入，沦为那种结不起婚的可怜虫。除了戈登的姑姑安吉拉有自己的房子之外，其他人都寄人篱下，住在那些如同坟墓一般的寄宿旅馆里。时间一年年过去，他们相继去世，死因都是那些昂贵而无治的疾病，将他们折磨得身无分文。戈登的姑姑夏绿蒂1916年的时候进了克拉彭的精神病院。如今英国精神病院人满为患！中产阶级那些被遗弃的老处女最后都会被送进里面，让这些精神病院得以继续经营。到了1934年，那一代人就只剩下三个还活着：已经提过的夏绿蒂姑姑；安吉拉姑姑，她运气很好，在1912年买了一座房子和一笔微薄的年金保险；还有沃尔特叔叔，他那五千英镑的遗产只剩下几百英镑，开过许多间"公司"，但经营总是无法长久。

戈登从小生活的环境是这样的：穿的是剪短了的旧衣服，吃的是炖羊颈骨汤。他的父亲和康斯托克家族其他人一样，性情忧郁，因此也不让别人活得开心。但他总算有点头脑，粗通文墨。他明明是个喜欢文字的人，一见到数字就害怕，康斯托克爷爷却逼他去当注册会计师，觉得这是天经地义的事情。他徒劳无功地努力当好一名注册会计师，总是和人家合伙开会计师事务所，但一两年后就以停业告终。他的收入起伏不定。有时候一年能挣到五百英镑，有时却只能挣到两百英镑，但每况愈下的情形更加普遍。他于1922去世，年仅五十六岁，却已经彻底枯萎了——很久以前他就得了肾病。

由于穷困潦倒的康斯托克一家是有教养的人，他们觉得戈登有必要接受"教育"，花再多的钱也在所不惜。"教育"的负担成了可怕的梦魇！这意味着，为了让他的儿子能上好的学校（公学或山寨的公学），一位中产阶级人士只能长年累月过着窘迫的生活，连水管工都会轻蔑嘲笑他。戈登被送到那些装腔作势的糟糕学校，每年的学费是一百二十英镑左右。当然，缴纳这些学费意味着家里人要做出可怕的牺牲。比戈登大五岁的姐姐朱莉亚基本上没有受过教育。事实上，她曾被送到一两间破落肮脏的小寄宿学校，但十六岁的时候就辍学了。戈登是男丁而朱莉亚是闺女，大家都认为闺女就应该为了男丁而作出牺牲。而且整个家族一早就都认为戈登很"聪明"。天资聪颖的戈登应该可以获得奖学金，当个成功人士，将来光宗耀祖——这只是一个想法，但没有人比朱莉亚更笃信这个想法。她个子高挑，样貌平凡，比戈登要高得多，长着一张瘦削的脸庞，脖子又太长——从小看上去就像一只呆头鹅。但她是个头脑简单充满柔情的女人，总是低调地深居简出，熨烫衣服，缝补衣物，天生就是个老处女，十六岁的时候她看上去已经很像一个老女仆了。她奉戈登为偶像。在他整个童年时代，她看护他，照顾他，宠爱他，自己穿得破破烂烂，让他能穿着体面的衣服去上学，自己辛苦地攒钱给他买圣诞礼物和生日礼物。而他对她的回报就是，长大之后他就鄙视她，因为她不漂亮，而且又不"聪慧"。

即使读的是一所三流男校，几乎所有戈登的同学都比他有钱。当然，很快他们就发现他是个穷鬼，因此老是欺负他。或许，对于孩子来说，最残酷的事情就是被送到一所同学都比他有钱的学校。一个大人是很难想象当一个孩子懂得贫穷的含义后，势利会对他的心灵带来多么大的痛苦。在那些日子里，特别是在读预科学校的时候，戈登的生活就是在不停地伪装，骗别人他的父母很有钱。啊，那些日子他受尽多少羞辱！比方说，每学期开学时他得向校长交待他带了多少钱回学校，当你交待的金额少于十先令时，其他男孩子就会瞧不起你，揶揄羞辱你。还有一次，同学们发现戈登穿的是现成做好的西装，只值三十五先令！戈登最担心的就是父母来探望他。那时候戈登还是个信徒，总是祈祷父母不要到学校来，尤其是他的父亲，他是那种让你无法不觉得害臊的男人，面容苍白沮丧，弓腰耸肩，穿着寒酸过时的衣服，看上去就是个忧郁无聊的失败者。而且他有个可怕的习惯，在他道别的时候，会当着其他孩子的面塞给戈登半个克朗，所以大家都看得清清楚楚那只是半个克朗，而不是他所吹嘘的十个先令！二十年过去了，回想起上学的情形，戈登仍然会不寒而栗。

首先，这段经历让他对金钱充满了卑微的渴望。那时候他痛恨自己那些穷困潦倒的亲人——他的父母、朱莉亚、所有人。他痛恨他们，因为他们住的是破败的房子，他们衣着邋遢，他们郁郁寡欢，他们总是为了三便士或六便士而忧愁哀叹。康斯托克在家里最经常听到的一句话就是"我们买不起"。那些日子里，他对金钱的渴望到了无以复加的地步。为什么一个人就不能穿着体面的衣服，有吃不尽的糖果，想去电影院就去电影院呢？他责怪父母怎么这么穷，似乎他们是故意要过穷日子一样。为什么他们就不能像别的孩子的父母那么有钱呢？他觉得他们喜欢挨穷。这就是一个孩子的思维方式。

但随着他年岁渐长，他变了——确切地说，他不可理喻的程度并没有降低，但方式不一样了。到了这个时候，他已经在学校里扎稳了脚跟，不像以前那么受欺负了。他的学业并不出色——学习不认真，拿不到奖学金——但他的心智在朝着适合他的方向发展。他阅读了那些校长在讲台上谴责抨击的书籍，产生了对英国国教、爱国主义和校友情谊离经叛道的思想。他还开始写诗。一两年之后，他甚至开始给《雅典娜文艺》、《新时代》和《威斯敏斯特周刊》投稿，但诗稿总是被退回来。当然，他和几个志同道合的小男生组成了社团。那时每所公学都有自发成立的小知识分子团体。当时正值战后，英国弥漫着革命的气息，连公学也深受影响。年轻人，包括那些年纪太小没能参军的小青年，对年纪大的人很不满，那时候每个有思想的人都是革命者。与此同时，那些老人——年纪超过六十岁的人——像老母鸡一样惊慌失措，絮絮叨叨着"反动思想"。戈登和他的朋友也有"反动思想"，那段时间非常振奋人心。他们未经批准就发行了一份月报，名叫《布尔什维克》，用蜡印的方式出版，足足运作了一年。内容宣扬的是社会主义、自由恋爱、瓦解大英帝国、解散陆军和海军等等。那真是太有趣了。每个十六岁的聪明男孩子都是社会主义者。在那个年纪，没有人会看得上鱼钩挂着的那丁点儿蝇头小利。

　　他以孩子气的简单思想去理解关于金钱的问题。从小他就认为所有现代商业的把戏都是骗局。有趣的是，最早让他开始明白这一点的，是地铁站里张贴的那些广告。他自己没有想到有朝一日他会进一间广告公司工作。但金钱不只是一场骗局。他认识到，对金钱的膜拜已经被提升到了宗教的高度，而且这种想法随着时间的流逝越来越清晰。或许那是唯一真实的宗教——唯一感化人心的宗教——这个世界上唯一的宗教。金钱取代了上帝的位置。善恶是非已经不再重要，取而代之的是成王败寇的哲学。"发达"成了深入人心的信条，摩西的十诫被缩短成了两条戒律，一条是给雇主的——他们是高大巍峨的侍奉金钱的神父和牧师——"汝等应当挣钱"，而另一条是给雇员的——他们是奴隶和下人——"汝等不可失业"。在这个时候，他翻开了一本《穿破裤子的慈善家》①，读到了一位饥肠辘辘的木匠，当掉了所有的财物，却仍保留着他那盆叶兰的故事。自此，叶兰在戈登的心目中成为了一种象征。叶兰，英格兰之花！我们的国徽上应该有叶兰，而不是狮子和独角兽。只要窗户上还摆着叶兰，英国就不会爆发革命。

　　这时他不再痛恨鄙夷他的亲人了——或者说，不像以前那么痛恨鄙夷了。他们仍然让他觉得很不开心——那些可怜的、年老体衰的叔伯姑婶，有两三个已经去世了，他的父亲已经老态龙钟，他的母亲老迈孱弱（她的肺不大好），而朱莉亚那时候二十一岁，尽职尽责地做着苦工，一天工作十二个小时，从未穿过一件好衣服。这时候他知道他们到底出了什么问题。问题不仅仅是因为他们没钱，更是因为他们在精神上还生活在金钱的世界里——在那个世界里，金钱就是美德，而贫穷就是罪恶。不是贫穷，而是既没钱又死要面子的心态将他们拖入了万丈深渊。他们以金钱为衡量万物的标准，而他们则是这一标准的失败者。他们从未想过像下层阶级的人一样有钱没钱都要好好活着。那些下层阶级的人是多么正确！我们应该向那些工厂里的工人致敬！他们只有四个便士，却有勇气与自己的女友组

---

① *The Ragged-Trousered Philanthropists*，爱尔兰作家罗伯特·特雷塞尔所著，被视为一部工人阶级的文学经典。书中将破衣烂衫、任劳任怨的工人比作无偿为剥削他们的资本家创造利润的慈善家。

成家庭！至少，在他们的血管里流淌的是鲜血，而不是金钱。

戈登以小男孩天真而自私的方式下定了决心。他有两条路走。你要么成为有钱人，要么故意拒绝成为有钱人。你可以占有金钱，你也可以鄙弃金钱，最可怜的莫过于膜拜金钱却无法得到它。他认定自己这辈子发不了财，他从未想过自己有什么才华能够发财。这是拜他那些学校老师所赐，他们让他觉得自己是个无法无天的小混蛋，这辈子别想"成功"。他接受了这一点。那好吧，那他就决定与"成功"的人生分道扬镳。他下定决心不当一名"成功人士"。在地狱里称王总比上天堂当奴仆强，就算在地狱里当奴仆也要比在天堂当奴仆强。在十六岁的时候他就决定了人生的道路，他要与财神爷和他那些卑劣的侍从为敌。他发誓要与金钱不共戴天，当然，只是悄悄地在心里说说罢了。

十七岁的时候父亲去世了，只留下两百英镑。朱莉亚已经出来工作几年了。1918 年到 1919 年的时候她在一家政府机构上班，然后她报读了烹饪课程，在伯爵府地铁站旁边一间肮脏的小茶馆找了份工作。每星期她工作七十二个小时，挣二十五先令，包伙食和茶点。光是每星期的生活费就得搭进去十二先令，甚至更多。显然，康斯托克先生一死，最好的方式就是让戈登退学，给他找份工作，让朱莉亚拿那两百英镑开一间自己的小茶馆。但这时康斯托克家族惯有的在金钱上的傻气又发作了。母亲和朱莉亚都不肯听劝让戈登退学。她们带着中产阶级那种莫名其妙又理想化的势利心态，宁肯进收容所也不肯让戈登在十八岁的法定年龄之前退学。那两百英镑，或一半以上，必须用在完成戈登的"学业"上。戈登由得她们这么做。他已经发誓与金钱不共戴天，但这并不表示他不是一个自私透顶之人。当然，他十分害怕上班工作。哪个男孩子不害怕呢？在某间肮脏的办公室里抄抄写写——上帝啊！他的叔伯姑婶已经在絮絮叨叨地说着"戈登该成家立业了"。他们看待一切事情的唯一出发点就是"好差事"。史密斯那小伙子在银行找到了一份"好差事"，琼斯那小伙子在保险公司找到了一份"好差事"。这些他都听烦了。他们似乎想要看到每一个英国的年轻人在棺木上都写着"好差事"。

与此同时，钱还是得挣。结婚前戈登的母亲是个音乐老师，结婚后当家庭收入拮据时也会偶尔收收学生。现在她决定重新开始招收学生。他们住在亚克顿，在这里的郊区收学生很容易——有了音乐课的学费和朱莉亚帮补家计，接下来的一两年应该还撑得下去。但康斯托克太太的肺现在已经不能用"虚弱"加以形容。生前给父亲看病的那位医生曾为她的胸部听诊，态度非常严肃。他叮嘱过她要好好照顾自己，不要着凉，要吃有营养的东西，而最重要的是不要操劳过度。当然，上钢琴课这么操劳疲惫的工作对她来说是最糟糕不过的事情了。戈登对此一无所知。朱莉亚知道这件事，但她和母亲守口如瓶，不让戈登得悉。

一年过去了，戈登在学校里过得很不开心，为自己那身蹩脚的衣裳和囊中羞涩感到十分尴尬，而这些让女孩子成了他的梦魇。不过，那一年《新时代》接受了他的一首诗作。这段时间母亲就坐在阴风阵阵的客厅里很不舒服的钢琴凳上，给学生上钢琴课，课酬是每小时两先令。然后戈登毕业了，好管闲事的胖叔叔沃尔特有点生意上的门路，找上门来说他一个朋友的朋友可以给戈登安排一份在一家矿业公司会计部上班的"好差事"。这可是份优差——对于一个年轻人来说是非常有前途的入门职业。要是戈登肯踏踏实实地干，或许有朝一日他会成为一名大人物。戈登的心情很不安。突然间，和那些软弱的人一样，他僵住了，接着，全家人惊讶地听到他不肯去尝试这份工作。

当然，他们吵了好几架。家里人实在不明白他。他们觉得在机会找上门的情况下拒绝这么一份"好差事"简直是在亵渎神明。他一再重申他不想从事那种工作。那到底他要什么样的工作呢？家里人都问他。他阴沉沉地告诉他们，他想要"写作"。但靠"写作"他怎么可能挣钱谋生呢？他们追问他。当然，他只能哑口无言。在他内心深处，他觉得自己能靠写诗谋生。但那实在是一个荒唐透顶难以启齿的想法。但不管怎样，他一定不会从商，跟金钱打交道。他会去找一份工作，但不会是"好差事"。家里没有人知道他到底是怎么想的。母亲啜泣流泪，连朱莉亚也对他"横加指责"，那些叔伯姑婶（那时候还有六七位在世）一直缠着他好说歹说，但都没有用。三天后，悲剧发生了。吃晚饭的时候母亲突然咳嗽得很厉害，手抚着胸口扑倒在桌上，嘴里流出鲜血。

戈登吓坏了。母亲没有死，但他们将她抬上楼的时候看上去和死人没什么两样。戈登跑去找医生。接下来的几天母亲就在死亡的门槛徘徊。长时间坐在阴风阵阵的客厅和经年累月的奔波操劳使得她病入膏肓。戈登无助地在房子里徘徊，罪恶感与忧愤感交织心头。虽然不知道个中内情，但他隐约察觉得到母亲是为了他的学业而把自己累垮的。出了这档子事情，他不能再忤逆母亲了。他找了沃尔特叔叔，跟他说他愿意接受那份矿业公司的工作，如果他们还肯聘请他的话。于是沃尔特叔叔拜托了他的朋友，那个朋友又拜托了他的朋友，戈登被叫去面试。面试者是一位年长的绅士，装了咬合不好的假牙，最后他面试成功，开始实习，起薪是二十五先令。他在这家公司一呆就是六年。

一家人从亚克顿搬了出去，在帕丁顿区一栋破败的红砖公寓楼租了一间公寓。康斯托克太太把钢琴也搬去了，精力稍有恢复她就重新招生授课。戈登的工资逐渐提升，一家三口勉强过得下去，而贡献最大的是朱莉亚和康斯托克太太。戈登在金钱上还是像小时候那么自私。他在办公室混得并不算太糟。大家都说他工作还算尽职，但不是那种能"发达"的人。在某种程度上，他对工作的鄙视使得他的心情好受一些。他可以忍受这种毫无意义的办公室生活，因为他从未想过会一直干下去。终有一天他会挣脱这份工作的束缚，至于是什么时候以什么方式辞别就只有天知道了。终有一天他会开始自己的"写作"事业。或许终有一天他能靠"写作"谋生。你觉得如果你成为一名"作家"，你将能摆脱铜臭味的生活，不是吗？他看着身边那些人，尤其是那些年纪大一些的人，心里觉得特别难受。那就是拜金主义的生活！安定下来，安心挣钱，出卖灵魂换得一所别墅和一株叶兰！变成一个典型的戴着圆礼帽的小人物——斯特鲁布漫画①中的小人物——那种温顺的小市民，六点十五分准时回家吃晚饭，吃的是土豆肉饼和炖罐头梨汤，听上半小时的英国广播电台交响乐节目，然后，如果他的妻子"心情好"的话，就进行合法正当的性交！多么可悲的命运！不，一个人不应该就这么活一辈子，一个人得摆脱这种生活，不能沾

---

① 英国漫画家西德尼·斯特鲁布（Sydney Strube）创作的政治讽刺漫画系列。

染上铜臭味。他在酝酿着一个计划。他似乎与这场对抗金钱的战争铆上了。但那仍是一个秘密。办公室的人从未想到他有这么荒诞不经的想法。他们甚至不知道他在写诗——因为他留下的蛛丝马迹并不多，六年里他只在杂志上发表过不到二十首诗作。看上去他只是一个普通的都市职员——早上站在地铁里拽着皮带朝东边出发，晚上搭西向地铁回家的上班一族大军中的一员。

　　他二十四岁的时候母亲去世了。康斯托克家族已经分崩离析，上一代人只有四个还活着——安吉拉姑姑、夏绿蒂姑姑、沃尔特叔叔和另一个叔叔，这位叔叔一年后也去世了。戈登和朱莉亚没有再在公寓里住，戈登在道迪大街租了一间带装修的房间（他似乎觉得住在布伦斯伯里比较有文学气息），朱莉亚搬到了伯爵府旁边靠近茶馆的地方。她那时已经是奔三的人了，看上去比年龄还苍老。她比以往更瘦了，但还算健康，头发开始花白。她每天还是工作十二个小时，时隔六年，她的周薪只涨了十先令。经营茶馆的那位贤淑高贵的女士半是朱莉亚的朋友，半是她的雇主，因此她能左一句"亲爱的"右一句"亲爱的"和朱莉亚谈话，一边狠狠地欺负她，让她辛苦地干活。母亲去世四个月后，戈登突然辞职了，没有给公司任何理由。同事们觉得他一定是"另有高就"——事实证明，这真是一件幸事——给他写了正面的推荐信。他根本没有想过另外找一份工作。他决心破釜沉舟，从此他将畅享自由的空气，摆脱铜臭味。他不是有意等到母亲去世才这么做的，但母亲的去世让他鼓起了勇气。

　　当然，家里剩下的那几口人也大吵了一架。他们觉得戈登一定是疯了。他一次又一次徒劳地向他们解释为什么他不愿意受一份"好差事"的束缚。他们一直缠着他问道："但你要怎么活下去呢？你靠什么谋生呢？"他不愿意严肃地考虑这个问题。当然，他仍幻想着自己可以靠"写作"谋生。他结识了《反基督报》的编辑拉沃斯顿，他不仅刊登他的诗作，还偶尔让他写写书评。比起六年前，他的文学之路似乎没有那么渺茫了。但"写作"的渴望并不是他真正的动机。他想要的，是摆脱金钱的世界。他模糊地向往着没有金钱的隐士一般的生活。他觉得假如你真的鄙视金钱，你可以像天空中的小鸟一样不断地向前飞。他忘了天空中的小鸟是不用付房租的。住在阁楼饿着肚子的诗人——饿肚子没什么大不了的——那就是他脑海中的自己。

接下来的七个月令他感到绝望和恐惧，几乎打断了他的风骨。他领略到了连续几个星期只吃面包和人造黄油的滋味。他空着肚子试图"创作"，将衣服典当掉，欠了三个星期房租，只能颤巍巍地溜上楼梯，而房东太太就在倾听你的脚步声。而且那七个月他几乎没有写出任何东西。挨穷的第一个后果就是灵感都被扼杀了。他终于醒悟了过来，身无分文并不意味着摆脱了金钱。恰恰相反，除非你有足够多的金钱支撑你的生活——用那该死的中产阶级的话讲，"衣食无忧"——否则你将成为金钱的奴隶，毫无翻身的希望。在粗俗不堪地吵了一架之后，他被扫地出门，在街头流落了三天四夜。太可怕了。有三个早上，在河堤路认识的一个人的指点下，他去了伦敦鱼市，帮忙把装鱼的手推车顺着蜿蜒的丘陵路段从鱼市送到东区批发市场。推一趟车挣两便士，非常辛苦，大腿的肌肉都蹬麻了。这份工作有很多人抢着干，你得等候着接活儿。运气好的话，从凌晨四点到九点你可以挣到十八便士。三天后戈登放弃了。这有什么意义呢？他山穷水尽，无路可走，只能向家里人借了些钱，重新去找一份工作。

但现在工作不好找了。几个月来他就靠着家里人的接济生活。朱莉亚一直收留他，直到她那微薄的积蓄最后一便士都花光了。实在是太悲惨了！这就是他人生态度的结果！他放弃了出人头地的理想，发誓与金钱不共戴天，最后却得仰仗姐姐的救济！他知道比起花光积蓄，朱莉亚对他的失败更加痛心疾首。她对戈登寄予厚望。他原本是康斯托克家族里最有望成材的人。即使到了现在，她仍相信终有一天他会光宗耀祖。他是那么"聪明"——如果他肯努力的话，一定可以挣到大钱！整整两个月，戈登和安吉拉姑姑住在她在海格特的那间小房子里——可怜的木乃伊一般的安吉拉姑姑，她自己甚至连饭都吃不饱。这段时间他绝望地到处求职。沃尔特叔叔帮不上他的忙了。本来他在商界的影响力就微乎其微，如今已经彻底没有了。不过，后来峰回路转，好运气来了。朱莉亚的老板娘的弟弟的朋友的朋友给戈登介绍了一份在新阿尔比恩①公关公司的会计工作。

新阿尔比恩公关公司是自战争以来冒起的众多公关公司之一——你或许可以说，这些公司就像是植根于腐朽的资本主义体制的蘑菇。这家公司规模不大，业务不断扩展，什么样的公关策划都做。它帮燕麦和自发面粉什么的设计广告海报，但主要业务是在针对女性的报刊杂志上设计饰物和化妆品的广告，此外还负责在两便士一份的周报上做一些小广告，例如专治女性不调的白玫瑰药丸、拉拉汤加教授的星座占卜、维纳斯的七

①　阿尔比恩(Albion)是不列颠群岛的古称。

个秘密、疝气病人的新希望、利用闲暇时间一周挣五英镑、西普罗拉克斯驱虱发油等等。当然,公司里有一大帮商业设计人员。在这家公司戈登认识了罗丝玛丽。她在"创作室"上班,帮忙设计时装图样。他在公司上了很久班才和她说过话。一开始的时候他只是听说过她这个人。她个子娇小,皮色黝黑,行动敏捷,很有吸引力,但也很令人畏惧。有一次他们在走廊相遇,她的眼神中带着讥讽,似乎她知道所有关于他的事情,认为他就是个笑话。不过她打量他的次数似乎多了一些。在业务上他和她没有来往。他在会计部上班,是每星期挣三英镑的小职员。

　　新阿尔比恩公关公司有趣的一点就是,这家公司具有彻头彻尾的现代精神。公司里所有人都清楚地知道公关行业——广告行业——是资本主义体制下最乌烟瘴气的行业。那家矿业公司多多少少还保留着一点商业荣誉感和追求价值的理念。但在新阿尔比恩公关公司,这些都是遭人嘲笑的玩意儿。大部分雇员脸皮都很厚,奉行美国工作风格,敢闯敢拼,在他们心目中,金钱是唯一神圣的事物。他们玩世不恭,认为公关就是欺诈,广告就是泔水桶里搅动一根棍子发出的声音。但在他们玩世不恭的态度之下仍保留着最后的天真,那就是盲目的拜金主义。戈登躲在一旁观察着他们。和以前一样,他上班时总是应付了事,同事们都看不起他。他的内心并没有改变。他仍然鄙夷和抗拒金钱。不管怎样,迟早他都会跳出这个圈子。即使到了现在,在经历了第一次失败之后,他仍然在筹划着逃离。他沦落于金钱的世界,但并不属于这个世界。至于他身边的那些人,那些未能化蛹成蝶的戴着礼帽的蠕虫、那些善于钻营的人、那些毕业于美国商学院会溜须拍马的人,他们总是让他觉得好笑。他喜欢观察他们谦卑谄媚的态度，为的只是保住自己的饭碗。他是航海日志的记录员，记录下他们的一举一动。①

一天，奇怪的事情发生了。有人碰巧看到戈登刊登在杂志上的诗作，消息传开了，"他们的办公室里出了个诗人"。当然，其他职员都嘲笑戈登，但并非出于歹意。从那天起他们给他起了个绰号"吟游诗人"。虽然这件事很有趣，但他们都看不起戈登。这件事印证了他们对他的印象。一个写诗的人怎么会"出人头地"呢？不过，峰回路转，就在职员们厌倦了取笑戈登的时候，经理鄂斯金先生原本很少注意到他，居然叫他去面谈。

鄂斯金先生块头庞大，行动缓慢，一张红润的大脸上面无表情。看他的外表、听他慢悠悠的说话声，你会笃定地以为他对种庄稼或喂养牲口很在行。他的脑筋和他的行动一样迟缓，而且人家都说完了他还没反应过来别人说了些什么。这么一个人怎么会成为一家广告公司的经理呢？真是只有资本主义那些奇奇怪怪的神明才晓得。但他是个可爱的人，他没有那种会赚钱的人常有的轻蔑自大的态度。某种程度上说，他的愚钝反倒帮了他的忙。对于那些时尚的偏见他十分麻木，因而倒是能看到别人身上的优点，称得上知人善用。戈登会写诗这件事让他很吃惊，也心有感触。新阿比恩公关公司需要能写东西的笔杆子。他叫了戈登过去，侧着头昏昏欲睡地打量着他，然后问了他几个没头没脑的问题。他从不去听戈登的回答，在提问的时候他总是"嗯、嗯、嗯、嗯"个不停。他会写诗？噢，是

---

① 这句话出自苏格兰诗人罗伯特·伯恩斯（Robert Burns，1759—1796）的诗作《致已故的格罗斯船长》。原句是："我奉劝你要小心，如果你的船破了个洞；有个航海日志的记录员，他会记录下你的一举一动。"

吗？嗯。报纸发表过他的诗作？嗯，嗯。发表诗作他们会给你稿费吗？不是很多吧？不，不是很多，嗯，嗯。诗歌？嗯。这东西一定很难写。要把每行字写得一样长什么的，嗯，嗯。还写其它什么吗？故事什么的？嗯。噢，是吗？非常有趣。嗯！

　　然后，他没有再提问下去，将戈登提拔为文秘——事实上是学徒——跟随新阿尔比恩公关公司的头号文案克鲁先生。和任何一家广告公司一样，新阿尔比恩公司总是在网罗有想象力的文案。事实上，找到能想出"Q. T.调味品让丈夫笑口常开"和"早餐麦片，小孩子们都吵着要吃"这样的广告标语的文案要比找到能干的美工难得多，真是有趣。戈登没有涨工资，但公司已经在关注他。运气好的话，一年后他就可以晋升为独当一面的文案。这可是出人头地的好机会。

　　他跟着克鲁先生工作了六个月。克鲁先生四十来岁，面容倦怠，头发像钢丝一样笔直挺翘，总是把手伸进头发里。他的办公室狭小局促，墙上贴满了以前他所设计的广告海报，作为成功的象征。他很照顾戈登，对他很友善，教会了他如何写文案，甚至愿意听取他的建议。那时候他们帮示巴女王卫浴精品公司（就是弗拉斯曼就职的公司，真是太巧了）新推出的春露除臭剂设计一组杂志广告。戈登不大情愿地开始了这份工作，但工作出奇地顺利。从一开始戈登就展现出文案的才华。他能创作出非常贴切的广告标语，生动的词句深入人心、过目难忘，他能写出精致的段落，用区区一百字囊括了无数个谎言——这些他都可以信手拈来。他天生就是个文字高手，但这是他第一次成功地加以应用。克鲁先生觉得他非常有前途。戈登看着自己事业逐渐发展，先是很惊讶，然后又觉得很好笑，最后感到很恐惧。这就是他在做的事情！编织出谎言将钱从傻瓜们的口袋里骗出来！这真是太讽刺了，他一直希望能够成为一名"作家"，却只能在帮除臭剂撰写广告时获得成功。但是，事情并不像他所想象的那么奇怪。大部分文案都是未能成功的小说家，或者，应该反过来说才对？

示巴女王卫浴精品公司对广告非常满意。鄂斯金先生也很满意。戈登的周薪涨了十先令。现在戈登吓坏了。他最终还是投入了金钱的怀抱。他正在堕落，堕落，堕入金钱的泥沼。再这样下去，他一辈子就会困在金钱的世界里了。奇怪的事情总是会发生，你下定决心不追求成功，你发誓这辈子不会"发达"——你认为就算你有这个想法也不可能"发达"，然后，事情发生了，你发现自己不知不觉就"发达"了。他觉得是时候逃离这个世界，否则时不再来。他必须跳出来——跳出金钱的世界，不然他将万劫不复。

但这一次他不会让自己饿肚子，最后被迫屈服。他向拉沃斯顿求助。他说他想找份工作，不需要什么"好差事"，能维持生计，不至于彻底出卖灵魂就行了。拉沃斯顿非常理解他。他不需要戈登向他解释一份工作与"好差事"之间的区别。他也没有告诫戈登这么做有多傻。这就是拉沃斯顿的过人之处。他总是能理解别人在想些什么。毫无疑问，这是因为他有钱，有钱人都是聪明人。而且，他是个有钱人，能帮别人找到工作。刚过了半个月他就告诉戈登有一份工作可能适合他。他和经营一间破败的二手书店的麦克凯切尼先生做过几回生意，麦克凯切尼先生正要找一个助手，但他不想找受过训的助手，因为那样他得付全额工资，他想找一个看上去像位绅士，能聊聊书籍的人——这样更能打动那些喜欢看书的顾客。这份工作和"好差事"相差何止十万八千里。工作时间长，工资又少——

周薪两英镑——而且根本没有晋升的机会。这是一份毫无前途的工作，而戈登想找的就是这种没有前途的工作。他去见了麦克凯切尼先生，一个睡眼惺忪的和蔼的苏格兰老头儿，长着一个酒糟鼻子和被鼻烟熏得发黑的白胡子。他没有提出异议，聘用了戈登。这时他的诗集《耗子》正准备出版。他投的第七家出版社终于接受他的诗稿了，戈登不知道这是拉沃斯顿的功劳——那个出版商是他的朋友。他总是暗中扶持那些没出名的诗人。戈登觉得未来一片光明。他靠着自己的奋斗成功了——或者，按照斯迈尔斯①的信条，按照叶兰式的信条，他成了一个失败者。

他提前一个月通知办公室他要辞职。这件事很痛苦。当然，得知他第二次放弃了一份"好差事"，朱莉亚越发难过。这时戈登已经认识了罗丝玛丽。她没有阻止他辞职。这违反了她的人生哲学——"人都有自己的活法"。她总是抱着这一态度。但她根本不明白为什么他要这么做。令他心里最难受的，是与鄂斯金先生的面谈。鄂斯金先生真是个好人。他不希望戈登离开公司，而且坦率地说出这番话。他的动作笨拙而有礼貌，好不容易忍住情绪，没有斥责戈登是个愣头青大傻瓜。不过，他问起了戈登辞职的原因。而不知为什么，戈登无法回避这个问题，或者说一些鄂斯金先生能理解的话——他要找一份工资更高的工作什么的。他羞愧地脱口而出，说"他觉得商业不适合他"，说"他要投身写作"。鄂斯金先生不置可否。啊？写作？嗯。现在写作能挣很多钱吗？啊，不多？嗯。不

---

① 萨缪尔·斯迈尔斯(Samuel Smiles, 1812—1904)，苏格兰励志作家，代表作有《自助》、《论节俭》、《生命与劳动》等。

多，我想确实不多。嗯。戈登觉得自己很可笑，嗫嚅着说"他有本书就要出版了"，是一本诗集，"诗集"这两个字他费了好大劲才说出口。鄂斯金侧着脸打量着他，然后说道：

"啊，写诗？嗯。写诗？靠写那种东西谋生？你觉得呢？"

"嗯——确切来说，没办法谋生。但会有点帮助的。"

"嗯——好吧！我想你自己最清楚不过了。如果以后你想找工作，那就回来吧。我敢说这里有你一席之地。我们这里欢迎你。别忘了。"

戈登离开了公司，为自己这么乖张任性和忘恩负义而觉得心里很不痛快。但他必须这么做。他必须摆脱金钱的世界。真是奇怪。整个英国的年轻人都在因为失业而捶胸顿足，而他，戈登，却觉得"工作"这个词令他作呕。明明他不想干，工作却不请自来。这验证了一个事实，越是不想要的事情，就越有可能发生在你身上。而且，鄂斯金先生的那番话触动了他。或许，他是认真的。或许，如果戈登决定回去的话，他还能找到一份工作。所以，他并没有破釜沉舟。无论是从前还是以后，他都注定逃不脱新阿尔比恩的劫数。

不过，刚开始在麦克凯切尼先生的书店工作的时候他是那么的开心！有那么一段时间——非常短暂的时间——他以为自己真的摆脱了金钱的世界。当然，书的买卖和其它买卖一样，都是骗人的把戏，但那不可同日而语！他不用奔波忙碌，想着怎么"发达"，也不用观言察色溜须拍马。没有哪个善于钻营的人能在沉闷的书店里呆上十分钟。至于工作，内容非常简单，就是一天在书店里呆十个小时。麦克凯切尼先生是个好人。当然，他是苏格兰人，但苏格兰人又怎么样。至少他不是一个贪财之人——他最大的特征似乎就是懒惰。他滴酒不沾，是某个非英国国教基督教派的信徒，但这些对戈登并没有影响。在书店里干了一个月，《耗子》出版了。有十三篇文章对其进行了评论呢！《时代文学增刊》说这本诗集前途无量。几个月后，他才知道《耗子》是多么失败的一本作品。

直到现在，当他一周只挣两英镑，基本上没有涨工资的希望时，他才意识到自己在进行的这场战斗的真实本质。糟糕的是，高风亮节的光芒无法持久。一周两英镑的生活不再是英勇的举动，而是成为了一种卑劣的习惯。和成功一样，失败也是一个骗局。他放弃了"好差事"，从此与"好差事"彻底绝缘。那是必须做的。他不想走回头路。他主动让自己陷入贫穷，但这并不代表他能摆脱贫穷所意味的不幸，掩饰毫无意义。问题的关键并不是生活的艰苦。一星期两英镑的生活谈不上艰苦，而就算真的很艰苦那也没什么。贫穷摧毁的是你的意志和心灵。思想上的死寂和精神上的龌龊——当你的收入在某个水平之下，它们就会降临在你身上，无法摆脱。信仰、希望、金钱——只有圣人才能在没钱的情况下仍保有前两者。

他越来越成熟世故。二十七岁、二十八岁、二十九岁。他就快三十岁了，前途不再模糊而美好，而是变得非常现实而残酷。他那几个还健在的亲人可怜的处境越来越令他感到沮丧失落。随着他年岁渐长，他觉得自己和他们越来越像。那就是他将要走的道路！再过几年，他也会和他们一样，就像他们一样！他觉得朱莉亚也是一样，比起他的叔叔和姑姑，他和她见面的次数更多一些。虽然他下了许多次决心不再借钱，但他还是时不时需要她的周济。朱莉亚的头发花白得很快，消瘦的红润脸颊上现出了深深的法令纹。她生活刻板不变，谈不上过得不开心。她在茶馆里上班，晚上在伯爵府附近那间起居卧室（位于二楼的里间，一周的租金是九先令，不带家具）里缝补衣服，偶尔与和她一样孤独寂寞的老处女朋友聚一聚。作为一个身无分文的未婚女性，生活就是这样。她认命了，觉得命运不会再有改变。但比起自己的遭遇，更令她感到痛心的是戈登的命运。康斯托克家族就这么没落了，人事凋零，什么东西也没有留下。她觉得这是一个悲剧。金钱，金钱！"我们家里似乎没有人会赚钱！"她总是这么哀悼着。而在家族里面，戈登曾经有过发财的机会，而他却选择了放弃。他掉入了贫困的深渊，就像家里其他人一样。在吵了第一次架后，当戈登放弃了新阿尔比恩公关公司的工作时，她没有去数落斥责他。但她觉得他的想法毫无意义。她是个女流之辈，口齿笨拙，但她知道与金钱过不去是最不可原谅的罪行。

至于安吉拉姑姑和沃尔特叔叔——噢，天哪，噢，天哪！这对老人家！每次看着他们俩，戈登都觉得自己仿佛老了十岁。

以沃特尔为例吧。看到沃特尔叔叔实在令人心里不痛快。他六十七岁了，开过许多间公司，遗产坐吃山空，收入可能只有每星期三英镑。他在科西特街有一间小小的办公室，自己住在霍兰德公园附近一间租金很便宜的寄宿旅舍。这是有例可循的。所有康斯托克家族的男丁住的都是寄宿旅舍。他看着穷苦潦倒的叔叔——颤巍巍的大肚腩，说话老是气喘，面容苍白而孤僻，有如萨金特①所作的亨利·詹姆斯的画像，脑袋上的头

---

① 约翰·辛格·萨金特（John Singer Sargent，1856—1925），美国画家，擅长人物肖像画。

发全都掉光了，眼袋很重，虽然他总是捻着胡须往上拉，但总是萎蔫下来——当你看着他的时候，你会发现你根本不能相信他曾经年轻过。你想象得出这么一个人曾经感受过生命的激情吗？他爬过树吗？从跳板上扎过猛子入水吗？谈过恋爱吗？他曾经动过脑筋吗？甚至回到十九世纪九十年代初，那时他还很年轻，他曾经努力奋斗过吗？或许他曾偷欢嬉闹过。在阴暗的酒吧里喝过威士忌，去过一两次帝国赛马会，偷偷嫖过那些老妓女——想象一下大英博物馆晚上关门后那些古埃及木乃伊的私密夜生活，你就知道那是怎样一种肮脏不堪的奸情了。在经过长年累月的商业失败后，他沦落到住进上帝不闻不问的寄宿旅馆，过着孤单萧索的生活。

但是，年迈的叔叔或许生活得很开心。他有一个从未让他厌倦的爱好，那就是他的疾病。据他自己所说，他得了医学词典里几乎每一样疾病，一说起这些病就来了精神。事实上，戈登觉得叔叔住的那间寄宿旅馆里的每一个人——有时候他会去那里坐坐——聊起天时谈论的就只有他们身上的病。在漆黑的客厅里，那些面无血色的老头子一对对坐在那儿，探讨着各种疾病症状，就像是滴着水珠的钟乳石在和石笋对话。滴答、滴答。"你的腰疼怎么样了？"钟乳石问石笋。"我发现那些克鲁斯岑盐粉很有效。"石笋回答钟乳石。滴答、滴答、滴答。

还有安吉拉姑姑。她六十九岁了。戈登尽量不让自己想起安吉拉姑姑。

可怜的、亲爱的、和蔼的、忧愁的安吉拉姑姑！

可怜的、皱巴巴的、皮肤枯黄的、皮包骨头的安吉拉姑姑！她住在海格特一座半独立小屋里——那个地方的名字叫布里亚布莱——在那北边的群山中，就是她居住的地方。安吉拉姑姑终生是个处女，无论是在世或是已逝的男人，没有一个以爱人的身份吻过她的双唇。她过着独居生活，终日奔波操劳，手里拿着骄傲的火鸡尾巴的羽毛做成的鸡毛掸子，打扫叶兰深绿色的叶片，掸掉那套华丽的德比皇冠牌陶瓷茶具上面的灰尘，虽然她永远不会去用它来泡茶。偶尔她会用橙黄白毫茶叶和白毫尖茶叶泡一壶浓浓的红茶，抚慰自己的心灵，那些茶叶是科罗曼德尔几个儿子从酒红色的海洋那里捎来给她的。可怜的、亲爱的、和蔼的但根本不招人喜欢的安吉拉姑姑！她的年金是九十八英镑（一周三十八先令，但她仍保留了中产阶级的思维习惯，以年金衡量自己的收入），十二先令又六便士得用来付房租。要不是朱莉亚时不时从茶馆里偷偷带点蛋糕、面包和黄油给她的话，她或许连饭都吃不饱——当然，朱莉亚总是一本正经地假装说"只是一点东西，丢了怪可惜的"，仿佛安吉拉姑姑其实根本不需要她的周济。

但连她也有自己的快乐，可怜的老姑姑。年纪大了之后她特别爱看小说，公共图书馆离布里亚布莱只有十分钟路程。康斯托克爷爷在世的时候，不知是出于什么缘故，他不许女儿们阅读小说。因此，直到1902年安吉拉姑姑才开始阅读小说，读的都是一些落伍几十年的作品。但她慢悠悠地从过去的作品读起，到了二十世纪初她还在读罗达·布洛顿[1]和亨利·伍德夫人[2]的作

---

① 罗达·布洛顿（Rhoda Broughton，1840—1920），威尔士女作家，代表作有《恰似一朵玫瑰的她》、《费思量》等。
② 亨利·伍德夫人（Mrs. Henry Wood），原名埃伦·普莱斯（Ellen Price，1814—1887），英国女作家，代表作有《乔治·坎特伯雷的愿望》、《在迷宫中》等。

品。到了战争年代她喜欢上了赫尔·凯因①和汉弗莱·瓦德夫人②的书。到了二十年代她读起了希拉斯·霍金③和色顿·梅里曼④的作品，到了三十年代她开始阅读麦斯威尔⑤和威廉·洛克⑥的书。或许再往后的作品她就读不到了。至于那些战后的小说家，她隐约听说过他们的名字，知道他们的书伤风败俗、亵渎神明却又富于机智。但她绝不会碰他们的作品。她知道沃波尔，读过希金斯⑦。但海明威呢？他是谁？

那是1934年的事情了，那时候康斯托克家族就只剩下这几个人了。沃尔特叔叔，经营过许多间"公司"，全身都是病；安吉拉姑姑，在布里亚布莱掸着德比皇冠牌陶瓷茶具上面的灰尘；夏绿蒂姑姑，仍然在精神病院，过着植物人的生活。朱莉亚，一周工作七十二小时，晚上在起居卧室里就着一盏小煤油灯"缝补衣服"；年近三十的戈登在从事一份没有前途的工作，一周挣两英镑，挣扎着想写出一本永远没办法完成的诗集，以此证明他的存在。

---

① 托马斯·亨利·赫尔·凯因（Thomas Henry Hall Caine, 1853—1931），英国作家、剧作家，代表作有《罪之影》、《基督徒》等。

② 汉弗莱·瓦德夫人（Mrs. Humphry Ward），原名玛丽·奥古斯塔·阿诺德（Mary Augusta Arnold, 1851—1920），英国女作家，代表作有《罗丝夫人的女儿》、《失踪》等。

③ 希拉斯·霍金（Silas Hocking, 1850—1935），英国作家，代表作有《生命无非如此》、《我命由我不由天》等。

④ 亨利·色顿·梅里曼（Henry Seton Merriman），英国作家休·斯托威尔·斯科特（Hugh Stowell Scott, 1863—1903）的笔名，代表作有《姐妹》、《战争与爱情》等。

⑤ 威廉·巴彬顿·麦斯威尔（William Babington Maxwell, 1866—1938），英国作家，代表作有《好与坏》、《棉絮》、《伪君子》等。

⑥ 威廉·约翰·洛克（William John Locke, 1863—1930），代表作有《爱在何方》、《白鸽》等。

⑦ 应指德洛丽丝·希金斯（Dolores Hichens, 1907—1973），美国女作家，作品多为悬疑题材，代表作有《通往密室的楼梯》、《诱拐者》等。

或许康斯托克家族还有其他旁亲，因为康斯托克祖父有十一个兄弟姐妹。但就算他们还活着，他们或许已经发财了，不会和穷亲戚联系，因为虽然血浓于水，但金钱却大于亲情。戈登的直系亲属总共五个人，全部收入加在一起，扣除掉夏绿蒂住精神病院的费用，还有六百英镑。五个人加起来的岁数是二百六十三岁。他们当中没有人出过国，打过仗，坐过牢，骑过马，乘过飞机，结过婚或生过孩子。他们将继续这样的生活，直至死去。年复一年，康斯托克家族什么事情也没有发生。

第四章

凛冽的寒风呼啸而来，
落叶殆尽的白杨弓下了腰。

事实上，那天下午一丝风也没有。天气几乎和春天一样温暖。戈登抑扬顿挫地低声朗诵着昨天写下的这两句诗，觉得韵律非常动人。这个时候他对这首诗很满意。这是首好诗——等写完了就会是首好诗。他忘了昨天晚上这两句诗几乎让他觉得恶心。

那棵悬铃树一动不动，蒙上了一层雾霭的薄纱。下面的山谷里，一辆电车轰隆隆地驶过。戈登走上马尔金山，没脚深的干燥落叶发出窸窸窣窣的声音。整条人行道上都堆满了金灿灿皱巴巴的落叶，看上去像美式早餐那些嘎嘣脆的麦片，似乎是大人国的女皇①打翻了她那包特鲁维特牌早餐麦片，洒满了整座山坡。

无风的冬日，多么快乐！这是一年最好的时光——至少戈登这时是这么想的。虽然他一整天没有抽过烟，口袋里只有三个半便士的硬币和一个三便士的硬币，他仍然很开心。今天是星期四，戈登可以早点关门，下午不用上班。他打算去书评家保罗·多尔林的家里。他住在柯尔律治林，在家里举办文学茶话会。

他花了一个小时多的时间精心打扮了一番。当你的收入只有两英镑一星期时，社交生活就会变得很令人头疼。吃完午饭他立刻就着冷水不无痛楚地刮了胡子，穿上最好的西装——这身衣服穿了三年了，但要是他记得把裤子在床垫下面压一压的话还可以见人。他把领子的里面翻了出来，将领带夹紧，这样那个破损的地方就不会显露出来。他用一根火柴从罐子里刮出鞋油，刚好把皮鞋擦亮。他甚至找罗伦海姆借了针线，将袜子补好了——这活儿很累人，但总比将露出的脚踝用墨水涂黑好一些。而且他还找到了一个空的金叶牌烟盒，从一便士香烟售卖机那里买了一支烟放进去。这起码能充充门面。到别人家里你身上当然不能没有烟。但有一支烟就行了，因为人们看到盒子里有一支烟，就会以为里面曾经是满的，很容易就把这件事当成是小意外蒙混过关。

"抽烟吗？"你随意地问了问别人。

"噢，谢谢。"

你打开烟盒，然后故作惊讶地说道："该死！我就剩一支烟了。我明明记得里面是满的啊。"

"噢，我怎么能要你最后一支烟呢。抽支我的吧。"那个人说道。

"噢，谢谢。"

然后主人家会给你敬烟。但你必须有一支烟充充门面。

凛冽的寒风呼啸而来。很快他就会写完这首诗。他想什么时候写完就能什么时候写完。真是奇怪，只是参加一个茶话会而已，他却精神大振。当你的周薪只有两英镑时，没什么人会

---

① "大人国的女皇"，英国作家斯威夫特的《格列佛游记》一书中的角色。

来找你。就连能到某人家里做客也成了一桩乐事。屁股底下坐着带软垫的扶手椅子，可以喝茶抽烟，闻到女人的香味——当你匮乏这些东西时，你学会了欣赏它们的价值。事实上，多尔林的茶话会从来不像戈登所想象的那么美好。他所想象的那些博学睿智精彩纷呈的谈话从来不会发生。事实上，茶话会里几乎没有称得上是谈话的内容，只是平时茶话会那些无聊的絮絮叨叨，无论是在汉普斯泰德还是在香港都一样。参加多尔林的茶话会的人都是一些庸人白丁。多尔林自己不是什么大人物，他的追随者也都是一些小角色。大概得有一半的客人是那些头脑迟钝的中年妇女，她们刚刚摆脱了基督教家庭的束缚，准备投身文艺界。到场的明星是那些文坛新星，他们只会坐上半个小时，结成自己的小圈子，窃窃私语谈论着其他文坛新星的事情，彼此间以绰号相称。大部分时间里戈登发现自己游离于谈话的边缘。多尔林会草草地将他介绍给别人认识，"这位是诗人戈登·康斯托克，你知道的，他创作了那本非常机智诙谐的诗集《耗子》。"但戈登从未遇到过哪个人听说过他的诗集。那几个文坛新星匆匆看了他一眼，然后就不去理会他。他三十岁左右、面容憔悴，而且一看就知道身无分文。但是，虽然每次都会感到失望，他仍然多么期盼能参加文学茶会话！这样可以让他摆脱寂寞。贫穷最可怕的折磨，最经常反复发作的痛苦就是——寂寞。日复一日，你找不到一个有学识的人聊天。夜复一夜，你只能独自一人呆在萧索的房间里。要是你有钱而且备受吹捧的话，那或许会是好事，但要是你不得不忍受寂寞的话，情况则大不一样！

凛冽的寒风呼啸而来。一排汽车嘟嘟嘟地轻轻松松驶上山坡。戈登看着这些汽车，并不觉得羡慕。谁会想要开车呢？那些上流社会的女人粉嫩如洋娃娃的脸透过车窗看着他。这些胸大无脑的哈巴狗，绑在链子上饱食终日的母狗。他宁可当一头独狼也胜过当一只摇头摆尾的哈巴狗。他想起了清晨的地铁站，一群群黑压压的小职员就像蚂蚁回洞一样钻进地底下。这群蚂蚁一样的人，每个人右手拿着公文包，左手拿着报纸，对失业的隐秘恐惧就像蛆虫在啃咬他的心一样，似乎要将他吞吃掉！特别是在冬天，当他们听到呼啸的风声时。冬天，裁员，收容所，街上的长凳！啊！

> 凛冽的寒风呼啸而来，
> 　落叶殆尽的白杨树弓下了腰，
> 　烟囱飘舞着黑黢黢的缎带，
> 　在昏沉沉的空气中摇摆而下，
> 撕裂开来的海报战栗颤抖着。
> 　火车在轰鸣，马蹄哒哒哒响个不停，
> 　职员们匆匆赶向车站，
> 　看哪，东边的屋顶正在战栗，
> 　想着——

他们在想什么呢？冬天快到了。我能保住饭碗吗？被解雇的话意味着进收容所。"你们都要行割礼。"主如是说。[1]你们都要好好地拍老板的马屁。有了！

> 　每个人都在想着，

---

[1] 此句出自《圣经·旧约·创世记》。

"冬天来了！求求你了，上帝啊，今年让我保住工
作吧！"

　　寒风就像一把冰冷的长矛，

　　刺透了他们的身体，

　　他们忧郁地想着……

　　又用"想"这个字。没关系。他们在想什么呢？钱！钱！
房租、纳税、学费、季票、给孩子们买鞋子。还有人寿保险和女
仆的工资。我的天哪，要是老婆又怀孕了怎么办！昨天老板说了
个笑话，我笑得够大声吗？吸尘器下个月的分期付款又得交了。

　　他觉得自己的文笔很优美，就像把拼图一片一片搭起来一
样，他想出了另一节诗：

　　他们想到了房租、水电、季票、

　　保险、煤炭和仆女的工资，

　　靴子、学费和在德雷格家具店买的两张双人床

　　下个月还得供分期付款。

　　不错，真的不错。很快就可以写好了。再加上四五节诗。
拉沃斯顿会将其发表的。

　　一只八哥栖息在一棵悬铃树的光秃秃的树枝上，自怜自伤
地叫唤着，在和煦的冬日八哥都会这么叫唤，因为它们以为春
天到了。树下坐着一只大黄猫，大张着嘴一动不动，热切地望
着树上，满心以为那只八哥会掉进它的嘴里。戈登重复着那四
段想好了的诗句。写得很好。为什么昨晚上他觉得这首诗内容
贫乏文字呆板呢？他可是个诗人。他挺直了腰杆，怀着作为一

位诗人的骄傲，志满意得地走着。戈登·康斯托克，《耗子》的作者。"前途无量的作品。"《时代文学增刊》是这么说的。而且还是《伦敦之乐》的作者。因为这本诗集很快就会付梓。他知道，只要他愿意，他可以完成这首长诗。为什么以前他会觉得那么绝望呢？三个月就能写好，这个夏天就可以出版。他似乎见到那本用白色硬衬布作封面的薄薄的诗集《伦敦之乐》，里面用的都是上好的纸张，宽阔的页边距，好看的卡斯隆字体，雅致的书皮，还有最好的报纸所刊登的诗评："杰出的作品"——《时代文学增刊》；"继西特韦诗派①之后的又一广受欢迎的作品"——《文学评论》。

柯尔律治林是一条阴暗潮湿、与世隔绝的死胡同小路，因此路上几乎没有什么行人或车辆，弥漫着一股荒凉的文学气息（据说1821年夏天柯尔律治②在这里住了六个星期）。看到路边那些年代久远的破旧房子、湿漉漉的花园和枝叶繁茂的大树，你会觉得置身于不合时宜的文化氛围中。毋庸置疑，在有的房子里，勃朗宁③书社仍欣欣向荣，穿着哔叽华服的女士匍匐在已逝的诗人的脚下，谈论着斯温伯恩④和沃尔特·帕特。到了

---

① 西特韦诗派（the Sitwell School），指埃迪丝·西特韦（Edith Sitwell，1887—1964）、奥斯波特·西特韦（Osbert Sitwell，1892—1969）及撒切维尔·西特韦（Sacheverell Sitwell，1897—1988）姐弟三人，都在英国文坛享有一定的名气。

② 萨缪尔·泰勒·柯尔律治（Samuel Taylor Coleridge，1772—1834），英国浪漫主义诗人，代表作有《古舟子咏》、《忽必烈汗》等。

③ 伊丽莎白·巴雷特·勃朗宁（Elizabeth Barrett Browning，1806—1861）及其丈夫罗伯特·勃朗宁（Robert Browning，1812—1889），广受尊敬的英国文坛伉俪，代表作有《葡语十四行诗》、《戒指与书》等。

④ 阿尔杰农·查尔斯·斯温伯恩（Algernon Charles Swinburne，1837—1909），英国诗人，对回旋诗体进行了创新发展，曾获六次诺贝尔文学奖提名，但未能获奖。代表作有《回旋诗百首》、《阿尔杰农·查尔斯·斯温伯恩诗集》等。

春天，花园的小圆花圃里长满了紫色和黄色的番红花，接着又长出了风信子，周围是贫瘠的草地。戈登似乎觉得这里的树也受到了环境的影响，长得歪歪扭扭奇形怪状的。保罗·多尔林是位当红的媚俗书评家，住在这样一个地方还真是奇怪，因为多尔林作为书评家的品味实在是不怎么样。他为《星期天邮报》撰写小说书评，和沃波尔一样，每半个月就有文章面世。你会以为他住的是海德公园一角的公寓。或许，他是在进行苦修，住在雅致而不舒服的柯尔律治林能抚慰受伤的文学神明。

戈登拐过街角，心里琢磨着《伦敦之乐》的一句诗，突然停下了脚步。多尔林家的大门看上去有点不大对劲。到底是什么不大对劲呢？啊，果然是这样！外面没有停汽车。

他停下脚步，走了两步，然后又停了下来，像一只狗嗅到了危险。一定是出了什么差错。这里应该停着几辆车的。每次多尔林举办茶话会都有很多人参加，而一半左右的人会开着汽车过来。为什么还没有人来？他来得太早了吗？没有啊！他们说三点钟，现在都三点四十分了。

他快步朝大门走去。他觉得茶话会肯定是取消了。乌云笼罩着他的心头。多尔林一家人根本不在家！茶话会取消了！这个念头虽然让他心头一凛，但他觉得并非是不可能的事情。这是他特有的恐惧，从小就一直萦绕在心头，害怕被别人邀请到家里做客，却发现别人不在家。即使受到邀请是确凿无疑的事情，他也总是觉得会出什么岔子。他觉得自己从来就是一个不受欢迎的人。他觉得人们看不起他，忘记他的存在是天经地义的事情。事实上，这样做又有什么出奇呢？他没钱。当你没钱的时候，生活就是不断地受人冷落。

他拉开铁门，发出嘎吱嘎吱的荒凉的声音。门前的小径湿漉漉的，长满了青苔，旁边堆着几块奇形怪状的粉红色石头。戈登仔细地观察着前屋。他习惯了这么做，就像神探福尔摩斯一样，他能分辨得出一户房子里是否有人。啊！这一次不会错的。房子看上去似乎没有人在里面。烟囱没有冒烟，窗户里没有透出灯光。屋里面一定是黑漆漆的——有人的话一定会点灯吧？台阶上连一个脚印也没有。他已经知道答案了，但他还是怀着一丝希望试了试门铃。当然，那是旧式的拉绳门铃。在柯尔律治林装电铃被认为是低俗而没有文学品味的事情。

叮，叮，叮！铃响了。

戈登最后的希望破灭了。那的确是门铃的叮当声在一间空房子里回荡的声音。他拽着把手猛扯了一下，几乎把绳子拉断了。吵得吓人的门铃声回应了他的动作。但没有用，一点用都没有。里面没有响起脚步声。连仆人都出去了。这时他看到从隔壁房子的地下室里冒出一个头，戴着蕾丝帽子，头发乌黑，一双年轻的眼睛正在打量他。她是一个女仆，出来看看到底是什么在吵。她直勾勾地看着他的眼睛。他知道自己看上去像个傻瓜。一个人在空荡荡的屋子门口拉门铃总是看上去像个傻瓜。突然间，他觉得那个女孩什么都知道——她知道茶话会取消了，每个人都知道这个消息，唯独他不知道——她还知道因为他没钱，所以人家嫌麻烦不通知他。她什么都知道。仆人们总是知道得一清二楚。

他转身朝门口走去。在那个女仆的目光关注下他不得不装出施施然的样子离开，似乎只是略感失望，不是什么大不了的事情。但他气得浑身发抖，很难控制自己的行动。这些混蛋！这些该死的混蛋！竟然这般戏弄他！邀请了他，然后改了日子，竟然不告诉他！或许会有其它解释——但他不愿去想这些。这些混蛋！这些该死的混蛋！他的眼睛落在那些花花绿绿的石头上。他真想捡起一块石头，从窗户扔进去！他用力地抓着大门生锈的栅栏，手抓得生疼，几乎快磨破了。身体上的疼痛让他感觉好了一些，缓解了心里的痛苦。这不仅仅是因为他上当受骗了，以为可以有人陪伴度过一个晚上，虽然这对他来说很重要。更难受的是那种被视为无足轻重之人、被抛在一边那种无助的感觉——就像一只根本不值得顾虑的小动物。他们改了日期，却嫌麻烦不肯通知他。他们通知了每个人，但就是没有通知他。当你没钱的时候人们就会这样对你！就这么肆意而冷酷地侮辱你。事实上，很有可能多尔林一家真的忘了，并不是故意要伤害他，甚至有可能是他自己弄错了日子。但是，不行！他不愿这么想。多尔林一家是故意这么做的。他们当然就是故意这么做的！他们嫌麻烦，没有通知他，因为他没钱，因此也就无足轻重。这些混蛋！

　　他快步走开，胸口一阵剧痛。他多么渴望人际关系，和人聊天！但想这些又有什么用？今晚他还是得像往常一样独自度过。他没几个朋友，而且住得很远。罗丝玛丽应该还在上班，而且她住在西肯辛顿的一间女子旅馆里，看门的都是一些老虔婆。拉沃斯顿住得近一些，在摄政公园那一区，但拉沃斯顿是个有钱人，忙碌得很，应该不会在家。戈登甚至没办法给他打个电话，因为他没有两便士，只有三枚半便士的硬币和一枚三便士的硬币。而且他身上没钱，怎么能去见拉沃斯顿呢？拉沃斯顿会说："走吧，我们去酒吧！"他不能让拉沃斯顿帮他付酒钱。他和拉沃斯顿的交情建立在他为消费自掏腰包的基础之上。

他点着了那支烟。走得太快，抽烟并没有带给他什么快感，那只是无意识的举动。他没有注意自己正往哪里去，他只想让自己不停地走不停地走，直到身体上的疲惫压过多尔林的羞辱为止。他往南边走去——沿着托特纳姆宫廷路经过荒凉的卡姆登镇。天已经黑了，他穿过牛津街，横穿考文特花园，发现自己来到了斯特朗大街，由滑铁卢大桥过泰晤士河。入夜后天变冷了，走着走着，他的愤怒没有那么激烈了，但他的心情并没有好转。有一个念头一直困扰着他——他想摆脱这个念头，但一直挥之不去。他想到了他的诗。他那些空洞、无聊、傻气的诗！他怎么会对这些诗怀有信心呢！想到不久前他还幻想《伦敦之乐》能够完成出版！现在想起自己的诗他只觉得恶心，就像想起昨晚的堕落。他打心眼里知道他没有才华，而他的诗都是劣作。《伦敦之乐》永远也别想写完。就算他能活到一千岁，他也写不出一行值得品读的诗句。出于对自己的憎恨，他一遍又一遍地念叨着他已经写好的那四段诗句。上帝啊，都是些废话！一个韵脚接一个韵脚——叮咚，叮咚，叮咚！就像一个空饼干罐子。他的生命就荒废在这些垃圾上。

　　他走了很长一段路，可能得有五到七英里。他的双脚火辣辣地疼，被人行道磨肿了。他来到了兰贝斯的一处贫民区，狭窄泥泞的街道前面五十码处的地方一片漆黑。路上几盏路灯雾气缭绕，像孤星一般悬在空中，除了它们自身什么也没有照亮。他饿得很厉害。咖啡厅熏满了蒸汽的玻璃引诱着他，上面写着粉笔字的告示："好茶一杯只要两便士，非大壶茶"。但他不想花掉他那个三便士的硬币。他穿过几道轰鸣的铁路拱桥，沿着街道来到亨格福德桥。街道的招牌灯饰照亮了污浊的河水，伦敦东部的垃圾正被冲刷到陆地上。软木塞、柠檬、木桶的木片、一只死狗，还有几块面包。戈登沿着河堤朝威斯敏斯特大教堂的方向而去。寒风吹过，悬铃树发出簌簌的响声。凛冽的寒风呼啸而来。他畏缩了一下。又是那句废话！虽然现在是十二月，但还有几个穷苦的老流浪汉睡在长凳上，身上裹着报纸。戈登冷冷地看着他们。他们管这叫漂泊。终有一天他会成为他们中的一员。或许，这样比较好？对这些真正的赤贫者他从未有一丝同情。那些穷苦的小职员和中层中产阶级人士才需要被别人可怜。

他走到了特拉法尔加广场。还得消磨几个小时。去国家美术馆吧？啊，早就关门了。现在是七点一刻，离睡觉还有四五个小时。他绕着广场走了七圈，四圈是顺时针方向，三圈是逆时钟方向。他的脚很酸，许多长凳是空着的，但他不想坐下。如果他停下一会儿，烟瘾就会发作。查令十字街上，那些茶馆叫卖的声音就像塞壬女妖的歌声。一间里昂快餐店的玻璃门打开了，飘出一股热乎乎的蛋糕的香味，几乎让他把持不住。为什么**不**进去呢？你可以在那儿坐上一个小时。一杯茶两便士，两个小圆面包各一便士。算上那个三便士硬币，他有四个半便士。但是，不行！那个该死的三便士硬币！收银台的那个女孩会嗤嗤偷笑的。在他生动的幻想中，他看到收银台的那个女孩接过他给的三便士硬币，转过头朝蛋糕柜台后面的那个女人咧嘴一笑。她们知道那是你最后的三便士。算了，走吧，继续走下去。

在霓虹灯刺眼的光芒照耀下，人行道上挤满了人。戈登在人群中穿梭着，他显得那么瘦小褴褛，脸色苍白，头发凌乱。人群从他身边走过，他避开别人，别人也在避开他。伦敦到了晚上就变得很可怕：严寒、冷漠、谁也不认识谁。七百万人就像水族馆里的那些鱼一样穿梭来往，避免接触，几乎没有察觉到别人的存在。街道上有很多漂亮女孩。她们从他身边经过，扭过脸避开他，或对他视若无睹。这些冷漠的美人鱼，让男人的眼睛不敢直视。这么多女孩独自一人或身边只有一个女伴，真是奇怪。他注意到独自一人的女人要多于有男人陪伴的女人。这也是因为钱的缘故。有多少女人宁愿没有男人陪伴，也不愿接受一个没钱的男人？

酒馆还在营业，飘出酸臭的啤酒味。单身或结伴而行的人纷纷走进电影院。在一家花里胡哨的大电影院门口戈登停下了脚步，看着那些电影剧照，看门人那双惹人讨厌的眼睛一直盯着他。葛丽泰·嘉宝[①]主演的《面纱》。他很想进去，但不是为了葛丽泰，只是想坐在天鹅绒座位上，享受那份柔软和温暖。当然，他讨厌电影，即使身上有钱的时候也很少去看电影。凭什么要助长这种将注定会取代文学的艺术呢？但电影院对他很有吸引力。坐在暖和的、烟雾缭绕的黑暗中衬着软垫的座位上，让闪烁不定的画面渐渐将你淹没——感觉到里面那些无聊的内容像一波波浪潮那样将你包围，直到你似乎被淹没在黏稠的海洋里，失去了知觉——说到底，那就是我们需要的毒品，对于没有朋友的人来说那正是灵丹妙药。他走近皇宫大戏院时，一个正在门廊下面站街的风尘女子注意到他，朝他走过来，挡住了他的去路。她是一个矮胖的意大利女孩，很年轻，长着一双又黑又大的眼睛。她看上去很温顺，而且和大部分妓女不一样，看上去很开心。他的脚步迟疑了下来，甚至和她四

---

① 葛丽泰·嘉宝（Greta Garbo，1905—1990），瑞典女演员，好莱坞著名影星。

目相投。她抬头看着他，那张双唇很厚的嘴准备好了绽放出微笑。为什么不停下来和她说说话呢？她看上去似乎能理解他。但不行！他没钱！他看着别处，就像一个因贫穷而只能坐怀不乱的小男人那样冷漠而匆忙地绕开了她。如果他停了下来，然后她发现他身上没钱，那她肯定会大发雷霆！他继续向前走。连说个话都得身上有钱才行。

走完托特纳姆宫廷路和卡姆登路实在是很辛苦。他放慢了速度，脚步开始有点沉重。他已经在人行道上走了十英里。又有女孩从他身边经过，根本没有注意到他。单身的女孩子、有年轻男伴的女孩子、有女伴的女孩子、又是单身的女孩子。她们那一双双年轻而残酷的眼睛看着他，然后越过他，对他视若无睹。他累得没有怨恨的力气了，双肩觉得很疲惫，塌了下来，腰弓着，再也没有力气保持昂首挺胸的姿势和那副盛气凌人的态度。我寻寻觅觅，她们却从我身边逃离！①你又怎能责怪她们？他三十岁了，面容沧桑，毫无魅力可言。为什么会有女孩子多看他一眼呢？

他记起如果他想吃饭的话就必须得赶紧回家——因为过了九点钟威斯比奇大妈就不肯做饭了。但想到他那间冰冷又没有女人的房间他就提不起劲。爬上楼梯，点着煤气灯，趴在桌子上无所事事地消磨几个小时，没有书读，没有烟抽——不，他无法忍受。虽然今天只是星期四，卡姆登镇的酒馆里还是坐满了人，热闹得很。三个胳膊通红的女人手里拿着啤酒杯，正站在一间酒馆的门口聊天。酒馆里传来了嘶哑的声音、香烟的烟

---

① 此句出自托马斯·怀亚特（Thomas Hyatt）的诗作《在爱情中享受快乐却被遗弃的他》。

雾和啤酒的味道。戈登想起了克莱顿酒吧。弗拉斯曼或许在那儿。要不要去碰碰运气？半品脱苦啤要三个半便士。算上那个三便士硬币，他有四个半便士。毕竟，三便士硬币**也是**法定货币。

他已经觉得渴得要命了。他不该让自己想到啤酒。走近克莱顿酒吧时，他听到了唱歌的声音。这间漂亮的酒馆似乎比平时更加灯火通明。里面似乎在开音乐会。二十个成年男子的声音正在齐声合唱：

"他是一个快乐的好小伙，

快乐的好小伙，

快乐的好小伙，

我们大伙儿都这么说！"①

至少歌声听起来就是这么唱的。戈登心中充满了渴望，走近了一些。那些声音里透出浓烈的啤酒的味道。听到这些声音，你就会看到那些有钱的水管工通红的脸膛。在吧台后面有一间房，那些水牛兄弟会②的人总是在里面秘密集会。一定是他们在唱歌。他们正在向他们的主席和书记祝酒，他们都叫他"大块头食草动物"，是吧？戈登在雅座酒吧外面犹豫着。或许他还是去公共酒吧比较好。公共酒吧卖的是扎啤，而雅座酒吧卖的是瓶装啤酒。他走到酒吧的另一头，那些带着啤酒味的歌声一直跟着他。

"我们大伙儿都这么说，

我们大伙儿都这么说！

① 《他是一个快乐的好小伙》是一首广为传诵的英文歌谣。
② 水牛兄弟会，全称"皇家太古水牛兄弟会"（RAOB），是英国的一个慈善互助会组织，其名称具有戏谑的意味。

因为他是一个快乐的好小伙，

快乐的好小伙儿！"

有那么一会儿，他觉得头很晕。那是疲惫、饥饿和口渴夹杂在一起的感觉。他可以想象出里面一定很舒服，那几头"水牛"正在唱歌，壁炉的火烧得很旺，还有锃亮的大桌子，墙上挂着许多大"水牛"的照片。他还想象得到当歌声渐渐平息，那二十张通红的脸膛举杯畅饮的情景。他把手伸进口袋里，确定那个三便士硬币还在里面。说到底，干吗不去喝一杯呢？在公共酒吧谁在乎这个呢？他把那个三便士硬币拍在吧台上，大家就权当是个笑话一笑而过。"这东西是吃圣诞布丁的时候一直攒到现在的吧——哈哈哈！"周围响起了笑声。他的舌头似乎已经尝到了扎啤苦涩的味道。

他的手指摸着那个小硬币，犹豫不决。那群"水牛"又齐声同唱：

"我们大伙儿都这么说，

大伙儿都这么说，

因为他是一个快乐的好小伙——"

戈登走回那间雅座酒吧。窗户上结了霜，由于里头很热，另一面结了水珠。但透过缝隙你可以看到里面。他窥视着里头，是的，弗拉斯曼就在那儿。

雅座酒吧里面人头涌动。所有的房间都一样，从外头看去，里面舒服得很。壁炉里的火焰跳动着，铜痰盂反射着火光。戈登觉得自己透过玻璃几乎可以闻到啤酒的香气。弗拉斯曼正和两个长着鱼一样的脸，看上去似乎混得不错的保险经纪人坐在吧台那里。他一只手肘撑在吧台上，一只脚踩着踏栏，另一只手拿着满满一杯啤酒，正和一个漂亮的金发吧女搭讪。

她正站着靠在吧台后面一张椅子上，一边整理着瓶装啤酒，一边风情万种地扭过头聊天。你听不见他们在说什么，但你可以猜想得到。弗拉斯曼正在说一些背熟了的俏皮话，那两个长着鱼脸的家伙猥琐地笑得前仰后合。那个金发女郎低着头嗤嗤地笑着，有点惊讶又有点开心，扭动着她小巧的臀部。

戈登心痒痒的。进去，进去！里面很暖和，灯火通明，可以和别人聊天，喝啤酒抽烟，和一个女孩调情！为什么不进去呢？你可以找弗拉斯曼先生借一先令。弗拉斯曼会马上借给你的。他想象着弗拉斯曼满不在乎的口气——"怎么了，伙计？你还好吗？什么？一先令？当然可以！这有两先令，接着，伙计！"——他弹了一个弗洛林，从滴满了啤酒的吧台上滚过来。在钱这方面弗拉斯曼可不是小气鬼。

戈登将手放在旋转门上，推开了几英寸。暖和的烟味和啤酒味从门缝里飘了出来。多么熟悉而令人振奋的味道。但是，这股味道打消了他的念头。不行！他不能进去。他转过身。口袋里只有四个半便士，他没脸走进这间雅座酒吧。不能让别人请你喝酒！这是穷人的第一条戒律。他动身出发，走在黑漆漆的人行道上。

"因为他是一个快乐的好小伙，

我们大伙儿都这么说！

我们大伙儿都这么说！嘿！"

歌声和啤酒的味道交织在一起，随着他越走越远，渐渐在他身后减弱。戈登拿出那枚三便士的硬币，扔到了黑暗中。

他正走回家，如果你能将其形容为"走"的话。他似乎是出于地心引力的缘故朝家的方向走去。他不想回家，但他得坐下来。他的双腿很酸，两只脚都肿了，而那间廉价肮脏的卧室是整个伦敦唯一他付了钱有权利坐下来的地方。和往常一样，他悄悄地溜进房子里，但威斯比奇太太还是听到了他的动静。她从门口匆匆好奇地瞥了他一眼。现在刚过九点，如果他提出要求的话，或许她会给他做顿饭吃。但她会抱怨不停，而且会以恩人的姿态自居。他宁愿饿着肚子上床睡觉也不愿意招惹她。

他走上楼梯。正走到第一段楼梯中间时，身后传来了两下敲门声，吓了他一跳。是邮递员！或许罗丝玛丽寄信来了！

外面有人将信箱的翻板推了起来，从里面溜出几封信，掉在地毯上，就像一只鹭鸶艰难地从胃里反吐出几条比目鱼。戈登的心跳得很厉害。那里有六七封信，肯定有一封是寄给他的！和往常一样，听到邮递员的敲门声，威斯比奇太太从她的巢穴里冲了出来。事实上，两年来戈登从未在威斯比奇太太染指之前拿到过一封信。她把信件一把搂在胸前，然后每次拿起一封信，检视着上面的地址。看她这副模样，你可以猜得到她怀疑每封信都夹着法庭的告票、不得体的情书或安眠药的广告。

她乖戾地说道：“你有一封信，康斯托克先生。”然后把一封信递给了他。

他的心收缩了一下，然后停住了。那是一个长方形的信封。因此不是罗丝玛丽寄来的。啊！上面的地址是他自己的笔迹，那就是某份报纸的编辑寄回来的。现在他有两首诗投了稿。一封寄给了《加利福尼亚文学评论》，另一封寄给了《报春花季刊》。但信封上面贴的不是美国邮票。《报春花季刊》收到他的信起码有六个月了！上帝啊，难道他们接纳了他的稿件？

他忘记了罗丝玛丽，说了句"谢谢"，把信件塞进口袋里，装出一副平静的样子走上楼梯。刚走出威斯比奇太太的视线他就三步并作两步跑上楼去。他得在独自一人的情况下拆这封信。还没走到门口他就伸手去摸火柴盒，但他的手指颤个不停，点灯时火柴老是划在灯罩上。他坐了下来，从口袋里取出那封信，然后胆怯了，不敢鼓起勇气拆开信封。他将信封对着灯光，摸着信纸的厚度。他的信有两页纸。然后，他责骂自己是个傻瓜，拆开了信封。他那首诗掉了出来，还有一张整洁的——噢，多么整洁！——仿羊皮纸的打印件：

"诗稿未能采纳，对此编辑深表遗憾。"

那张纸条上面还设计了一丛葬礼上使用的月桂树叶图案。

戈登看着这张纸条，心里燃起了无名怒火。或许这是世界上最令他无法忍受的轻慢，因为他无法找谁去争辩。突然间他痛恨自己那首诗，觉得它实在是太丢人了。他觉得那是自己写过的最蹩脚傻帽的作品。他没有再去看那首诗，将其撕成碎片，扔进废纸篓里。他会永远忘了那首诗。但是那张退稿通知他还没有撕掉。他的手指抚摸着那张纸，感受着它令人生厌的光滑质感。这封信多么精致，是字体清秀的打印件。你一眼就看得出它来自一本"好刊物"——高雅自负的刊物，后面有一家出版社的财力作支撑。金钱，金钱！金钱和文化！他怎么那么蠢，以为《报春花季刊》这么一份报纸会接受他的诗稿！以为他们会接受像他这种人的作品，他那首诗不是打印稿，单是这件事就足以让他们知道他是什么样的人。他怎么不去白金汉宫投帖呢。他想到那些为《报春花季刊》写稿的人：都是有钱而高雅的小圈子文人——那些油头粉面文质彬彬的年轻人，吃奶的时候就吸收了文化和金钱。他竟然想和那群装腔作势的人打交道！但他还是要痛骂他们。这些混蛋！这些该死的混蛋！"对此编辑深表遗憾！"为什么要这么文绉绉地拒绝他？为什么不直截了当地说："我们不会要你那蹩脚的诗作。我们只刊登剑桥学友的作品。你们这些无产者给我滚远一点。"这些该死的伪善的混蛋！

最后，他将退稿通知揉成一团，扔到一边，然后站起身。趁他还有力气脱衣服，最好上床睡觉。那张床是唯一暖和的地方。但先等等，给时钟上发条，调好闹钟，无精打采地做完这件熟悉的事情。他的眼睛落在了那株叶兰上。他住在这廉价肮脏的房间里两年了，这两年来他一事无成。七百多天就这么荒废了，全都以躺在那张孤独的床上而告终。冷落、失败、侮辱，所有的这些他都无力报复。钱、钱，一切都是因为钱！因为他没钱，所以多尔林看不起他；因为他没钱，所以《报春花季刊》拒绝刊登他的诗作；因为他没钱，所以罗丝玛丽不肯和他上床。社交上的失败、创作上的失败、性生活上的失败——它们都是一样的，最根本的原因就是因为没钱。

他得找个人或找件什么事情出气。一直想着那则退稿通知，他根本睡不着觉。他想起了罗丝玛丽。自从她上次写信已经过去五天了。要是他能收到她的来信，被《报春花季刊》退稿的打击或许不会如此沉重。她口口声声说爱他，却又不肯和他上床，甚至不肯给他写信！她和别人一样，看不起他，忘记了他，因为他没钱，所以无足轻重。他准备给她写一封长信，告诉她被漠视和侮辱是什么滋味，让她知道她对他有多么残忍。

他找到一张干净的信纸，在右上角写下：

"柳堤路西北段31号

十二月一日，晚上九点三十分。"

但写下这些之后，他发现自己写不下去了。他意气消沉，连一封信都懒得写。而且，写了信又有什么用呢？她不会明白的。没有女人能明白。但他一定得写点什么东西，能伤害她的东西——那就是他此刻最想做的。他想了很久，最后在信纸的中间写道："你让我心碎了。"

没有地址，没有签名，就在信纸的中间用他那有"学者派头"的笔迹写了一行字，看上去很简洁，几乎就像一首短诗。这个想法让他心里高兴了一些。

他把信放进一个信封里，走到街角的邮递局寄了出去，用掉了最后三枚半便士的硬币，从售卖机里买了一张一便士和一张半便士的邮票。

第五章

"下个月我们打算在《反基督报》刊登你那首诗。"拉沃斯顿从二楼的窗口说了一句。

戈登站在楼下的人行道上，假装忘了拉沃斯顿在说哪首诗。当然，他记得很清楚，他记得自己的每一首诗。

"哪首诗？"他问道。

"那首写一个垂死妓女的诗。我们觉得那是首好诗。"戈登洋洋自得地笑了起来，假装是不屑一顾的自嘲。

"啊哈！一个垂死的妓女！你可以说那是我的重要主题之一。下次我给你看看一首关于叶兰的诗。"

拉沃斯顿长着一张过于敏感而孩子气的脸和一头茂密的棕黑色头发。他的头从窗户边略微往后缩了缩。

"外面冷得紧，"他说道，"上来吃点东西吧。"

"不了，你下来吧。我吃过晚饭了。我们去酒吧喝杯啤酒。"

"那好吧。等我一下，我穿鞋。"

两人就这么交谈了几分钟，戈登站在人行道上，拉沃斯顿从上面的窗户探头出来。戈登不是敲门告知自己到访，而是往窗户上扔一块石头。如无必要，他绝不踏足拉沃斯顿的公寓半步。公寓的气氛让他很不自在，觉得自己肮脏可鄙，与那个地方格格不入。他下意识地觉得那个地方所透出的上流社会的气势压倒了自己，只有站在街上或坐在酒吧里他才觉得自己能和拉沃斯顿平等相待。拉沃斯顿觉得他那套有四个房间的公寓只是一间陋室，如果知道它让戈登自惭形秽的话，他会觉得非常惊讶。在拉沃斯顿看来，住在摄政公园这一区就跟住在贫民窟没什么两样。他选择了住在这里，是想成为一名社会主义者，就像那些势利小人为了能夸耀说"咱家"住的是伦敦上流住宅区，愿意待在马厩里一样。他一辈子都在努力摆脱自己出身的阶级，希望成为光荣的无产阶级的一员。和所有类似的尝试一样，他的尝试注定将以失败告终。没有哪个富人能成功伪装成穷人。金钱就像谋杀案，瞒是瞒不住的。

在临街的大门上挂着一块黄铜铭牌，上面写着：

"P. W. H. 拉沃斯顿

《反基督报》"

拉沃斯顿住在一楼，《反基督报》的编辑室在楼下。《反基督报》是一份面向中上阶层的月刊，热切而语焉不详地宣扬社会主义。大体上，这份刊物让人觉得它是一位热诚的非英国国教信徒所编辑的刊物，由笃信上帝转而信奉马克思，与一帮自由体诗人厮混在一起。但这并不是拉沃斯顿内心真正的信仰，只是他的心肠太软，不适合当编辑，总是可怜那些投稿的人。基本上，任何刊登在《反基督报》的作品都是出于拉沃斯顿同情作者正在挨饿的一片好心。

过了一会儿拉沃斯顿出来了，没有戴帽子，正在戴一双长手套。你一眼就可以看出他是个年轻的富翁，因为他一身有钱人的装扮：一件旧的斜纹软呢大衣——但剪裁得体，越旧越有贵族派头——宽松的灰色法兰绒长裤、灰色的套领衫和一双穿得很旧的棕色皮鞋。无论他去哪里，甚至到上流社会交际或到昂贵的餐厅用餐，都故意穿着这身衣服，以此表示他对上流社会繁文缛礼的轻蔑。他没有意识到，只有上流阶级的人才有资格做这些事情。虽然他比戈登大一岁，但看上去要年轻得多。他个头很高，身材瘦削，肩膀宽阔，和上流阶级的年轻人一样，气质从容尔雅。但他的神情和动作总是带着拘谨和歉意，似乎总是妨碍了别人。当他表达个人意见时，他总是用左手食指的指背揉着鼻子。事实上，他这辈子无时无刻不在道歉，觉得自己那么富有是一桩罪过。你恭维他是个有钱人就像你对戈登说他是个穷鬼一样，两人最忌讳的就是自己的身份。

"我想你吃过晚饭了？"拉沃斯顿说话时带着伦敦布伦斯伯里的口音。

"是的，吃过很久了。你呢？"

"噢，吃过了，当然。噢，吃得挺饱！"

现在是八点二十分，从中午到现在戈登还没吃过东西。拉沃斯顿也还没有吃饭。戈登不知道拉沃斯顿饿着肚子，但拉沃斯顿知道戈登饿着肚子，而戈登也知道拉沃斯顿知道这一点，但两人都有理由假装肚子不饿。他们从未一起吃过饭。戈登不愿让拉沃斯顿帮他付钱，而他自己又没钱下馆子吃饭，连里昂咖啡厅或快餐店都去不了。今天是星期一，他身上还有五先令九便士，去酒吧喝几品脱啤酒他还喝得起，但吃顿像样的饭就不行了。每次他和拉沃斯顿见面时，两人都心照不宣，除了去酒吧喝酒花一个先令左右之外，其它涉及花钱的事情一概不做。这样一来，两人似乎在收入上就没有差别了，矛盾被掩盖了。

两人沿着人行道走着，戈登往拉沃斯顿身边凑近了一些。他想挽着拉沃斯顿的胳膊，当然，他不能这么做。拉沃斯顿个子比他高，样貌比他英俊，站在旁边显得他憔悴不堪，而且形象猥琐。他很喜欢拉沃斯顿，但和他在一起时总是觉得很不自在。拉沃斯顿举手投足间不仅很有魅力，而且气度雍容优雅，戈登从未见过像他这样的绅士。毫无疑问，这是因为拉沃斯顿有钱。金钱可以买到一切美好的品质。钱是恒久忍耐，又有恩慈。钱是不嫉妒，钱是不自夸、不张狂。①但拉沃斯顿在某些方面看上去不像个有钱人。他没有伴随财富而来的那股铜臭味，或许他经过一番努力才将其摆脱。事实上，终其一生他都在努力摆脱它。正是因为如此，他才花了那么多时间和金钱出版一本不受欢迎的宣扬社会主义的月刊。除了《反基督报》之外，他到处花钱。一帮诗人和街头画家总是不停地找上门，寻求他的救济。他花在自己身上的钱大约是八百英镑一年，即使是这样他仍觉得很羞愧。他觉得以他的收入根本算不上是无产阶级，但他实在不知道该怎么节制消费。对他来说，一年八百英镑已经是最低限度了，就像对戈登来说一周花两英镑是最低消费一样。

"你的工作进行得怎么样了？"拉沃斯顿问道。

"噢，还是那样。这工作烦人得很。和那些老女人聊休·沃波尔。我没什么可抱怨的。"

"我是说你自己的工作——你的诗集。《伦敦之乐》进行得顺利吗？"

"噢，上帝啊！别提了，我头发都愁白了。"

"有进展吗？"

"我的书没有进展，只会后退。"

---

① 此句出自《圣经·新约·哥林多前书》。句子中的"钱"，原文为"爱"。

拉沃斯顿叹了口气。作为《反基督报》的编辑，他总是得鼓励意气消沉的诗人，这已经成了他的第二天性。他当然知道为什么戈登会写不下去，为什么如今所有的诗人都写不下去，为什么会写出那些空洞无物的作品，就像在一面大鼓里晃着一个豌豆。他同情地说道：

"确实如此！我承认如今不是创作诗歌的好时代。"

"你说得没错。"

戈登抬起脚跟敲了敲人行道。他希望《伦敦之乐》这个话题没有被提起过。这让他想起了他那间狭窄阴冷的卧室和那株叶兰下面凌乱的手稿。突然他开口说道：

"创作这档子事儿！真他妈太烦了！枯坐在角落里，折磨着再也无力思考的神经。现在还有谁会读诗？去训练跳蚤表演也要比写诗更有前途。"

"但你不能心灰意冷。毕竟，你还是写出了一些东西，现在很多诗人都做不到呢。比方说，你出版了《耗子》。"

"噢，《耗子》！一想起它我就想吐。"

他厌烦地想起了那本可耻的八开本诗集，里面有四五十首干巴巴了无生机的短诗，每首诗都像小产的胎儿，装在罐子里，外面贴着标签："前途无量"，《时代文学增刊》如是说。卖出了一百五十三本，剩下的都积压在仓库里。每个艺术家都有过这种时候，想起自己的作品时，心里只觉得轻蔑，甚至是厌恶。

"死了。"他说道，"就像装在罐子里的小产婴儿一样死掉了。"

"噢，我觉得大部分书籍都是这样。如今你不能指望诗集能有好的销量。竞争太激烈了。"

"我不是那个意思。我是说那些诗本身就是死的，毫无生命力可言。我写的所有作品都是这样。没有生命，没有活力。倒不一定写得很粗俗蹩脚，却都死气沉沉的——死掉了。""死"这个字在他的脑海里回荡着，勾起了一连串的思绪。他补充道："我的诗都死了，因为我死了。你也死了。我们大家都死了，我们是活在阴间的一群死人。"

拉沃斯顿轻声附和着，带着滑稽的罪恶感。现在他们聊起了两人最喜欢的话题——至少是戈登最喜欢的话题——现代生活的无聊、残酷与了无生机。每次见面他们都会就这个问题谈论上半个小时。但这个话题总是让拉沃斯顿觉得很不自在。他当然知道腐朽的资本主义制度下的生活是毫无生机而且没有意义的——而这也是《反基督报》所要指出的事实，但这些都只是停留在理论上。当你一年花费八百英镑时，你无法真切地体验那种感觉。大部分时间里，当他没有想到矿工、中国苦力和米德尔斯堡的失业者时，他觉得生活是那么有滋有味。而且，他怀着天真的想法，认为很快社会主义就会让一切好起来。他总是觉得戈登在夸大其词。因此两人其实无法达成共识，但拉沃斯顿太有礼貌了，不愿意将自己的主张坚持到底。

但在戈登看来情况并非如此。戈登的周薪只有两英镑，因此他对现代生活深恶痛绝，衷心希望看到这个充斥着金钱的文明被炮弹摧毁。两人沿着一条昏暗但勉强称得上整洁的住宅区小道朝南走去，路上有几间商店，都关门了。一座房子的围墙上贴着科纳·忒布尔那张一码长的脸，正在嗤嗤地傻笑，在灯光下显得苍白委顿。戈登看到一扇窗户上摆着一盆枯萎了的叶兰。这就是伦敦！延绵好几英里都是破落孤独的房子，房屋都租了出去，这里没有家，没有社区，只有一群群行尸走肉一样的人在浑浑噩噩中走向坟墓！他看着梦游般的路人。他只是将内心的痛苦具体化了，但这个想法并没有令他觉得不安。他的思绪回到了星期三下午，那时候他渴望听到敌人的飞机在伦敦上空逼近的声音。他抓住拉沃斯顿的胳膊，停下脚步，指着科纳·忒布尔那张海报说道：

"看看那边那张该死的脸！看看，看看！你不觉得想吐吗？"

"我承认从审美角度上说确实令人不悦。但我不觉得这有什么要紧的。"

"这当然很要紧——整个城市都贴满了这些东西。"

"噢，那只是暂时的现象。资本主义已经日薄西山。我想这没什么好在意的。"

"但事情没这么简单！看看那家伙的脸，他正在盯着我们！从那张海报你可以洞察我们整个文明的本质。无聊、空虚、荒凉！看到这张海报就会想到避孕套和机关枪。你知道吗，前几天我真的盼望战争爆发！我渴望战争——几乎想祈求战争到来。"

"确实如此，你知道，欧洲有将近一半的年轻人也是这么想的，问题非常棘手。"

"希望他们真的是这么想的。那样战争或许真的会打响。"

"我亲爱的老伙计，别这么说。一场就够了①，真的。"

戈登焦躁不安地继续走着。"如今我们过的都是什么样的生活啊！这根本不是生活，只有萧索和死寂。看看这些该死的

————————————

① 指一战。

房子，还有里面住的那些毫无意义的人！有时候我觉得我们都是行尸走肉，站着的时候就开始腐烂。"

"但你知道你犯了什么错误吗？你把这些都看成是无可救药的弊端。其实这些只是无产阶级掌握权力之前注定会发生的事情。"

"噢，社会主义！不要和我谈论社会主义。"

"你应该读一读马克思，戈登。你真的应该这么做。然后你就会认识到这只是一个历史阶段，不会永远持续下去。"

"不会吗？我倒是觉得这种情况会一直持续下去。"

"这只是因为我们生不逢时。置之死地而后生，希望你能明白我的意思。"

"我们就快死了。但我看不到重生的希望。"

拉沃斯顿揉了揉鼻子。"噢，我觉得，我们必须坚定信仰，坚持希望。"

"你是说，我们必须有钱。"戈登阴沉沉地说道。

"钱？"

"那是乐观的代价。给我一周五英镑，我敢说，我就会成为一名社会主义者。"

拉沃斯顿看着别处，心里有点不舒服。又谈起了钱！去到哪里它都会找上你！戈登后悔说出这一番话。和比你有钱的人在一起的时候，你千万不能谈起钱。或者说，当你谈起钱的时候，那必须是形而上的金钱问题，而不是现实的具体的金钱，在你的口袋里而不是在我的口袋里的金钱。但这个该死的话题就像磁铁一样，迟早他都会自怜自伤地说起他那两英镑一星期的可怜生活，尤其当他多喝了两杯的时候。有时候，出于冲动他会说错话，将难堪的真相和盘托出——比方说，他已经两天没有烟抽了，或他的内衣千疮百孔而他的大衣拿去当掉了。但他决心今晚绝对不会发生这样的事情。他们立刻避开了钱这个话题，开始空泛地聊起了社会主义。多年来拉沃斯顿一直致力于将戈登改造成为社会主义的信徒，但戈登对此根本不感兴趣。不一会儿他们经过一间位于小巷子角落的酒馆，看上去档次很低，带着一股啤酒酸溜溜的味道。那股味道令拉沃斯顿觉得很难受，希望加紧步伐离开这里。但戈登停了下来，鼻孔翕张着。

"上帝啊！我想进去喝一杯。"他说道。

"我也是。"拉沃斯顿勇敢地附和着。

戈登推开酒吧的门，拉沃斯顿跟在后面，说服自己他喜欢酒吧，尤其是不上档次的酒吧。酒吧里洋溢着无产阶级的气氛。在酒吧里，你可以和工人阶级平等相待——至少理论上是这样。但实际上，除非是和戈登这样的人同行，否则拉沃斯顿绝不会走进这么一间酒吧。每次到了那里他总是觉得自己就像一条离了水的鱼。一股臭烘烘的寒意朝他们袭来。酒吧里面很脏，烟雾缭绕，天花板很矮，地板是用锯末压成的，酒桌上摆满了来来往往的客人留下的啤酒杯。在一个角落里坐着四个身材丰满的女人，胸脯得有西瓜那么大，正喝着波特酒，围绕着一个叫克鲁普太太的女人说长道短。酒吧的女老板个头很高，脸色阴沉，留着一绺黑色的刘海，看上去像妓院里的老鸨。她站在吧台后面，强健的前臂交叉在一起，正在看四个干体力活的工人和一个邮递员投飞镖。穿过房间时你得猫着腰躲过飞镖。酒客们有点骚动，好奇地盯着拉沃斯顿。一眼看上去他就是位绅士，这种人出现在平民酒吧可不多见。

拉沃斯顿假装没有注意到别人正盯着他，施施然朝吧台走去，脱下一只手套从口袋里掏钱，随口问道："你喝什么？"

戈登已经冲到前头，将一先令放在吧台上。第一轮酒得由他付钱！这事关他的荣誉。拉沃斯顿朝唯一空着的桌子走去。一个苦力手肘撑在吧台上，粗俗无礼地久久盯着他，心里骂道："花花公子！"戈登过来了，端着两杯一品脱的深色麦芽啤酒。两个酒杯都是廉价货，厚得几乎像果酱罐一样，脏兮兮油腻腻的。啤酒上漂着一层薄薄的黄色泡沫。空气中弥漫着像火药味一样的烟草味。拉沃斯顿看到吧台旁边摆着一口满满的痰盂，将视线移了开去。他想到这啤酒是从某个长满了甲虫的地窖通过好几码长的脏兮兮的管道吸上来的，而这些杯子从来没有好好洗过，只是在啤酒一样的水里泡了一下。戈登肚子很饿。他本来想吃点面包加奶酪，但如果叫了这些的话，那他吃过晚饭的谎言就不攻自破了。他深深喝了一口啤酒，点着了一支烟，暂时忘记了饥饿。拉沃斯顿也吞下满满一口啤酒，小心翼翼地把眼镜拿了下来。这是典型的伦敦啤酒，味道令人作呕，而且在口里留下一股化工品的余味。他想喝勃艮第红酒。两人继续讨论着社会主义。

"你知道，戈登，你真的得好好读一读马克思。"拉沃斯顿说道，态度没有刚才那么谦和了，因为啤酒低劣的味道让他有点生气。

"我宁可去读汉弗莱·瓦德夫人的书。"戈登说道。

"你怎么就不明白呢，你的态度很不理智。你总是滔滔不绝地反对资本主义，但你却不肯接受唯一的解决之道。钻牛角尖是解决不了问题的。一个人要么接受资本主义，要么接受社会主义，二者必居其一。"

"我告诉你吧，我才不信社会主义那一套呢。一想起社会主义我就犯困。"

"那你反对社会主义是出于什么理由呢？"

"反对社会主义只有一个理由，那就是，没人想要社会主义。"

"噢，这可真是太荒唐了。"

"我是说，没有人能够了解社会主义到底意味着什么。"

"那在你看来，社会主义到底意味着什么呢？"

"噢！就是奥尔德斯·赫胥黎①的《美丽新世界》所描绘的情景，只不过没有那么有趣罢了。每天在模具厂工作四小时，把编号为6003的螺丝拧紧。公共食堂里用防油纸盒派饭。集体从马克思社区远足到列宁社区，然后再走回来。街头到处都是免费的流产诊所。当然，一切都井然有序。只是，我们不想生活在那个世界里。"

拉沃斯顿叹了口气。每个月他都会在《反基督报》驳斥对社会主义如此描述的论调。"那我们到底要争取什么呢？"

"谁知道呢。我们只知道我们不要什么。而这正是问题的症结所在。我们被困住了，就像布里丹之驴②一样。但我们的选择是三个，而不是两个，而这三个选择都令我们作呕。社会主义只是其中之一。"

"那另外两条出路是什么？"

"噢，我想是自杀和天主教会。"

拉沃斯顿笑了，觉得有点惊讶："天主教会！你觉得那会

① 奥尔德斯·赫胥黎（Aldous Huxley，1894—1963），英国作家、诗人，出身名门赫胥黎世家，代表作为《美丽新世界》、《猿猴与本质》、《约拿》等。

② 法国哲学家布里丹曾讲述过如下命题：一只完全理性的驴子在两堆一模一样的干草面前将不知作何选择，活活饿死。

是一条出路吗？"

"对于知识分子来说，那一直是个诱惑，不是吗？"

"不，我不会称那些人为知识分子。虽然，艾略特是其中一员。"拉沃斯顿承认。

"像他那样的人还有很多。我敢说，在基督教会的庇护下感觉一定非常惬意。当然会有点不合理性——但你在那里会很有安全感。"

拉沃斯顿用力地揉着鼻子，"在我看来那和自杀没什么两样。"

"确实如此。但社会主义不也一样。至少在绝望的时候能获得些许安慰。但我不会去自杀，这未免太软弱了，我可不会把我在这个世界上所享有的东西拱手让给别人。要死我也要先拉几个敌人垫背。"

拉沃斯顿又笑了，"那谁是你的敌人呢？"

"噢，那些一年挣五百英镑以上的人。"

两人陷入了尴尬的沉默。拉沃斯顿的收入，扣除所得税之后，大约是每年两千英镑。戈登老是说这样的话。为了掩饰此刻的困窘，拉沃斯顿拿起酒杯，忍着那股令人作呕的味道，喝下了三分之二——喝得够多了，足以让人觉得他把酒喝完了。

"干杯！"他装出热情的声音，"我们继续喝。"

戈登喝光杯里的酒，让拉沃斯顿拿走杯子。现在他可以心安理得地让拉沃斯顿付钱买酒了。他付了第一回的酒钱，面子保住了。拉沃斯顿自觉地走去吧台。他一站起来人们又开始盯着他。那个苦力仍然靠在吧台上，自己那杯啤酒碰也没碰，一直静静地、很没有教养地盯着他。拉沃斯顿决心不再喝这脏兮兮的麦芽啤酒了。

"两杯双份威士忌，谢谢。"他带着歉意说道。

那个阴沉的女老板瞪着他，"什么？"她问道。

"两杯双份威士忌，谢谢。"

"这里没有威士忌。我们不卖烈酒，只卖啤酒。"

那个苦力蓄着八字胡的嘴巴窃笑着。"这个无知的花花公子！"他想着，"跑到啤酒吧来要威士忌喝！"拉沃斯顿苍白的脸微微一红。到现在他才知道有的破落酒吧付不起钱申请卖烈酒的营业执照。

"那就来点贝丝红酒，有吗？两瓶一品脱装的贝丝。"

酒馆里没有一品脱的瓶子，所以只能用四个半品脱的瓶子装了贝丝红酒。真是一间不像样的酒馆。戈登长长地喝了一口贝丝，觉得心满意足，这可比生啤的酒精度更高。他喉咙觉得有点疼。因为他饿着肚子，所以觉得有一点上头。他又开始觉得自怜自伤，而且脑袋开始胡思乱想。他本来决定不抱怨自己的苦日子，但他决定还是要吐一吐苦水，突然开口说道：

"我们谈论的都是些废话。"

"怎么了？"

"所有这些关于社会主义、资本主义、当今世界的局势和天知道什么内容。我才不管这个世界怎么样了呢。只要我和我关心的人不饿肚子，整个英国的人都饿死了我才不在乎呢。"

"你说的未免太夸张了吧。"

"没有。我们所说的这些——只是在宣泄情绪罢了。一切都取决于我们口袋里有多少钱。我觉得伦敦是一座死寂的城市，我们的文明奄奄一息，我希望战争会爆发，天知道我还说了些什么，这都是因为我一周只挣两英镑，我希望能有五英镑。"

拉沃斯顿又想起了自己的收入，用左手的食指关节碰了碰鼻子。

　　"当然是这样，我同意你的观点。说到底，就像马克思所说的，一切意识形态都取决于经济状况。"

　　"啊，但那是你读马克思学来的。你不知道一周靠两英镑苦苦支撑意味着什么。那不是生活艰苦的问题——那跟艰苦完全是两码事。那是一种鬼鬼祟祟见不得人的生活。几个星期来你就生活在寂寞中，因为当你没钱的时候你也就没有朋友。你自诩是个作家，却写不出任何东西，因为你总是精疲力尽，没有精神动笔。那是肮脏的下等人的生活，就像生活在精神的阴沟里一样，"

　　现在他开始了。每次两人一见面不久戈登就会开始谈论这个话题，而且态度极其恶劣，让拉沃斯顿觉得非常尴尬。但是戈登没办法不让自己这么做。他得找个人倾吐烦恼，而拉沃斯顿是唯一明白他的人。贫穷就像弄脏了的伤口一样，得时不时暴露一下。他开始说起自己在柳堤路的生活细节。他详细地描述那种泔水和卷心菜的味道、饭厅里凝结了的酱料瓶、不堪入口的食物和那株叶兰。他描述着自己如何偷偷摸摸地泡茶和将茶渣扔进厕所里的伎俩。拉沃斯顿心中很愧疚很难过，坐在那儿盯着自己的酒杯，搁在手里慢慢地旋转着。他感觉自己右边的胸口被一个方方正正的东西硌得慌。那是他的钱包，他知道里面有八英镑钞票和两张十先令的钞票，就搁在厚厚的绿色支票簿旁边。这些贫穷生活的细节多么可怕！戈登描述的不是真正的贫穷，而是最可怕的贫穷边缘的情形。而那些真正的穷人又是怎么生活的呢？米德尔斯堡的那些失业者，七个人挤在一间房里，一星期只挣二十五先令，他们的日子是怎么过的呢？

这个世界上有人过着这样的生活，而他还敢带着几英镑的钞票和支票簿到处招摇？

"真是糟糕。"他软弱无力地喃喃自语了几回。他不禁在想——这是他的自然反应——要是他提出借十先令给戈登，戈登会不会接受。

他们又喝了一轮酒，还是拉沃斯顿给钱，然后走到外面的街道。是时候道别了。戈登和拉沃斯顿出去从不超过两小时。和有钱人交往就像到高海拔的地方一样，不能呆太久。今晚无星无月，吹拂过来的风带着湿气。夜里的空气、啤酒和路灯雾气蒙蒙的光芒让戈登脑子清醒了一些。他知道任何有钱人都根本无法明白挨穷的痛苦，即使是像拉沃斯顿这么通情达理的人也一样。正是因为这样，他更加有必要解释。他突然问道：

"你读过乔叟的《法学家的故事》吗？"

"《法学家的故事》？我不记得了。内容是什么？"

"我忘了。我只能想起最前面的六句话。他是这么描述贫穷的：每个人都可以踩你一脚！每个人**都想**踩你一脚！人们知道你是个穷鬼，对你**厌恶**至极。他们侮辱你，纯粹就是为了享受侮辱人的乐趣，知道你根本无力还击。"

拉沃斯顿心里一痛，"噢，不会这样的！人不至于坏到这种地步。"

"啊，那是你不知道罢了！"

戈登不想听他说"人不至于坏到这种地步"的说教。他痛苦而快乐地坚持着一个看法，那就是，因为他没钱，人们就一定**想要**侮辱他。这与他的人生哲学相一致。突然，他谈起了过去两天来一直盘亘在他脑海里的事情，完全无法制止自己——他讲述了星期四被多尔林一家爽约戏弄的事情。他将整件事和盘托出，全然不觉得羞愧。拉沃斯顿很惊讶。他不明白戈登说这件事的目的何在。不就是错过一次茶话会嘛？有什么大不了的。他觉得很滑稽。就算你给他钱他也不会去参加茶话会。和其他有钱人一样，他花在回避交际聚会上的时间要比参加交际聚会的时间多得多。他打断了戈登：

"说老实话，你不应该这么容易生气，你知道，这种事情其实没什么大不了的。"

"这件事本身没什么，但要紧的是这件事所蕴含的意味。他们认为侮辱你是理所应当的事情，就因为你没钱。"

"但这很有可能只是一场误会而已。为什么别人想要侮辱你呢？"

"穷人家的兄弟可不亲①。"戈登倔强地引用了一句话。

虽然拉沃斯顿连戈登认为世界已死的论断都不加反驳，听到这句话他却揉了揉鼻子，"乔叟真的写过这样的话？那恐怕我无法认同乔叟的观点。人们不会因为你没钱而恨你，真的。"

"他们会的。而且他们有权利恨你。你**就是**可恨。就像那些李斯特林除臭剂一样，'为什么他总是独自一人？因为口臭毁了他的前途。'贫穷就是精神上的口臭。"

拉沃斯顿叹了口气。戈登就是这么不近人情。两人继续走着，戈登态度十分激烈，而拉沃斯顿无法认同他，和戈登为了这种问题而起争执时，拉沃斯顿觉得爱莫能助。他认为戈登未免夸大其词了，但不愿意反驳戈登。他能怎么说呢？他是个有钱人，而戈登是个穷鬼。你怎么能和一个穷得叮当响的人争辩

---

① 此句出自乔叟的《法学家的故事》。

贫穷这个话题呢？

"还有，当你没钱的时候，女人会怎么对你！"戈登继续说道，"关于钱还有一样可恶的事情——女人！"

拉沃斯顿阴沉着脸点了点头。他觉得关于这一点戈登还算有点道理。他想起了自己的女朋友赫尔迈厄尼·斯拉特。他们恋爱两年了，但还没有谈婚论嫁。结婚"太烦人了"，赫尔迈厄尼总是这么说。当然，她很有钱，或者说，她家里很有钱。他想起了她的肩膀，宽阔、光滑、年轻，从她的衣服里滑出来，就像一条美人鱼脱水而出。还有她的肌肤和头发，像阳光下的麦田，温暖而令人陶醉。一提起社会主义赫尔迈厄尼就会打呵欠。而且她从来不读《反基督报》。"别和我提起下等阶层的事。"她总是说，"我憎恨他们。他们臭死了。"而拉沃斯顿很爱她。

"当然，女人确实是件麻烦事。"他承认。

"她们不止是麻烦。她们是该死的诅咒，要是你没钱的话。要是你没钱，没有哪个女人想见你。"

"我觉得这么说未免太过分了。事情不至于这么糟糕。"

戈登没有听他在说些什么。"女人就是女人，和她们谈社会主义或其它什么主义根本就是对牛弹琴！女人想要的就只有钱。要有钱买自己的房子，养两个小孩，买一套德拉格牌的家具，种一盆叶兰。她们觉得不想发财就是唯一的罪过。女人判断男人的标准就只有他的收入。当然，她不会这么说出口。她会说他是个好人——意思就是他很有钱。要是你没钱，你就称不上是个好人。你就是不光彩的人，有罪的人，在叶兰面前有罪的人。"

"你提起叶兰很多次了。"拉沃斯顿说道。

"它可是很重要的主题。"戈登说道。

拉沃斯顿揉了揉鼻子，不大自在地看着别处。

"听我说，戈登，如果你不介意我这么问的话——你有女朋友吗？"

"噢，上帝啊！不要提她！"

但他还是说起了关于罗丝玛丽的事情。拉沃斯顿从未遇到过罗丝玛丽。这时戈登甚至记不得罗丝玛丽是个怎样的女人；记不得两人是多么深深地喜欢对方；记不得他们见面的机会虽然不多，但每次见面总是很开心；记不得她是如何耐心地包容他那些令人无法忍受的毛病。他只记得她不肯和他上床，以及自从上回她写信到现在已经过去一个星期了。站在潮湿的夜色里，喝多了几杯啤酒，他觉得自己就像是一头被遗弃的动物。罗丝玛丽对他"太残忍"了——这就是他的感受。完全是出于自虐式的快感和故意让拉沃斯顿不痛快，他固执地幻想着罗丝玛丽的性情，将她描述成为一个喜怒无常的女人，和他在一起虽然很开心，但在心里鄙夷他，和他在一起，却和他若即若离，而要是他身上有点钱的话就会投怀送抱。拉沃斯顿没见过罗丝玛丽，并没有怀疑他所说的话。他插了一句，

"但听我说，戈登，这个女孩，罗什么小姐来着——罗丝玛丽小姐，她对你一点儿都不在乎吗？"

戈登的良知在责备自己，但并不是很深刻。他说不出罗丝玛丽根本不在乎他。

"噢，她还是在乎我的。我敢说，以她自己的方式，她还是很乎我的。但难道你不明白吗，她在乎得远远不够。当我没钱的时候，她办不到。一切都是钱的问题。"

"但钱并不是那么重要吧？终究，还是有其它因素在里

面的。"

"其它因素？难道你还不明白，一个男人的品质和他的收入密不可分吗？收入就代表了他的品质。你是个穷光蛋的话，怎么能讨女孩子欢心呢？你没有体面的衣服穿，你不能带她去外面吃饭，去剧院看戏，或到外面度过周末。你无法营造出开心有趣的气氛。谁说这种事情不重要，那一定是在胡扯。钱就是这么重要。要是你没钱，你根本没有地方和女友约会。罗丝玛丽和我不是逛马路就是去看画展。她住在某间污秽的女子宿舍里，而我那个婊子养的女房东不肯让女人进屋。我们俩就只能在潮湿的街道上瞎逛——罗丝玛丽和我在一起的时候就只能这样。难道你不明白这让一切都失去了光彩？"

拉沃斯顿很难过。要是你没钱带女朋友出去的话一定很惨。他想鼓起勇气说点什么，但说不出口。他想起了赫尔迈厄尼赤裸的、如熟透了的热带水果的娇躯，觉得有点罪恶感，又有点热切的渴望。运气好的话，今晚她可能会到他的公寓里去。或许现在她正等着他呢。他想起了米德尔斯堡那些失业的人，他们在忍受性饥渴的折磨，却没有公寓住。他抬头看了看窗户。是的，窗户里透着光亮，赫尔迈厄尼一定在里面。她自己有钥匙。

他们走近公寓时，戈登贴近拉沃斯顿。今天晚上的相聚就要结束了，他得和亲爱的拉沃斯顿告别，回到自己那间肮脏孤独的卧室。所有的夜晚都以这种方式结束，从漆黑的街道走回房间，没有女人陪伴。拉沃斯顿会说："上来坐一坐吧。"戈登知道自己该说什么："不了。"不能和你喜欢的人呆在一起太久——这是穷人的另一条戒律。

两人在台阶下面停下脚步。拉沃斯顿伸出戴着手套的手，握着一根栏杆的铁矛头。

"上来坐一坐吧？"他的语气一点儿也不坚定。

"不了，谢谢。我得回去了。"

拉沃斯顿的手指握紧了矛头，似乎作势要走上去，但没有动脚。他的目光不自在地越过戈登脑袋，凝视着后方，开口说道："听我说，戈登，我希望我这么说你不会介意。"

"怎么了？"

"我是说，你知道的，我对你和你女朋友的事情感到很难过。不能带她出去。这种事情实在是太糟糕了。"

"噢，这其实没什么。"

一听到拉沃斯顿说"太糟糕了"，他就知道自己刚才说得实在是太夸张了。他知道自己不该那么傻气地、自怜自伤地诉苦。说起这些事情的时候，他没办法制止自己，但说完之后他又觉得很后悔。

"我觉得我有点夸大其词了。"他说道。

"听我说，戈登。我可以借给你十先令。带她出去吃饭，或度过周末，或做点别的事情。或许情况会不一样。我很难过，想到——"

戈登难受地皱着眉头，猛然退后了一步，似乎在逃避威胁或侮辱。可怕的是，说出"好吧"的诱惑几乎令他心动了。十先令可以做好多事情！他想象着自己和罗丝玛丽坐在一间餐厅的桌旁——上面放着一碗葡萄和桃子，一个服务员正弯着腰，柳条篮子里搁着一个黑漆漆蒙着灰尘的红酒瓶。

"这怎么行！"他说道。

"我希望你能接受。我很乐意借钱给你。"

"谢谢。但我希望维系我们的友谊。"

"这句话未免——嗯，未免太布尔乔亚了吧？"

"你以为我拿了这十先令算是借钱？十年我都可能还不清。"

"噢，没这么严重。"拉沃斯顿看着别处。他必须说出那句话——他发现自己经常被迫说出这句话，觉得很可耻——"你知道，我钱多得是。"

"我知道你有钱。这正是我不能向你借钱的原因。"

"你知道，戈登，有时候，你实在有点——嗯，固执。"

"很抱歉，我就是这样。"

"噢，那好吧！晚安。"

"晚安。"

十分钟后，拉沃斯顿和赫尔迈厄尼乘一辆出租车朝南而去。她一直在等他，在客厅壁炉前面一张大得吓人的扶手椅上朦朦胧胧地睡着了。没什么事情做的时候，赫尔迈厄尼会像小动物一样总是很快就睡着，睡得越多人就越健康。他朝她身边走去时，她醒了过来，睡眼惺忪而撩人地扭动着身躯，半打着呵欠朝他微笑着，在灯光的照射下，一边脸颊和一只裸露的胳膊像玫瑰花一般娇艳。打完呵欠后她问道：

"晚上好，菲利普！你去哪儿了？我等你好久了。"

"噢，我和一个朋友出去了。戈登·康斯托克。我想你不认识他。是个诗人。"

"诗人！他问你借了多少钱？"

"没有。他不是那种人。事实上，在金钱方面他是个傻瓜。但他很有文学才华。"

"我真受不了你和你那些诗人朋友！你看上去很疲惫，菲利普。你什么时候吃晚饭的？"

"嗯——事实上,我还没吃晚饭呢。"

"你还没吃晚饭!为什么?"

"嗯,你知道——我不知道你明不明白,出了一桩小事故,事情是这样的。"

他解释了一番。赫尔迈厄尼笑得乐不可支,坐直了身子。

"菲利普!你真是个大傻瓜!没吃饭就出去,为的就是不至于伤害那个家伙的自尊!你必须马上吃点东西。当然,你的女仆回家了。为什么你就不能雇几个像样的仆人呢,菲利普?我不喜欢你过这种不体面的生活。我们去莫迪利亚尼餐厅吃晚饭吧。"

"但现在都十点多了。他们可能关门了。"

"胡说。他们一直开门到两点钟。我打电话叫辆出租车。我可不能让你饿坏了自己。"

坐在出租车里,她半睡半醒地靠在他身上,头枕着他的胸膛。他想起了米德尔斯堡那些失业的人,七个人睡一间房,一周靠二十五先令过日子。但她的身躯重重地压在他身上,米德尔斯堡在遥远的地方,而且他实在是很饿。他想起了莫迪利亚尼餐厅里他最喜欢的那张角落里的桌子,还有刚才去的那间酒馆硬邦邦的凳子、发馊的啤酒味和黄铜痰盂。赫尔迈厄尼带着睡意教训他。

"菲利普,为什么你得过着那么艰苦的生活呢?"

"但我的生活并不艰苦啊。"

"还不艰苦啊。你又不穷,装什么穷人呢?住那么破的公寓,没有仆人伺候你,和那些穷鬼一起出去。"

"什么穷鬼?"

"噢,就像你那位诗人朋友一样的人。那些帮你的刊物写东西的人。他们只是想从你身上捞钱。我当然知道你是个社会主义者，我也是。我是说，现在我们都是社会主义者。但我不明白为什么你要把钱那样花掉，和那些下等人交朋友。你可以做一个社会主义者，同时好好享受生活。我想对你说的就是这个。"

"赫尔迈厄尼，亲爱的，别把他们叫成下等人！"

"为什么不行？他们的确是下等人，不是吗？"

"这个说法太难听了。你就不能称呼他们是工人阶级吗？"

"如果你喜欢的话，那就称呼他们为工人阶级吧。但他们的味道可不会变。"

"你不能这么说话。"他小声地抗议着。

"你知道吗，菲利普，有时候我觉得你和那些下等人没什么两样。"

"我当然和他们一样。"

"真是讨厌。真是太讨厌了。"

她静静地躺着，不再争辩下去，伸出胳膊搂着他，像睡梦中的仙女。她的呼吸带着女性的芳香，像是进行无言而强大的宣传，让他放弃利他主义和公正的心。在莫迪利亚尼餐厅外面，他们付了出租车车费，正朝大门走去的时候，一个高大瘦削的男子从人行道上冲到他们面前，拦住他们的道，像一只摇头摆尾的宠物，脸上充满了渴望，却又很胆怯，似乎害怕拉沃斯顿会打他。他的脸离拉沃斯顿的脸很近——那是一张可怕的脸，像死鱼一样惨白，拉碴的胡子一直延伸到眼睛那里。他张开满是龋齿的嘴，说道："施舍点茶钱，大爷！"拉沃斯顿厌恶地躲开他。他的手自动伸进了口袋。但与此同时，赫尔迈厄尼拽着他的胳膊，把他拉进了餐厅。

"要是我不拦住你的话，钱都给你施舍光了。"她说道。

两人走到最喜欢坐的角落那张桌子旁边。赫尔迈厄尼点了一杯葡萄酒，但拉沃斯顿饿得很厉害，点了一直想吃的烤后腿牛排，要了半瓶博若莱红酒。那个胖乎乎的白头发意大利招待员是拉沃斯顿的朋友，捧上冒着白烟的牛排。拉沃斯顿切开牛排。太美妙了，那紫红色的肉！在米德尔斯堡，那些失业的人正挤在一起睡在脏兮兮的床上，肚子里装的是面包和人造黄油，没有牛奶喝。他就像一只小狗偷来一根羊腿，难为情又快乐地大快朵颐。

戈登快步朝家里走去。天气很冷。十二月五日——现在是真正的寒冬了。割掉你的包皮，"你们都要行割礼。"主如是说。湿冷的风透过光秃秃的树直吹过来。*凛冽的寒风呼啸而来。*他想起了星期三他开始创作的那首诗，六个诗节已经写好了。这个时候他很喜欢这首诗。每次和拉沃斯顿聊完天总是令他觉得精神振奋，真是很奇怪。和拉沃斯顿见面似乎能让他觉得心里很踏实。即使他们刚才的谈话并没有默契，他也觉得自己其实并不算太失败。他轻声朗诵着那六节写好了的诗句，写得还真不错，真的不错。

但时不时地，他回想着自己对拉沃斯顿所说过的话。他记得自己说过的每一句话。贫穷的羞辱！那是他们所不能了解，也永远无法了解的事情。不是生活上的困苦——有两英镑的周薪你不至于受苦，就算你真的受苦也没什么——但是，你将被人羞辱，狠狠地被人羞辱。每个人都有资格踩你一脚。每个人都想踩你一脚。拉沃斯顿不以为然。他太体面了，这就是原因所在。他以为你可以当个穷人，同样被当成一个人看待。但戈登比他更清楚何谓贫穷。走进房子里的时候他仍在对自己说他比拉沃斯顿更清楚何谓贫穷。

客厅的托盘上摆放着一封他的信。他的心跳得很厉害。现在看到有信他就会很兴奋。他快步走上楼梯，进屋点灯，信是多尔林寄来的。

"亲爱的康斯托克——你星期六没有出席实在是令人遗憾。我想介绍一些人给你认识。我们通知过你茶话会将于周六举行，而不是周四，是吧？我太太说她的确告诉过你了。不管怎样，我们在二十三号还将举行另一场聚会庆祝圣诞，时间还是一样。你会参加的，是吧？这次可别忘了时间。

此致

保罗·多尔林"

戈登的肋骨下面疼痛地痉挛着。多尔林假装这只是一场误会——假装没有羞辱他！确实，星期六他无法出席茶话会，因为星期六他得上班，而这就是他写信的用意。他读着那几个字"我想介绍一些人给你认识"。他觉得自己要交上好运了！他想象着会见到哪些人——比如说，那些格调高雅的杂志的编辑。他们或许会邀请他撰写书评，或要求读一读他的诗作。有那么一会儿，他真的宁愿相信多尔林所说的是真的。或许，他们真的告诉过他茶话会是在周六而不是周四举行。或许，如果他好好整理思绪的话，他会记起这回事——或许在那堆稿纸中还能找到那封信。但是，不行！他不会那么想。他克制住诱惑。多尔林一家成心要羞辱他。他很穷，所以他们羞辱了他。如果你是穷人，别人就会羞辱你。这就是他的信念。坚持自己的信念!

他走到桌子旁边,将多尔林的信撕成碎片。盆子里的那株惨绿色的叶兰病恹恹的,还是那么丑陋。他坐了下来,将它的叶子拉到身边,若有所思地看着它。他对叶兰充满了仇恨。他对那几片布满了灰尘的叶子低声骂道:"我会干掉你的,你这狗——"

然后他从那堆稿纸里找出一张白纸,拿起一支笔,在信纸中间以清秀的笔迹写下:

"亲爱的多尔林,

来信已阅: 你去死吧。

此致

戈登·康斯托克"

他把信放进信封里,然后走出去从售卖机里买了邮票,当晚就寄了出去,到了明天他可能就不会这么做了。他把信丢进邮筒,于是,又一个朋友没了。

第六章

　　女人这档子事儿！真是无聊透顶！我们不能戒除女色，真是太遗憾了。哪怕是像动物那样也好呀——几分钟的色欲狂欢换来几个月冷冰冰的节操。以雄雉为例吧，发情的时候它就会骑上母鸡的背部，连一句"劳驾"也不说，刚发泄完整件事它就忘得一干二净，不再关注它的那些母鸡，要是那些母鸡走近它的食料的话还会狠狠地啄它们。它不用养育自己的后代。这些幸福的雄雉！反观创造世界的男人们呢，却总是在记忆和良心中备受谴责！

　　今晚戈登甚至没有假装要进行创作。吃完晚饭后他就马上出去了。他朝南边走去，走得很慢，心里想着女人。天气很暖和，起了薄雾，像是秋夜而不是冬夜。今天是星期二，他还剩四先令四便士。如果他愿意的话，他可以去克莱顿酒吧。不用说，弗拉斯曼和他的朋友已经在那里喝酒了。但是，在他没钱的时候，克莱顿酒吧看上去像是天堂，而当他有钱的时候，又觉得那里实在是无聊恶心。他不喜欢那个陈旧而弥漫着啤酒味的地方。他所看到的、听得的、闻到的，一切都充斥着令人不快的男性气息。那里没有女人，只有那个女招待，总是露出淫荡的微笑，似乎什么事情都可以答应你，却又没有许下任何承诺。

　　女人，女人！雾霭凝滞地悬在空气中，将二十码外过往的行人变成了幽灵。不过，借着路灯柱子的一小圈光线，他看到了女孩子的脸。他想起了罗丝玛丽，想起了所有女人，然后又想起了罗丝玛丽。整个下午他一直在想念她，想起她小巧而结实的身躯，他的心里就泛起一股怨恨，因为他从未见过她赤身裸体的样子。我们受色欲的折磨，却又得不到满足，真是太不公平了！为什么一个人会被剥夺享受性爱的权利，就因为他没钱？这可是如此天经地义、如此必不可少、如此不容剥夺的人权啊。他沿着黑漆漆的街道走着，空气冰冷而恬静，但他的胸口燃起了一股奇怪的希望。他似乎觉得在漆黑的前方有一具女人的躯体在等待着他。但他心里知道没有女人在等候他，就连罗丝玛丽也不会等他。自从上次她写信给他已经过去八天了。这个贱货！整整八天不给他写信！她明明知道收到她的信对他来说有多么重要！这不明摆着吗，她已经不在乎他了。对她来说，他只是一个困扰。他既没钱又不体面，还总是纠缠着她，要她说她爱着他！她很可能不会再给他写信了。她厌倦了他——因为他没钱。你还能想怎么样？他对她毫无吸引力。没有钱，因此也就没有了吸引力。说到底，除了金钱之外，男人能靠什么留住女人呢？

　　一个女孩独自从人行道那边走来。在路灯的照耀下他和她擦身而过。她是一个年轻的女工，可能才十八岁，没有戴帽子，脸蛋像一朵野玫瑰。看到他在打量着她，她立刻转过头，不敢和他对视。她穿着一件薄薄的、丝绸一般的雨衣，腰部束着带子，胯部显得那么柔软苗条。他几乎想转身跟在她后面，但这样做又有什么用？她可能会逃跑，或向警察求救。他心想，光阴飞逝，我的金发已变成了银霜。①他已经三

---

　　① 此句出自英国诗人乔治·皮尔（George Peeles）的诗作《告别了，武器》，将原文的"他"改成了"我"。

十岁了，而且面容沧桑。哪个值得拥有的女人会多看他一眼呢？

女人这档子事儿！或许结了婚感觉会不一样？但多年前他已经发过誓不会结婚。婚姻只是财神爷为你设下的一个圈套。你贪图诱饵，圈套从天而降，然后你就着了道儿了，被一份"好差事"束缚住你的手脚，直到他们将你拉到肯萨尔绿地的公墓。多么可悲的生活！在叶兰的影子下进行合法的性交。推着婴儿车，偷偷出轨，老婆发现你的不忠，用雕花玻璃的威士忌酒瓶砸破你的头。

但是，他觉得结婚还是挺必要的。结婚是不好，但不结婚更糟糕。有那么一会儿，他希望自己已经结了婚。他渴望结婚，渴望体验婚姻的现实、难处与痛苦。婚姻是情比金坚的关系，无论境遇好坏，富有或是贫穷，直到死亡将你们分开。在旧基督徒的心目中，理想的婚姻应该经受得住偷情的引诱，而如果情非得已，你偷情了，不管怎样你必须体面地承认自己偷情了，而不能像美国人一样，说什么那是寻找灵魂伴侣。你出去偷欢，然后悄悄溜回家，禁果的汁液仍残留在你的胡须上，勇敢地承受后果。你被雕花玻璃威士忌酒瓶砸破了头，老婆对着你絮絮叨叨，饭都烧焦了，孩子哭哭啼啼，丈母娘冲着你吵吵闹闹。或许，那样要比可怕的自由来得好一些？至少你知道你的生活是真实的。

但是，你的周薪只有两英镑，怎么结得起婚呢？钱、钱、钱，总是钱的问题！可恶的是，结婚是和一个女人发生关系唯一正当的途径。他的脑海里想起了他成年以来那十年的生活。一张张女人的脸从记忆中掠过。大概有十到十二张脸吧。有的是妓女，就像横陈在一具死尸旁边的死尸。①其他女人有的不是妓女，但她们也非常肮脏。他总是任性而冷漠地开始一段恋情，然后卑劣而冷漠地将别人遗弃。那也是因为钱的缘故。没有钱你就不能对女人坦诚相待。因为没有钱，你就不能挑挑拣拣，你只能满足于能追到手的女人，然后，你必须将她们摆脱。忠贞的爱情和其它美德一样，是必须用真金白银买到的。他向拜金主义宣战，不愿意被一份"好差事"束缚——没有哪个女人会理解他——他与女人的交往就总是无法长久，充满了欺骗。既然他与金钱分道扬镳，那他就别指望有女人。侍奉财神爷或孤独终老——这两者就是仅有的选择。而这两件事对他来说都是不可能的事情。

　　前面的小巷子里，一道白光刺透雾霭，同时传来街头小贩的叫卖声。那是卢顿路，每星期有两个晚上开设夜市。戈登左转走进夜市。他总是走这条路。街道十分拥挤，你只能在摊位之间掉满了卷心菜叶子的小径上艰难地左右穿行。摊位上悬挂着灯泡，在光线的照耀下，摊位上的货品闪烁着鲜丽而艳俗的光芒——鲜红的肉块、成堆的橘子、白色和绿色的椰菜、眼睛有如玻璃球的硬邦邦的兔子、在搪瓷盆子里蠕动的鳗鱼、内脏已经被掏空的家禽露出赤裸的胸肉，就像光着身子游行的皇家卫队。戈登的精神为之一振。他喜欢这里的嘈杂、忙碌和活力。每当你看到市场，你就知道英国还有希望。但就算走在这里，他也觉得自己很孤单。到处都是女孩，四五个凑成一堆，热切地在廉价内衣的摊位间徘徊着，和跟在身后的年轻男子们

---

① 此句出自法国作家查尔斯·波德莱尔的诗作《上了一个犹太妓女的那一夜》。

聊天说笑。没有一个人关注戈登。他走在人群中，就像是个透明人，只是经过他们身边时他们会避开他。啊，看那边！他不由自主停住了脚步。在一个堆着丝绸内衣的摊位前面，三个女孩正弯着腰，脸凑在一起——三张年轻的脸，在灯光照射下就像鲜花般娇艳，像一束并蒂绽放的美洲石竹或夹竹桃。他动心了。当然，没有人看他一眼！一个女孩抬头看了一下。啊！她立刻露出恼怒的样子，转头看着别处，脸上泛起一抹水彩般的绯红。他眼里所透出的赤裸裸的情欲把她吓坏了。我寻寻觅觅，她们却从我身边逃离！他继续走着。要是罗丝玛丽在就好了！现在他原谅她不给他写信了。要是她在这里的话，他什么都可以原谅她。他知道她对他有多么重要，因为只有她这个女人愿意将他从寂寞中解救出来。

这时他抬头望去，看到了一个人，心儿顿时扑通扑通地乱跳。他立刻定睛望去，以为自己出现了幻觉。但不是幻觉！那的确是罗丝玛丽！

她正走在集市摊位中间，顺着街道朝这边走来，距离大约有二三十码。似乎是他热切的渴望将她召唤了过来。她还没有看见他，正朝他这边走来。她个头娇小灵活，敏捷地在人群中穿梭，避开脚下的垃圾。她戴着一顶黑色的平顶帽，把帽子拉到眼睛那里，几乎遮住了整张脸。那顶帽子就像哈罗公学那些男生的草帽。他开始朝她走去，呼唤着她的名字。

"罗丝玛丽！嗨，罗丝玛丽！"

在一处鱼档那里，一个穿着蓝色围裙的男人手里拿着一条鳕鱼，转过身瞪着他。周围非常嘈杂，罗丝玛丽没有听见他在叫她。他又呼唤道：

"罗丝玛丽！听见了吗，罗丝玛丽！"

现在两人相距只有几码远了。她吃了一惊，抬头看了一下。

"戈登！你在这里做什么？"

"你呢！你来做什么？"

"我过来见你。"

"但你怎么知道我在这儿？"

"我不知道。我经常走这条路。我在卡姆登镇那个站下的地铁。"

罗丝玛丽有时会到柳堤路探望戈登。威斯比奇太太会没好气地告诉他"有个年轻女人要见他"，他得走到楼下，两人出门去街上散步。罗丝玛丽从来不能进他的房间，连进客厅也不行。这就是房子的规矩。听威斯比奇太太说起"年轻女人"的语气，你会以为那是传播瘟疫的老鼠。戈登拉着罗丝玛丽的胳膊，将她拉到身边。

"罗丝玛丽！噢，能再和你见面真是太高兴了！我好寂寞。为什么前几天你不过来呢？"

她挣脱他的手，从他身边退了开去。在歪斜的帽檐下，她紧盯着他，眼神似乎有点生气。

"放开我！我生你气呢。你给我写了那么一封信，我本不想来见你的。"

"什么信？"

"你自己心里知道。"

"我不知道。噢，我们别再争论这件事了。我们找个地方坐下来谈。这边走。"

他挽着她的胳膊，但她又挣脱了他，不过仍走在他身边。她的步子比他要短一些，快一些。走在他身边，她显得那么娇小、活泼、年轻，就像他带着一只活泼的小动物在他身边嬉戏一样，像一只松鼠。其实她的个头并不比戈登小多少，而且年龄只比他小几个月。但没有人会将罗丝玛丽形容为年近三旬的老处女，尽管事实的确如此。她是个健康活泼的女孩，长着一头坚韧的黑发，一张小巧的瓜子脸和浓密的眉毛，样貌风情万种，就像是十六世纪的肖像画。当你第一次看到她摘下帽子时，你会惊讶地看到在她的头顶有三根白头发，在黑色的发丛中闪闪发光，像三根银丝。罗丝玛丽从来不会把白头发拔掉，这就是她的性格。她仍然觉得自己还很年轻，其他人也这么觉得。但如果你仔细观察的话，岁月在她脸上其实已经留下了明显的痕迹。

罗丝玛丽走在他身边，戈登觉得走起路来心里有了底气。他为她感到自豪。人们在看着她，因此也看着他。他再不是被女人视若无物的小男人。和平时一样，罗丝玛丽衣着很时髦漂亮。她一周只挣四英镑，真不知道是怎么张罗的。他特别喜欢她戴的那顶帽子——那种正值时尚的平顶毡帽，有点像神职人员的铲形宽边帽款式，看上去有点俏皮。帽子微微向上翘起，和罗丝玛丽脸蛋的弧线非常和谐，有一种无以名状的美感。

"我喜欢你这顶帽子。"他说道。

她的嘴角不由自主地露出一丝微笑。

"是挺漂亮的。"她伸出手轻轻碰了一下帽子。

但她还在假装生气，不让两人的身体接触。走过最后的摊位，拐进主街时，她突然停下脚步，严肃地看着他。

"你给我写那么一封信是什么意思？"她问道。

"什么样的信？"

"说什么我让你心碎了。"

"确实如此。"

"真的是这样吗？"

"我不知道。但我感觉真的心都碎了。"

这番话只是玩笑，但听到他这么说，她更加专注地看着他——看着他苍白憔悴的脸庞、凌乱的头发和邋遢的外表。她的心登时软了，但她皱了皱眉头，心里想，为什么他就不能好好照顾自己呢？两人挨得近了一些。他搂着她的肩膀，而她没有反对，还伸出瘦小的胳膊紧紧地搂着他，一半是出于气恼，另一半是出于怜爱。

"戈登，你真是好可怜！"她说道。

"为什么说我可怜？"

"为什么你不能好好照顾自己？你看上去就像个稻草人。看看你穿的这身破旧的衣服！"

"这身衣服很适合我。你知道，一周才挣两英镑，能穿什么体面的衣服呢。"

"但你也不用像个破麻袋一样到处乱跑啊。看看这个大衣钮扣，都裂成两半了！"她的手指捏着那个钮扣，然后突然将他那条掉色的伍尔沃思领带拉到一边。出于女性的本能，她猜到戈登的衬衣上一颗钮扣也没有。

"又是这样！连一颗钮扣也没有。你太邋遢了，戈登！"

"我告诉过你我不会为这种事情劳心费神。我要关心的事情可不是钮扣。"

"但你为什么不把衣服给我，让我帮你把钮扣缝好呢？还有，噢，戈登！你今天甚至没有刮胡子。你真是太邋遢了。你起码应该每天早上刮刮胡子。"

"每天早上刮胡子我可掏不起钱。"他故意顶嘴。

"你什么意思，戈登？刮胡子不用花钱，不是吗？"

"要花钱的。每样东西都是要花钱的。清洁、体面、活力、自尊——每样东西都要花钱。我不是告诉过你上千次了吗？"

她又掐了他的肋部一把——她的力气大得出奇——抬起头冲他皱着眉头，端详着他的脸，就像一个母亲看着她那娇气的孩子，充满了没来由的爱怜。

"我真是个大傻瓜！"她说道。

"怎么这么说？"

"因为我那么喜欢你。"

"你喜欢我吗？"

"我当然喜欢你。你知道我喜欢你。我爱你，真的好傻。"

"那，我们去个阴暗的地方，我想亲亲你。"

"被一个没有刮胡子的男人亲亲？才不要呢！"

"嗯，那将是你新的体验。"

"不，不要，戈登。我认识你已经两年了，还有什么新的体验呢。"

"噢，别这样，来嘛，亲亲。"

他们来到一条位于房子后面，几乎没有亮光的巷子。他们所有的亲昵几乎都是在这样的地方进行的。他们唯一可以独处的地方就只有街道。他把她的肩膀抵在粗糙湿润的砖墙上，她的脸对着他的脸，像个孩子一样热烈地搂着他。但是，虽然两人的身体贴在一起，却好像有一面盾牌将两人隔开。她亲吻着他，就像小孩子玩过家家那样亲吻，因为她知道他渴望她的亲吻。两人亲热时总是这样，他总是不能唤起她心中的情欲，就算偶尔做到了，过后她几乎忘得一干二净，因此他总是得从头再来。她那小巧玲珑的身子里总是带着抗拒的感觉。她渴望了解情欲的滋味，却又怀着恐惧。情欲将会摧毁她的青春，摧毁她所选择的那个没有性爱的青春世界。

他把嘴从她的唇边移开。"你爱我吗？"他问道。

"当然爱你，傻瓜。为什么你总是问我这个问题？"

"我喜欢听你说爱我。我得听到你说出这句话，否则我心里不踏实。"

"为什么？"

"哦，嗯，你可能会变心。毕竟，我不是少女所祈求的白马王子。我三十岁了，而且沧桑早衰。"

"别这么傻气，戈登！听你说话别人会以为你是个上百岁的糟老头子。你知道我和你一样大。"

"是的，但你还很年轻。"

她的脸颊厮磨着他的脸颊，感受他一天没刮的胡须粗粝的感觉。两人的小腹紧紧地贴在一起。他想起这两年来他一直想得到她，但一直未能遂愿。他的嘴唇凑到她的耳边，喃喃地说道：

"你愿意和我上床吗？"

"愿意，以后吧。现在不行，以后吧。"

"你总是说'以后吧'，这句话都说了两年了。"

"我知道，但我做不到。"

他把她摁在墙上，摘下那顶可笑的帽子，将他的脸埋进她的头发中。和她这般亲密，而无法更进一步，实在是太折磨人了。他一手托着她的下巴，抬起她小巧的脸庞，想在几乎一片漆黑中看清楚她的五官轮廓。

"答应我，罗丝玛丽！亲爱的，答应我！"

"你知道以后我会愿意的。"

"是的，但不是以后——而是现在。我不是说这个时候，而是不久以后，当我们有机会的时候。答应我！"

"不行，我不能答应你。"

"答应我，罗丝玛丽！求你了！"

"不。"

他仍然爱抚着她看不见的脸，引用了一首法语诗：

"请说出来吧，

说你愿意，

因为这个温柔的词语并不长，

是谁封住了你的小嘴？"

"你在说什么？"

他翻译了这句诗。

"不行，戈登，我不能答应你。"

"答应我，罗丝玛丽，亲爱的。'行'和'不行'，说出口来难道不是一样容易吗？"

"不，不是这样。对你来说很容易。你是男人。但这对女人不一样。"

"答应我，罗丝玛丽！'行'——多么容易的一个词，说吧，说'行'！"

"人家会以为你在教鹦鹉学舌呢，戈登。"

"噢，该死的！不要开玩笑了。"

争辩是没有用的。过了一会儿他们走出巷子，继续朝南走去。从罗丝玛丽利落灵巧的动作，从她懂得如何照顾自己，轻松对待生活的气质，你可以猜得到她的出身和思想背景。她出身于一户中产阶级大家庭，这种家庭现在仍然存在，总是连饭都吃不饱。家里总共有十四个孩子，她是老幺。父亲是一个乡村律师。罗丝玛丽有几个姐姐出嫁了，有的当了老师或打字员；她的几个兄弟或在加拿大种田，或在锡兰的茶园工作，或参军驻扎印度。和所有童年时很欢乐的女人一样，罗丝玛丽希望自己一直是个小女孩。这就是为什么在情爱问题上她还是那么不成熟。她仍然受一户大家庭那种热热闹闹但从不提起性爱的气氛的影响。而且打心眼里她坚守着"人与人应平等相待"和"己所不欲勿施于人"的信念。她性格宽厚大方，从不盛气凌人。她喜欢戈登，几乎愿意忍受任何事情。她认识戈登两年了，从未因为他不好好营生而责骂过他，总是那么宽容。

戈登心里知道这些，但现在他一门心思想着别的事情。在路灯苍白的光芒照射下，身边的罗丝玛丽看上去娇小而整洁，显得他那么粗俗、猥琐、肮脏。他多么希望今天早上自己刮了胡子。他偷偷地将一只手伸进口袋里，摸着身上的钱，心里有点害怕——他总是怀着恐惧——担心他掉了一个硬币。但是他摸到了一枚两先令硬币的轧边，现在这是他身上面值最大的硬币了。还剩下四先令四便士。他知道自己不能带她去吃晚饭。和往常一样，他们只能闷闷不乐地在街上走来走去，最多去里昂咖啡厅喝杯咖啡。该死！没钱的时候你能享受到什么乐趣呢？他若有所思地说道：

"当然，一切最终都离不开钱。"

听到他没头没脑地冒出这么一句话，她诧异地抬头看着他。

"你在说什么？怎么又扯到钱上面去了？"

"我是说，我这辈子从未过得顺心过，总是为了钱而发愁。任何事情说到底都是关于钱。特别是你我之间的关系，这就是你并不真心爱我的原因。我们之间因为钱有一层隔阂。每次我亲吻你的时候都可以感受得到。"

"钱！这到底跟钱有什么关系，戈登？"

"任何事情都跟钱有关系。如果我钱多一点的话，你会更爱我。"

"当然不是这样。我怎么会这样呢？"

"这件事不是你说了算的。你不明白吗？要是我有更多钱的话，我就会更值得你去爱。看着我！看着我的脸，看着我穿的这些衣服，看着我身上的任何东西。你以为我一年能挣两千英镑的话，会至于沦落到这步田地吗？如果我有更多的钱，我将会是另一个人。"

"如果你变成另一个人，我可不会爱上你。"

"这是在胡说八道。这么说吧：要是我们结婚了，你愿意和我上床吗？"

"你问的都是些什么问题啊！我当然愿意。不然结婚又有什么意义？"

"那好，假如我很有钱，你愿意和我结婚吗？"

"说这些有什么用，戈登？你知道我们结不起婚。"

"是的，但假如我们结得起的话，你愿意吗？"

"是的，我愿意。我可以保证。"

"被我说中了吧！这就是我说的——因为金钱的缘故！"

"不，戈登，不是！这不公平。你在曲解我所说的话。"

"不，我没有。在你的心里面，你想的就只有钱的问题。每个女人都是这样。你希望我现在有份好工作，不是吗？"

"不是你所想的那样。我的确希望你能挣多点钱——是的。"

"你觉得我应该留在新阿尔比恩公司,不是吗?你希望我回那里去,为 Q. T. 牌酱料和特鲁维特牌早餐麦片撰写广告标语,不是吗?"

"不,我没这么想。我从未说过这些话。"

"但你想过。每个女人都这么想。"

他知道自己是在无理取闹。罗丝玛丽从未说过,或许根本不会说出他应该回新阿尔比恩公司这番话。但这时他不想自己通情达理,性欲未能满足的失落感仍然在刺痛他的心。带着一种失落的胜利感,他觉得自己其实说得没错。就是钱在他们之间作梗。钱,钱,一切都离不开钱!他略带严肃地开始了长篇大论:

"女人!你们把我们迷得神魂颠倒!没有人能够摆脱女人,而每个女人都会让男人付出同样的代价,'还顾什么体面,挣更多的钱回来。'——那就是女人们所说的话,'还顾什么体面,好好巴结老板,给我买一件皮大衣回来,要盖过隔壁家老婆的。'你可以看到每个男人的脖子都被女人紧紧缠绕着,像被一条美人鱼拖到水里,他们一直堕落,直到最后住进了普特尼一间半独立的别墅,里面布置了分期付款的家具和一台轻便收音机,窗台上种着一株叶兰。女人阻碍了一切进步,当然,我自己并不相信什么进步。"最后他愤愤不满地补充了一句。

"你到底都在胡说八道些什么,戈登!好像一切都是女人的错一样!"

"归根到底就是你们的错。因为奉金钱为金科玉律的都是女人。虽然男人们不信这一套,但他们只能乖乖听命。是女人在推动着一切，她们想住进普特尼的别墅，想穿皮草大衣，想生儿育女，想种植叶兰。"

"这不关女人的事，戈登！发明钱这东西的又不是女人，不是吗？"

"是谁发明钱的不重要，关键是，女人崇拜金钱，女人对金钱情有独钟。在女人的心目中，是非善恶的标准就是有钱和没钱。看看我们俩。你不肯和我上床，原因很简单，因为我没钱。是的，这就是原因所在。(他捏了捏她的胳膊，不让她开口说话。)刚才你承认了。要是我有体面的收入的话，明天你就愿意和我上床。这倒不是因为你唯利是图，你不会让我为了和你上床而付钱给你，我们的关系没有这么低俗。但在你内心的深处你觉得一个没钱的男人配不上你。他是弱者，算不上男人——这就是你的想法。赫拉克勒斯，他是战神，同时也是财神——在兰普里埃①的作品中就是这么写的。女人对他顶礼膜拜，女人！"

"女人！"罗丝玛丽应和着，但语气很不一样，"我不喜欢男人说起女人的口气，'女人如此如此这般'，'女人如此如此那般'——似乎所有的女人都是一样的！"

"所有的女人当然都是一样的！任何女人都只想要稳定的收入，生两个孩子，住在普特尼半独立的别墅里，在窗户上摆一盆叶兰，不是吗？"

"噢，你和你的叶兰！"

"恰恰相反，是你的叶兰。种叶兰是你们女人的事。"

---

① 约翰·兰普里埃(John Lempriere)，英国学者，精通词源学与神学，曾编撰过古典作品词源。

她抓住他的胳膊，开怀大笑起来。她的性格真的很开朗，而且他说的那些话一听就知道是在胡说八道，她根本没有放在心上。戈登对女人的谩骂其实只是在开玩笑。事实上，性别之间的冲突说到底只是一个玩笑。罗丝玛丽扮演成女权主义者而他扮演成反女权主义者真是太好玩了。两人继续走着，就男人和女人这一永恒而无聊的问题又起了一番争执。他们所坚持的观点总是一样的——每次他们见面总是会因为这个问题而争执不休。男人粗俗不堪，而女人毫无头脑。女人总是处于从属地位，而她们也乐于受男人支配。看看贤妇格莉塞尔达①和阿斯特夫人②，看看一夫多妻制和印度的寡妇，看看潘克赫斯特妈妈③活跃的年代，每个女人都在吊袜带上挂着捕鼠器，看到一个男人就觉得手痒痒的，想把他阉掉。戈登和罗丝玛丽对这一话题乐此不疲，总是嘲笑对方荒唐的观点。这是两人打情骂俏的方式。他们一边拌嘴一边手挽着手，身子偎依在一起。事实上，他们非常开心，两情相悦，觉得对方是那么有趣，是心中的无价之宝。远处亮着一盏蓝红色的霓虹灯。他们已经走到托特纳姆宫廷路的路口。戈登搂着她的腰，带着她向右拐进一条黑漆漆的小巷子里。他们在一起太开心了，得亲吻一下。两人

---

① 《贤妇格莉塞尔达》是英国作家乔叟的作品《坎特伯雷故事集》中的一篇故事。

② 南希·威切尔·阿斯特（Nancy Witcher Astor，1879—1964），丈夫是华道夫·阿斯特伯爵，阿斯特夫人是英国历史上首位女性下议院议员，但当选背景是英国保守党为了阻挠妇女解放运动而动员党员将选票投给了她。

③ 指艾米琳·潘克赫斯特（Emmeline Pankhurst，1858—1928），英国妇女解放运动先驱，与她的两个女儿艾德拉·潘克赫斯特（Adela Pankhurst）和西尔维娅·潘克赫斯特（Sylvia Pankhurst）共同倡导英国妇女争取平等权利，并于一战后为她们争取到选举权。但在一战期间，母女因为妇女解放运动是否应该继续或暂时停止以支持战争这一问题而决裂。

站在路灯柱子下，紧紧地偎依着，仍然笑个不停。这两个敌人心心相印，面颊厮磨，好不亲昵。

"戈登，你真是心肝宝贝！我好爱你，你那尖尖的下巴，还有其它一切。"

"真的吗？"

"真的，真心的。"

她的双臂仍然搂着他，身子稍稍朝后仰去，小腹抵着他的小腹，虽然只是无心之举，却勾起了他的情欲。

"生活值得我们去过，不是吗，戈登？"

"有时是这样。"

"要是我们能多点时间见面就好了！有时候我几个星期都见不到你一面。"

"我知道。太糟糕了。我希望你知道那些独守空房的夜晚是多么难受！"

"我总是没时间。我得到七点钟才下班。星期天你一般做什么，戈登？"

"噢，天哪！就是无聊地发呆，和其他人一样。"

"我们偶尔去郊区散散步，好吗？那样我们就可以整天在一起了。下个星期天，好吗？"

这番话给他当头浇了一盆冷水，让他又想起了钱的问题，半个小时前他好不容易才把这个问题抛到脑后。到郊区一趟得花钱，远远超出了他的支付能力。他装出漫不经心的口吻，避实就虚地说道：

"当然可以，星期天里奇蒙德公园风景挺不错。或者可以去汉普斯泰德的原野。早上趁别人还没去的时候风景更好。"

"噢，我们去郊区吧！比方说，去萨里郡，或者去博恩罕山毛榉林。这时候风景很漂亮，地上铺满了落叶，你可以走上一整天也碰不到一个人。我们可以走上几英里，然后到一间酒吧里吃饭。一定很好玩，去吧！"

该死！钱的问题又回来了。去博恩罕山毛榉林这么远的地方得花上十个先令。他匆匆在心里计算了一番：他能凑到五先令，然后找朱莉亚"借"五先令，其实是不用还的。与此同时，他记起了自己的誓言，他总是信誓旦旦地说不会再找朱莉亚"借钱"，却又总是违背誓言。他以同样轻松的口气说道：

"那一定很好玩。我想我们应该应付得来。这星期晚些时候我通知你。"

两人走出巷子，仍然手拉着手。街角有一间酒馆，罗丝玛丽踮起脚尖，然后拉住戈登的胳膊站稳身子，勉强从结了霜的窗户下边往里面张望。

"看，戈登，里面有个时钟。快九点半了。你肚子饿吗？"

"不饿。"他立刻撒了个谎。

"我饿了。我们去吃点东西吧。"又是钱的问题。再拖一会儿，然后他必须坦白他身上只有四先令四便士——这四先令四便士得撑到星期五。

"我吃不下东西。"他说道，"不过我可以喝点东西。我们去喝杯咖啡什么的吧。我想我们可以去找一间里昂咖啡厅。"

"噢，别去里昂咖啡厅了！我知道有家很不错的意大利餐厅，这条路走下去就到了。我们去吃那不勒斯通心粉，再点一瓶红酒。我好喜欢吃通心粉。走吧！"

他的心一沉。糟糕。他不得不老实交代。两人去意大利餐馆吃顿饭肯定不止要五个先令。他阴沉着脸说道：

"事实上,我得回去了。"

"噢,戈登!你得回去?为什么?"

"噢,好吧!如果你一定要知道的话,我身上只有四先令四便士。这些钱得撑到星期五。"

罗丝玛丽猛然停下了脚步,气得用力掐着他的胳膊,以此作为对他的惩罚。

"戈登,你这个混蛋!你真是个大笨蛋!你是我见过的最不可理喻的笨蛋!"

"我怎么笨了?"

"因为你有没有钱根本不重要!我只是想让你陪我一起吃饭!"

他挣脱她的胳膊,站了开去,不去看她的脸。

"什么!你觉得我会进一间餐馆,然后让你掏钱为我那顿饭买单吗?"

"为什么不会呢?"

"因为这种事我做不出来。没有这种事。"

"什么叫'没有这种事'!接下来你就要说'这种见不得人的事'了。什么叫'没有这种事'?"

"让你替我买单。男人要为女人付钱,而女人不用为男人付钱。"

"噢,戈登!我们还生活在维多利亚女王的时代吗?"

"是的,在这个问题上,观念的转变还没那么快。"

"但我的观念已经转变了。"

"不,还没有。你以为转变了,但其实还没有。你是一个女人,所以你的行为举止就会像一个女人,无论你心里怎么想。"

"照你所说，**行为举止像一个女人**是什么意思？"

"让我告诉你吧，遇到像这种事情，每个女人都一样。女人看不起花她钱的小白脸。她或许会说她不在乎，她或许会觉得自己不在乎，但她就是在乎。她没办法不在乎。如果我让你帮我付饭钱，**你一定会**看不起我的。"

他转过脸。他知道自己是在无理取闹。但不知道为什么他一定得说出这番话。他觉得大家——甚至包括罗丝玛丽——**一定**因为他穷而看不起他，那种感觉如此强烈，无法压抑下去。只有以这种猜疑而不近人情的方式显示独立，他才能保住自己的尊严。这一次罗丝玛丽真的火大了。她抓住他的胳膊，让他转过身面对着她。她紧紧地抱着他，胸脯顶着他的胸膛，动作非常坚定，既带着怒意，又渴望被他怜爱。

"戈登！我不许你这么说。你怎么能说我看不起你呢？"

"我是说，要是我让自己变成你的小白脸，你就会看不起我，那不是你能控制的。"

"我的小白脸！你用的都是些什么措辞啊！让我请你吃一顿饭怎么就成了小白脸了呢！"

他可以感受到她那小巧的胸脯，浑圆而坚挺，就顶着他自己的胸膛下方。她仰头看着他，眉头紧皱，泪珠就快掉下来了。她觉得他是那么不近人情、不可理喻、心如铁石。但她的身体靠得那么近，让他意乱情迷。这时他记起两年来她一直不肯顺从他，在最重要的问题上她忍心让他忍受煎熬之苦。她假装爱着他，却又在最关键的问题上退却，这算什么事啊！他带着自虐的快乐补充道：

"你确实看不起我。噢，是的，我知道你喜欢我。但说到底，你对我不是真心的。在你心中我只是个笑话。你喜欢我，但我配不上你——这就是你的想法。"

刚才他也说过这番话，但这一次不一样，他是认真的。或者说，他的语气像是认真的。她放声痛哭：

"不是，戈登，我不是这么想的！你知道我不是这么想的！"

"你就是这么想的。所以你不肯和我上床。我以前不是告诉过你了吗？"

她仰头凝视着他，然后似乎在躲避一记拳头一样，埋首在他的胸膛上，因为她再也控制不住自己的泪水，哭个不停。她生气了，她恨他，却又像孩子一样紧紧地抱着他。最让他难受的，就是她抱着他这种孩子气的表现，似乎他只是一只雄性动物，让她搭个胸膛哭泣而已。带着对自己的仇视，他记起别的女人也曾经靠在他的胸膛上这么哭过。似乎他就只能让女人哭泣。他搂着她的肩膀，笨拙地安慰着她，想开导她。

"你真的好狠心，让我哭泣！"她自卑地啜泣着。

"对不起！我亲爱的罗丝玛丽！别哭，别哭了，求求你。"

"我最亲爱的戈登！为什么你要这么残忍地对我？"

"对不起，对不起！有时我实在是无法控制自己。"

"为什么？为什么会这样？"

她的哭声停止了，恢复了平静，挣脱他的怀抱，找东西擦眼睛。两人都没有手帕，她不耐烦地用手擦干眼里的泪水。

"我们总是这么傻气！戈登，听话，就这么一回，一起去餐厅，吃点东西，钱由我来付。"

"不行。"

"就这么一回。不要在意钱的问题。就当是哄我开心吧。”

“我说过我不能这么做。我得坚持我的原则。”

“你在说什么？坚持你的原则？”

“我一直在和钱做斗争，我得守住自己的规矩。而第一条规矩就是，绝不能接受施舍。”

“施舍！噢，戈登，我觉得你好傻！”

她又掐了他的肋骨一把。这是和平的讯号。她不理解他，或许永远不能理解他，但她接受了他就是这么一个人，甚至不会抱怨他的无理取闹。她抬起脸，让他亲吻她。他发现她的嘴唇咸咸的，一滴泪水滴在了那里。他将她紧紧搂在怀里，她的身躯那股充满戒备的感觉消失了。她闭上双眼，靠在他身上，似乎她全身的骨头都松软了，张开嘴唇，小巧的舌头寻觅着他的舌头。她很少这么主动。突然间他察觉到她的身体屈服了，他似乎肯定地知道他们的斗争结束了。现在如果他愿意的话，她会是他的人，但或许她并不知道自己已经决定委身于他。这只是出于她的本能，她是如此包容，希望能抚慰他的心灵——让他摆脱那种无法得到爱的恨意。她没有说出口，但她的身体似乎就在表达她的情意。但就算现在时间和地点都合适他也不会立刻占有她。在这个时候，他爱着她，但并没有占有她的渴望。只有到了以后，当两人没有吵架，口袋里只有四先令四便士这个念头不再困扰他的时候，他的欲望才会回来。

过了一会儿，两人的嘴分开了，但仍紧紧地搂着对方。

“我们老是吵一些很傻气的架，不是吗，戈登？我们见面的机会这么少。”

“我知道。都是我不好。我总是管不住自己。这些事情总是让我容易激动。说到底都是钱的问题，总是钱的问题。”

"噢，钱！你对钱的顾虑太多了，戈登。"

"这不可能。钱是唯一值得顾虑的事情。"

"但不管怎样，下个星期天我们会去郊野散步，对吗？到博恩罕山毛榉林或哪里。要是能去该有多好。"

"是的，我很想去。我们一早就出发，整天都在外面。我会凑到火车票钱的。"

"但你能让我付自己的车票钱吗？"

"不，钱由我来付，我们一定会去的。"

"你不肯让我请你吃顿饭吗？就这么一次，表明你信任我。"

"不，不行。我很抱歉。我告诉过你原因了。"

"噢，天哪！我想我们得道别了。已经很晚了。"

但两人仍呆在一起，说了很久的话，结果罗丝玛丽没能吃到晚饭。她得在十一点钟之前赶回房间里，不然那些母大虫会生气的。戈登走到托特纳姆宫廷路搭电车。电车的票价比巴士的票价便宜一便士。他和一个脏兮兮的小个子苏格兰人一起挤在上层的木凳上，那个苏格兰人在阅读着足球比赛的赛果，喝着啤酒。戈登很开心。罗丝玛丽将成为他的情人。*凛冽的寒风呼啸而来。*电车在轰鸣，但他觉得那似乎是音乐，嘴里朗诵着他那首诗已经写好了的七节。整首诗将会有九节。这是首好诗。他对这首诗和自己很有信心。他是一位诗人。戈登·康斯托克，《耗子》的作者。他甚至对《伦敦之乐》也重新怀有信心了。

他想到了星期天。他们将于九点钟在帕丁顿车站会合。这趟出行大概得花十先令。就算当掉衬衣他也得筹到这笔钱。她将成为他的情人，或许，这个星期天机会就会出现。两人没有明说，但已经心有默契。

上帝保佑，星期天一定得是个晴天！现在是隆冬时节。要是那天是一个无风的日子就好了——无风的日子几乎就像是夏天一样，你可以在枯草上躺几个小时而不会觉得冷！但这种日子不是很常有，每个冬天大概就十几天而已。天有可能会下雨。他不知道他们到底有没有机会成事。除了郊野之外他们没有什么地方好去。现在伦敦有许多对情侣没有什么地方可以去，只能逛街和逛公园，没有私密空间，而且总是挨冻。身上没钱，天气又冷，做爱可不容易。小说里很少有关于这种"时间地点都不合适"的情节描写。

第七章

烟囱浓烟滚滚，在漫天云彩中扶摇直上。

八点十分，戈登赶上了二十七路巴士。街道仍沉浸在星期天的睡意中。门道上摆着牛奶瓶，还没有被收进去，像小小的白色门卫。戈登身上有十四先令——确切地说，还剩下十三先令又九便士，因为车费是三便士。九先令是他从工资里省下来的——天知道接下来的那个星期得怎么过！——还有五先令是他从朱莉亚那里借来的。

星期四晚上他去了朱莉亚住的地方。朱莉亚住在伯爵府附近，虽然只是一间二楼的后房，但不像戈登的房间那么脏乱。那是一间起居卧室，重点在于有起居室。朱莉亚宁肯饿死也不会像戈登那样住在不像样的房间里。事实上，她那堆家具中的每一件都是多年收集而来的，每一件都意味着得经过一段时间的缩衣节食。有一张没有扶手的床，很容易就被当成是一张沙发；还有一张小小的熏橡木桌子、两张"古典"硬木椅子、一张装饰用的脚凳、一张铺着印花棉布的扶手椅——德雷格牌的，十三个月分期付款——摆在小小的壁炉前面。此外，还有很多装了相框的爸爸、妈妈、戈登和安吉拉姑姑的相片，还有一个榉木日历——是别人送的圣诞礼物——上面烫印着四个字"否极泰来"。每次见到朱莉亚都让戈登觉得很沮丧，他总是对自己说要多去看望她，但除了"借钱"之外，他从不会过来。

戈登敲了三下门——敲三下门意味着找住在二楼的人——朱莉亚带着他上了楼，跪在壁炉前面。

"我再把火生起来。"她说道，"你喝茶吗？"

他注意到"再"这个字。房间里很冷——其实今晚火还没有生起来。一个人在家时朱莉亚总是会节省煤气。她跪了下来，他望着跪着的她那长而瘦削的脊背。她的头发越来越花白了！整绺整绺的头发已经都花白了。再白一点的话就可以说是"满头白发"了。

"你喜欢喝浓茶，是吗？"朱莉亚说道，像一只呆头鹅那样站在茶叶罐旁边。

戈登站着喝完了他那杯茶，眼睛盯着榉木日历。说出来！搞定这件事！但他实在开不了口。向她开口要钱实在太难以启齿了！这些年来他问她"借"的钱加在一起总共有多少了呢？

"听我说，朱莉亚，我非常抱歉——我不想开口，但听我说——"

"怎么了，戈登？"她平静地说道。她知道他想说什么。

"听我说，朱莉亚，我真的很抱歉，但你能借我五先令吗？"

"好的，戈登，我想没问题。"

她把藏在亚麻布衣柜底部的那个又小又破的黑色钱包拿了出来。他知道她在想什么。这意味着花在圣诞礼物上的钱少了。如今这成了她生命中的重要时刻——圣诞节和赠送礼物：从茶馆下班后大半夜还在张灯结彩的街道上搜寻，从一个大减价柜台走到另一个大减价柜台，从一堆处理的货品中找出女人们喜欢的东西——手帕、香囊、信架、茶壶、美甲套装、烫印了格言的榉木日历。一年到头她就从微薄的工资里抠抠省省，给"某某人买圣诞礼物"，或给"某某人买生日礼物"。去年的圣诞节她不是因为戈登"钟爱诗歌"而送给他一本绿色摩洛哥皮革装帧的约翰·德林沃特①诗集，而他把书卖掉了，换了半个克朗吗？可怜的朱莉亚！戈登客客气气地借到五先令，然后就走了。为什么他不能去找一个有钱的朋友借钱，却能向一个连饭都吃不饱的亲人要钱？但他们是一家人，"不会计较那么多"。

　　坐在巴士上他心算了一番。十三先令又九便士。两张到斯洛的当天往返票五先令，巴士车费就算两先令吧，那就是七先令。到酒吧吃面包加奶酪，喝点啤酒，每人一先令，那就是九先令。喝茶，一人十八便士，那就是十二先令。一先令买烟，那就是十三先令。还能剩九便士应急。这些钱应付有余了。接下来整个星期怎么办？连一便士买烟的钱都没有了！但他不会为此担心。为了今天，什么都值得。

　　罗丝玛丽准时和他会合。她的一个优点就是从不迟到，即使这么早她仍然那么开朗活泼。和平时一样，她穿得很漂亮，又戴着她那顶铲形平顶帽，因为他说过喜欢这顶帽子。车站里几乎只有他们俩，地方很大，灰蒙蒙空荡荡的，丢满了垃圾，似乎在周六晚上的狂欢之后仍沉沉睡着，到处一片肮脏凌乱。一个没有刮胡子打着呵欠的站台人员告诉他们去博恩罕山毛榉林的最佳路线，很快他们就坐上可以抽烟的三等车厢，朝西而去。伦敦荒凉的郊野尽展于眼前，逐渐过渡到狭窄的堆煤场，点缀着卡特牌养肝丸广告。今天没有起风，而且很暖和。戈登

---

① 约翰·德林沃特（John Drinkwater，1882—1937），英国剧作家，作品多描写英国皇室及政治领导人，代表作有《克伦威尔传》、《玛丽·斯图亚特》等。

的祈祷应许了。今天没有风，天气暖和得跟夏天没什么区别。你可以感觉得到薄雾后面的太阳，运气好的话，雾很快就会散去。戈登和罗丝玛丽打心眼里高兴。他们觉得好像是离开伦敦去冒险，一整天都可以在郊外游玩。罗丝玛丽已经有几个月，而戈登有一年没有去过郊外了。两人坐在一起，膝盖上摆着《周日时报》，但没有去读里面的内容，而是看着一路上经过的田野、奶牛、房屋、空荡荡的运货卡车和巨大的、沉睡中的工厂。两人都很喜欢乘火车，巴不得路程长一点才好。

到了斯洛他们下车转乘一辆巧克力色，造型很好笑，没有车顶的巴士到法纳姆公地，斯洛仍在睡梦中。到了法纳姆公地罗丝玛丽认得路了。你沿着一条布满了车辙的小路走，来到成片的湿漉漉的草坪，上面点缀着几棵光秃秃的小山毛榉树。后面就是山毛榉树林。没有一根树枝或一片树叶在动，树木就像幽灵一样矗立在凝滞迷离的薄雾中。看到这一切漂亮的景致，罗丝玛丽和戈登都忍不住欢呼起来。晨露、静谧、光滑的山毛榉树干、脚下柔软的草皮，感觉多么美好！不过，刚开始的时候他们觉得自己很渺小，与这个地方格格不入。伦敦人出了伦敦都有这种感觉。戈登觉得自己好像在地底下生活了很长一段时间，他觉得自己面容憔悴、蓬头垢面。两人走路的时候他溜到罗丝玛丽背后，这样她就看不见他那皱巴巴没有血色的脸。还没走多远两人就上气不接下气，因为他们只习惯于在伦敦散步。前半个小时两人几乎没怎么说话。他们走进树林，开始向西走去，漫无目的地走下去——只要不是在伦敦，到哪儿都行。他们身边都是高耸的山毛榉树，长着光滑的、像人皮一样的树皮，底部开了裂缝，看上去就像阳物一样。它们的根部寸草不生，但堆满了厚厚的落叶，站在远处，山坡望过去就像层层叠叠的红铜色绸缎。周围似乎一个人也没有，于是戈登和罗丝玛丽并排走着，手拉着手，沙沙沙地踩着一路黄澄澄的枯叶。有时候他们会走回路上，经过荒弃了的大房子——在四轮马车的年代曾经是不错的乡村房子，但现在没有人住了，而且卖不出去。一路上望去，笼罩在雾霭中的树篱呈现出奇怪的、茜草般的棕紫色，这就是冬天的景致。周围有几只鸟——有时候是松鸡，在树丛间低飞，有时候是野雉，拖着长长的尾巴走过马路，就像母鸡一样温顺驯服，似乎它们知道星期天是安全的。但走了半个小时，戈登和罗丝玛丽还没遇到一个人。睡意仍笼罩着郊野，很难相信他们出了伦敦只有二十公里。

刚散步没多久两人就觉得神清气爽。他们休息了一下，调整呼吸，血液在他们的体内畅快地流淌着。今天他们觉得如果愿意的话，可以走上一百英里。突然他们又回到路上了，树篱上的露珠闪烁着钻石般的光芒，太阳已经射透了云层，阳光斜照下来，将田野镀成了金黄色，万物透出斑斓而细腻的色彩，似乎有个巨人的孩子用新的颜料盒到处肆意挥洒作画。罗丝玛丽挽着戈登的胳膊，将他拉到身边。

"噢，戈登，今天的天气真好！"

"确实很好。"

"噢，看，看！看看那边田里的兔子！"

确实，在对面的田野里，有数不清多少只兔子正在吃草，看上去就像一群绵羊。突然间树篱下面起了一阵骚动。一只兔子蹲在那儿，从草丛中的洞穴口一跃而出，激起一阵露珠，翘起白色的尾巴在田野上奔跑着。罗丝玛丽投入戈登的怀抱中。天气出奇的暖，就像夏天一样。两人的身体挨在一起，却又没有性欲的冲动，就像两个孩子一样。在大白天里，他可以清楚地看到岁月在她脸上留下的痕迹。她快三十岁了，看上去也像这个年龄，他也快三十岁了，看上去更苍老一些，但这些都不要紧。他摘下她那顶滑稽的扁平帽子。那三根白发在她的头顶闪耀着光芒。这个时候他不想将这三根白发摘掉。它们是她的一部分，所以也很可爱。

"和你单独在一起真好玩！我们能到这儿来我好开心！"

"噢，戈登，想到我们可以在一起整整一天，真是太好了！而且本来可能会下雨的，我们真是太幸运了！"

"是的。我们得马上向不朽的神明献上祭礼。"

两人兴高采烈地走着，看到任何东西都充满了兴致：为捡到一根蓝得像青金石的松鸡羽毛而高兴；为见到一个像镜子一样的积水小坑，看到水底下的树枝而高兴；为见到树上长出硕大的木耳而高兴。他们讨论了很久，到底给山毛榉树起个什么绰号最贴切。两人都觉得比起其它树木，山毛榉树更像是有知觉的动物。或许这是因为它们的树皮很光滑，而且枝条从树干里生出来的姿态很像是动物的肢体。戈登说树皮上那些小小的结眼就像是胸脯上的乳头，而上面那些蜿蜒的树枝长着光滑黝黑的树皮，看上去就像大象蜷曲的鼻子。他们争论起暗喻和明喻的问题。和往常一样，两人时不时就会激烈地争吵一番。戈登开始嘲笑她对一切事物所用的糟糕的比喻。他说角树黄褐色的树叶就像是伯恩-琼斯①画笔下少女的头发，而那些缠绕在树上的藤蔓就像狄更斯笔下那些女性角色热情的胳膊。有一回

---

① 爱德华·克里·伯恩-琼斯(Edward Coley Burne-Jones, 1833—1898)，英国画家、设计家，前拉斐尔画派名家。

他执意要捣毁几朵淡紫色的毒蘑菇，因为他说它们让他想起了拉克汉姆①的插画，他怀疑会有精灵围着这些蘑菇跳舞。罗丝玛丽骂他是一只没心没肺的猪猡。她踩着齐膝深的落叶，发出沙沙沙的声音，似乎踏入了没有重量的金红色的海洋中。

"噢，戈登，看看这些树叶！看看，阳光照耀着这些树叶！就像金子一样，真的像金子一样。"

"童话里的金子。再过一会儿你就会沉浸在巴里的童话世界里了。事实上，如果你要打个贴切的比方的话，它们的颜色就像番茄汤。"

"别像只猪一样，戈登！听一听它们沙沙作响的声音。'层层叠叠，就像散落在瓦伦布罗莎的秋叶。'②"

"或者说，像那些美式早餐麦片。特鲁维特牌早餐麦片。'孩子们吵着要吃早餐麦片。'"

"你真是一头猪！"

她大笑起来。两人手拉手散着步，沙沙沙地踏着齐踝深的枯叶，大声地说着：

"厚厚密密的早餐麦片，装满了卫尔温花园城的盘子！"

太好玩了。过了一会儿他们走出了林区。现在周围有很多人了，但如果你避开大路的话，车子倒是不多。有时候他们听到教堂的钟声，就绕路避开去教堂的人。他们开始穿过偏僻的村落，在这些村庄的外围建了几座伪都铎式的别墅，孤芳自赏地与其它房屋保持着距离，修了车库，种了月桂树丛和未经修

---

① 亚瑟·拉克汉姆（Authur Rackham，1867—1939），英国插画家，画作多以神话和传说为题材。

② 此句出自英国诗人约翰·弥尔顿（John Milton）的长诗《失乐园》（*Paradise Lost*）。

剪的草坪。戈登兴致勃勃地抨击着这些别墅和它们所代表的堕落文明——股票经纪人和他们浓妆艳抹的妻子，高尔夫球、威士忌酒、占卜板和名叫"乔克"的阿伯丁犬。他们又走了大概四英里路，一直在聊天，经常吵起架来。天空中飘过几朵薄纱一般的云，但几乎没有一丝风吹来。

　　他们觉得脚越来越酸，肚子越来越饿。谈话不知不觉地转到了食物上面。两人都没有手表，但经过一座村子时，他们看到小酒馆开着，因此肯定是过了十二点。他们经过一间名叫"擒鸟酒吧"的小酒馆，看上去档次不高，两人犹豫着，戈登想进去，因为他觉得这么一家酒馆叫上面包加奶酪和啤酒顶多只要花一先令。但罗丝玛丽说这间店太邋遢了，而情况的确如此。于是他们继续向前走，希望在村子另一头找到一间比较像样的酒吧。他们幻想着一间舒舒服服的酒吧，安放着橡木靠背长凳，或许在墙上的玻璃橱窗里挂着一条腌干了的梭子鱼。

　　但村子里没有别的酒吧了，他们又走到开阔的郊外，视野之内没有房子，甚至没有路牌。戈登和罗丝玛丽开始有点紧张。两点钟酒吧就关门了，那时候可就没东西吃了，或许就只能去某间乡村糖果店买包饼干充饥。想到这里，两人的肚子都饿得咕咕叫。他们拖着步子疲惫地登上一座山丘，希望在山对面找到另一座村庄，但只看到山下远处有一条墨绿色的河流蜿蜒而去，边上似乎有一座很大的城镇，一座灰色的桥横跨河流。他们甚至不知道那是什么河——那当然就是泰晤士河。

　　"感谢上帝！"戈登说道，"那里一定有许多酒馆。我们见到第一间就进去。"

　　"好的，快走吧。我肚子好饿。"

　　但当他们走近那座城镇时，那里出奇的安静。戈登怀疑人是不是都上教堂去了，或在吃星期天中午的正餐，但后来他意识到是这个地方人烟太稀少了。这里是泰晤士河上的一座河滨小镇克里卡姆，每到泛舟的季节才生机勃勃，而其它时候则死气沉沉。小镇由河堤一直延伸，方圆大概有一英里，房子都是船屋和平房，全部都关着门，没有人住。到处都看不见人，不过最后他们遇到了一个态度冷漠的红鼻子胖子，蓄着参差不齐的胡须，坐在一张露营凳子上，旁边放着一罐啤酒。他正拿着一根二十英尺的钓鱼竿在河床的牵引道钓鱼，平静的绿水上有两只天鹅正绕着他的浮标游来游去，他一拉起鱼钩就想偷吃上面的钓饵。

"劳驾问一下，你知道哪里可以吃东西吗？"戈登问道。

胖子似乎预料到他会问这个问题，心里暗自窃喜。他看都没看戈登一眼，回答道："这里没东西吃，你不用指望了。"

"该死的！你是说，这里没有一间酒吧？我们从法纳姆公地一路走过来的。"

胖子嗤之以鼻，似乎想了一想，仍然紧盯着鱼漂。"我想你可以去拉文斯克罗夫酒店碰碰运气。"他说道，"大约半英里，那里可以点餐。我是说，如果有开门的话。"

"他们开门吗？"

"可能有，也可能没有。"胖子悠然自得地回答。

"请问现在几点了？"罗丝玛丽问他。

"刚好一点十分。"

两只天鹅顺着牵引道跟着戈登和罗丝玛丽一段距离，显然以为他们会喂东西吃。拉文斯克罗夫酒店似乎没什么指望会开门。整个地方看上去就像淡季的度假村一样萧条肮脏，那些平房的木头都开裂了，白色的油漆掉得斑斑驳驳，透过布满灰尘的窗户可以看到屋里面空荡荡的。连河堤旁边的那些自动售卖机都坏了。

镇的另一头似乎又有一座桥。戈登骂骂咧咧地说："我们刚才真是太傻了,有机会到酒吧里吃东西,却没有进去!"

"噢,亲爱的。我真的饿了。我们折回去好不好,你觉得呢?"

"没用的,我们一路走来都没有见到像样的酒馆。我们必须继续走下去。我想拉文斯克罗夫酒店应该在桥的对面。如果那是一条大路,或许酒店仍在营业。如果不是那样的话,我们就惨了。"

他们拖着步子走到桥那里。现在两人的脚酸得不行了。但是,看哪!他们最想要的东西终于出现了。在桥的对面,顺着一条看上去像是私人产业的道路望过去,矗立着一座巍峨时髦的酒店,背后的草坪一直延伸到河边。显然,酒店还在开门营业。戈登和罗丝玛丽立刻热切地朝酒店走去,然后停下脚步,有点被吓住了。

"这家酒店看上去挺贵的。"罗丝玛丽说道。

确实,这地方看上去不便宜。这是一个自命不凡又粗俗不堪的地方,到处都涂着金漆和白漆——是那种每一块砖头上都写着"收费昂贵"和"服务低劣"这对标语的黑店。在车道旁边,一面金字招牌居高临下对着道路,上面写着,

拉文斯克罗夫酒店

向非度假村住客开放

午餐—茶点—晚餐

舞厅及网球场开放

承办宴席

两辆锃亮的双座小汽车就停在车道上。戈登心虚了，口袋里的钱似乎化为乌有，这跟他们一直在寻找的舒适的小酒吧简直就是云泥之别。但他真的很饿了。罗丝玛丽拧着他的胳膊。

　　"这地方看起来好贵。我们还是走吧。"

　　"但我们得吃点东西。这是我们最后的机会，我们找不到别的酒吧了。"

　　"这种地方东西总是很难吃。冷盘牛肉吃起来就像是去年剩下来的一样，而且就这破玩意他们还死命宰你呢。"

　　"噢，那好，我们就只点面包加奶酪和啤酒。这些东西价格到处都一样。"

　　"但他们可不喜欢你这么点菜。他们会哄骗我们吃一顿像样的午餐，你一会儿就知道了。我们必须意志坚定，就说只要面包加奶酪。"

　　"那好，我们绝不松口。走吧。"

　　他们走了进去，打定了主意绝不松口。但刚走进阴风阵阵的门厅就感觉到一股昂贵的味道——其实那是印花棉布、干花、泰晤士的河水和空酒瓶的味道。一家河滨酒店总是带着这股味道。戈登的心一沉。他知道这是一个什么样的地方。这种公路边的酒店平时门可罗雀，那些股票经纪人经常在星期天下午带着妓女到这里来。在这种地方，你遭受羞辱和被宰是板上钉钉的事情。罗丝玛丽畏缩着挨近了他一些。她也被吓到了。他们看到一扇门上写着"雅座"，于是推开门，以为那一定是间酒吧。但那不是酒吧，而是一个装修时髦寒气逼人的宽敞房间，布置着灯芯绒椅子和长靠椅。你或许会以为这只是一间普通的大堂，但是所有的烟灰缸都印着"白马牌威士忌"的广告。在一张桌子旁边，那几个汽车停放在外面的车主——两个头顶扁平、肥头大耳的金发男子，穿着过于年轻，带着两个盛气凌人的女伴——正坐在那儿，显然刚刚吃完了午饭。一个侍者正弯着腰站在他们的桌旁给他们斟酒。

戈登和罗丝玛丽在门口停住了。那一桌人正以中上阶层鄙视的眼神打量着他们。他们都看得出戈登和罗丝玛丽看上去很疲惫邋遢。只点面包加奶酪和啤酒的念头几乎被抛到脑后。在这么一个地方，你可不能说"面包加奶酪和啤酒"，你只能说"来两客午餐"。不然的话，就只有走人。那个侍者几乎公然表示出轻蔑。他光瞄了两人一眼就知道他们都是穷鬼，而且知道两人都想着快点逃离这里，于是打定主意要在他们逃之夭夭之前把他们给截下来。

"要来点什么，阁下？"他将桌上的托盘拿了起来。

来吧！说"面包加奶酪和啤酒"，管它什么呢！呜呼哀哉！他的勇气不见了，只能说"来两客午餐"。他貌似不经意地把手伸进口袋里，确定一下钱还在那儿。他知道还剩七先令七便士。那个服务员的眼睛盯着他的一举一动。戈登气恼地觉得他似乎能看穿他的衣服，数清他口袋里有多少钱。他以最大的音量开口问道："请问有午餐吃吗？"

"午餐是吗，阁下？有的，阁下。这边请。"

这个侍者是个年轻人，长着一头黑发，脸蛋光滑，五官端正，就是脸色不大好看。他那身衣服剪裁做工很精细，但看上去很脏，似乎他很少把衣服脱下来。他看上去像个俄国的亲王，或许他其实是英国人，故意装出外国人的腔调，因为服务员都是这副德性。罗丝玛丽和戈登像战败者一样跟着他来到后面正对着草坪的用餐的地方。这地方感觉像个水族馆，完全是由绿色的玻璃营造的，非常潮湿阴冷，你可以幻想自己就置身于水底。你可以看到外面的河流并闻到河水的味道。在每张小圆桌子的中间都摆了一碗纸花，而为了让水族馆的效果更完善，在一面墙上靠着一个大花架，上面摆放了长青植物、棕榈植物、叶兰什么的，看上去就像单调的水草。如果是夏天，这个房间应该十分宜人，但现在太阳躲在云朵后面，感觉很潮湿难受。和戈登一样，罗丝玛丽也很怕那个侍者。两人坐下来之后，趁那个侍者转过身，她冲他扮了个鬼脸。

"我这顿饭自己给钱吧。"她隔着桌子低声对戈登说道。

"不行，你少来。"

"这地方好可怕！这里的食物肯定很难吃。我好希望我们没进来这里。"

"嘘！"

那个侍者拿着一张脏兮兮的菜单回来了。他将其递给戈登，站在他身边，带着盛气凌人的架势。作为侍者，他知道戈登口袋里其实没多少钱。戈登的心怦怦乱跳。要是一客午餐要价三先令六便士，甚至半克朗的话，他们可就完蛋了。他咬紧牙关，瞄了菜单一眼。感谢上帝！这是一份自选菜单，上面最便宜的是冷盘牛肉和沙拉，只要一先令六便士。他含含糊糊地说道：

"给我们来一份冷盘牛肉，谢谢。"

那个侍者精致的眉毛一扬，故作惊讶地问道：

"只要冷盘牛肉吗，阁下？"

"是的，就要这个。"

"您不点其它东西吗，阁下？"

"噢，好的，面包当然是要的。还有黄油。"

"不要开胃汤吗，阁下？"

"不了，不喝汤。"

"也不要鱼吗，阁下？只要冷盘牛肉？"

"我们要吃鱼吗，罗丝玛丽？我想我们不吃了。不，不要鱼。"

"也不要饭后甜点吗，阁下？就只要冷盘牛肉？"

戈登几乎按捺不住自己的脾气。他觉得这辈子最痛恨的人莫过于这个侍者了。

"要是我们还要点其它东西的话会告诉你的。"他说道。

"您要喝什么呢，阁下？"

戈登想点啤酒，但现在他没这个勇气了。经过这场冷盘牛肉的风波后，他决定挽回自己的面子。

"拿酒单给我看看。"他的语气很冷淡。

又一份脏兮兮的菜单拿过来了。所有的酒看上去都很昂贵。但在最顶端的一项写着无名餐酒，一瓶只要两先令九便士。戈登迅速计算了一番。他花得起两先令九便士。他用大拇指指甲点了点那种酒的名字。

"给我们拿这瓶酒来。"他说道。

那个侍者的眉毛又扬了起来，阴阳怪气地问道：

"您要一整瓶吗，阁下？您确定不要半瓶？"

"要一整瓶。"戈登冷冷地回答。

那个侍者侧着头，耸了耸左肩以示轻蔑，然后转身离开。戈登再也受不了了。他看到桌子对面罗丝玛丽的眼神，他们得好好教训那个侍者一顿！过了一会儿，那个侍者回来了，端着那瓶廉价红酒的瓶颈，将一半瓶身藏在外套的下摆里，似乎那是什么见不到人的东西。戈登已经想到了报复的点子。那个侍者给他们看瓶身的时候，他伸出一只手摸了摸，然后皱着眉头说道：

"红酒怎么能这样端上来。"

那个侍者吃惊地问道："怎么了，阁下？"

"酒太冷了。把瓶子拿去温一下。"

"遵命，阁下。"

但这并不是真正的胜利。那个侍者神色自若。这酒还值得温一温吗？他那上扬的眉毛似乎在这么说。他带着一脸轻松的鄙夷拿着酒瓶离开了，让罗丝玛丽和戈登知道光是点菜单上最便宜的酒已经够丢脸了，点完之后还要小题大做更是把脸丢到家了。

牛肉和沙拉冰冷得有如死尸，似乎根本不是真正的食物，味道像水那么淡。那些面包又馊又潮。芦苇丛生的泰晤士河的河水似乎掺进了一切食物里。酒瓶一开，那酒尝起来果然就像泥浆一样。但幸好还是酒精饮品，实在是太好了。当它穿喉而过，流入胃里时，你会惊奇地发现整个人开始振奋起来。喝了一杯半酒之后，戈登感觉好多了。那个侍者站在门边，耐心地等候着，手臂上搭着餐巾，想让戈登和罗丝玛丽看到他而感觉不自在。一开始的时候他的小伎俩得逞了，但戈登背朝着他，过了一会儿就几乎将他忘记了。渐渐地，他们恢复了勇气，开始更加轻松愉快地说话，声音也响亮了一些。

戈登说道："你看，那两只天鹅一直跟着我们到这儿来了。"

确实，外面墨绿色的河上有两只天鹅游来游去。这时太阳又出现了，这间沉闷的、水族馆式的餐室笼罩在令人愉悦的绿色光芒中。戈登和玛丽顿时觉得很暖和开心。他们开始有一句没一句地闲聊，似乎当那个侍者不存在一样。戈登拿起酒瓶，又倒了两杯酒。两人举杯时四目交投。她温柔而略带讽刺地看着他，眼神似乎在说："我是你的情人，真是好笑！"他们的膝盖在小小的桌子底下接触碰撞着。时不时她的膝盖会夹住他的膝盖。他的心里涌过一股渴望色欲的暖意，身子都软了下来。他想起来了！她是他的女朋友，他的情人。呆会儿两人独处的时候，在一个隐匿暖和无风的地方，他会脱光她的衣服，到最后，他还是能占有她。是的，一整个早上他已经知道这件事会发生，但那幕情景并不真实。直到现在他才有了真切的感受。他什么也没说，心里确信一小时后她将会赤身裸体地躺在他的怀抱里。他们坐在温暖的阳光中，膝盖厮磨着，目光交流着，似乎觉得一切已经完成了。两人之间充满了柔情蜜意。他们可以在这里坐上几个小时，就只是看着对方，谈一些只有他们俩才能理解的琐事。他们在那儿坐了二十分钟，或许更久。戈登忘记了那个侍者——甚至暂时忘记了来这里吃午饭所意味的灾难：他将被宰得分文不剩。但很快太阳又躲到云后，房间又变得灰蒙蒙的，他们意识到得走了。

"结账。"戈登半转过身说道。

那个侍者惹嫌地最后问了一句：

"结账吗，阁下？但您不喝杯咖啡吗，阁下？"

"不了，不喝咖啡。结账吧。"

那个侍者退了下去，然后拿着一个托盘回来了，上面摆着一张折叠了的账单。戈登打开账单一看，六先令三便士——他身上有七先令十一便士！当然，他已经知道账单会是多少钱，但它真的被递过来时还是吓了他一跳。他站起身，伸手到口袋里，掏出所有的钱。那个年轻的侍者脸色很难看，手里拿着托盘，看着那堆硬币。显然，他知道这是戈登的全副家当。罗丝玛丽也站了起来，走过桌子，捏了一下戈登的手肘，暗示她愿意付她分内的钱。戈登假装没有察觉。他付了六先令三便士，转过身的时候往托盘上又放了一先令。那个侍者把那个先令拿在手里掂了一下，轻轻一弹将它滑进背心的口袋里，神态似乎在掩藏什么见不得人的东西一样。

　　顺着走廊走出去的时候，戈登觉得很郁闷无助——几乎觉得头晕目眩。这下子他的钱全都用完了！怎么会发生这么可怕的事情。要是他们没有到这个该死的地方就好了！今天一整天就这么毁了——就为了一个冷盘牛肉和一瓶泥浆一样的红酒！一会儿还得为茶点而发愁，他只剩下六支烟，还有回斯洛的巴士车费，天知道还有什么地方得花钱，而他只有八便士可以张罗！他们走出酒店，感觉就像被踢出门一样，大门在他们身后关上了。刚才那种温馨的亲密感消失了。现在他们来到外面，一切似乎都变了。来到户外，他们的血似乎突然间冷却了。罗丝玛丽走在他前面，似乎愁眉不展，没有说话。她为自己下了决心要做的事情而感觉心里有点害怕。他看着她那强壮而秀气的胳膊和腿脚在移动。她的身躯就在这里，他一直梦寐以求的身躯，但现在时候到了，却令他觉得气馁。他想要占有他，让她成为他的情人，但他一心只希望事情赶快过去。他得强迫自己把这件事给做了。那张该死的酒店午餐账单搞得他方寸大乱，真是奇怪。早上轻松愉快无忧无虑的气氛被打破了，那令人憎恶而熟悉的幽灵——对钱的担忧——又回来了。再过一会儿他就得承认自己只剩下八便士，他得向她借钱才能回家。真是太丢脸了，太没面子了。让他仍能鼓起勇气的是那些红酒。酒精的暖意和只剩下八便士那种可恶的感觉在他的心里交战着，哪一方都无法占得上风。

两人慢慢地走着，但很快他们就离开了泰晤士河，又走到了高地上。两个人都挖空心思想说些什么，却又想不起能说些什么。他和她并肩走着，拉着她的手，十指相扣。两人感觉好了一些，但他的心充满了痛苦，五脏六腑似乎缩成了一团。他不知道她是否也有同感。

"这里似乎一个人也没有。"最后她开口说道。

"今天是星期天下午。吃完烤牛肉和约克郡布丁后，都躺在叶兰下面睡觉呢。"

两人又沉默了。走了五十码远，他艰难地开口说道：

"天气好暖和，我们找个地方坐下来好吗？"

"好的，如果你喜欢的话。"

很快他们就来到道路左边的一处小树林，四周一片荒寂，光秃秃的树下寸草不生。但在小树林远端的角落里长着一大丛黑刺李灌木丛。他什么也没说，伸手搂着她，带着她朝那个方向走去。在树篱那里有一道空隙，围了几根铁丝。他将铁丝拉起来，她敏捷地钻了过去。他的心又怦怦乱跳。她的身躯是那么柔软而强健！但当他钻过铁丝跟在她后面的时候，那八便士——一个六便士的硬币和两个一便士的硬币——在他的口袋里叮当作响，再次让他气馁。

走到灌木丛那里时，他们发现有一处天然的凹处，三面环绕着荆棘丛，虽然没有叶子，但根本无法通行。剩下的一面俯瞰着山下一片光秃秃的、翻耕好的农田。山脚下有一间低矮的小木屋，看上去就像小孩子的玩具一样，烟囱没有冒烟。到处都静悄悄的，你再也找不到这么僻静的地方了。树底下长着柔软的青草，感觉就像苔藓。

"我们应该带一张防水布毡过来的。"他跪了下来。

"没关系。地上很干。"

他把她拉到身边，亲吻着她，摘下那顶帽子，胸对胸压在她身上，亲吻着她整张脸。她躺在他身下，一直在退缩着，并没有迎合他，当他的手摸到她的胸脯上时也没有反抗。但在心里面她仍在害怕。她愿意献身——噢，是的！她会遵守她没有说出口的承诺，她不会反悔，但她真的很害怕。而他的心里面也带着不情愿。到了这个时候他才发现自己其实并不是真的想占有她，这让他意兴阑珊。关于钱的事仍然在困扰着他。你口袋里只有八便士，而且一直在想着这件事，怎么能做爱呢？但在某种意义上说，他又想占有她。事实上，他不能没有她。当他们真正成为情人后，他的生活将完全改变。他久久地压在她的胸脯上，她的头转到一边，而他的脸就靠在她的脖子和头发上，没有更进一步。

接着，太阳又出来了，低矮地悬在空中。和煦的阳光洒落在他们身上，似乎有一张横贯天空的薄膜裂开了。太阳躲在云后面的时候草地上真的有一点冷，但现在感觉又像夏天一样暖和。两人都坐了起来，为阳光欢呼。

"噢，戈登，看！阳光把一切都照亮了！"

随着云层渐渐散去，黄色的阳光照耀的范围迅速扩展至整座山谷，所到之处万物都被镀上了一层金光。原本是暗绿色的草坪一下子变成了翡翠般的颜色。山下那间空木屋显露出暖和的色调：紫蓝色的瓦片、樱桃红的砖块。只是缺少了鸟儿的歌唱，让你意识到现在其实是冬天。戈登搂着罗丝玛丽，用力地将她揽入怀中。两人脸颊贴着脸颊，坐着那儿望着山下。他转过身，亲吻着她。

"你真的喜欢我，是吗？"

"我爱你，傻瓜。"

"你会对我好，是吗？"

"对你好？"

"让我做我想做的事情？"

"是的，我想是的。"

"任何事情？"

"嗯，好的，任何事情。"

他又把她压在草坪上。现在气氛感觉很不一样了。太阳的暖意似乎注入了他们的骨头里。"亲爱的，把衣服脱掉吧，"他低声说道。她脱掉了衣服，没有扭捏作态。在他面前她不觉得害羞。而且天气这么暖和，这里又那么僻静，你脱多少件衣服都无所谓。他们把她的衣服铺开，当成一张临时的床让她躺在上面。她光着身子躺了下来，手放在头后，眼睛紧闭着，脸上带着微笑，似乎她已经想好了，内心很平静。他跪在地上，久久地看着她的身体。那么优美，令他心醉神迷。光着身子的她比穿着衣服的她看上去年轻得多。她的脸往后仰，眼睛紧闭，看上去像个小女孩。他凑到她的身边。口袋里的硬币再次叮当作响。只剩下八便士了！待会儿就会有麻烦的。但现在他不会去想这件事。继续下去，这才是要紧事，继续下去，以后的事情管它呢！他伸出一只手到她身下，将自己的身躯压在她的身躯上。

"可以吗？现在？"

"嗯，可以。"

"你不害怕吗？"

"不害怕。"

"我会尽量温柔地对你。"

"没关系。"

过了一会儿。

"噢,戈登,不要! 不,不要,不要! "

"怎么了? 到底怎么了? "

"不,戈登,不要! 你不能这么做! 不行! "

她伸出手用力将他往后推。她的脸看上去很陌生惊恐,几乎带着敌意。在这个时候她将他推开真是太可怕了。他好像被当头浇了一盆冷水,从她身上缩了回去,心烦意乱地匆匆整理好衣服。

"怎么了? 到底出什么事了? "

"噢,戈登! 我以为你——噢,亲爱的! "

她把手掩面,然后侧转身子避开他,突然害臊起来。

"怎么了? "他又问了一遍。

"你怎么可以这么草率? "

"你什么意思——我怎么草率了? "

"噢,你知道我在说什么! "

他的心一沉。他知道她想说什么,但直到现在他才想到这件事。确实如此——噢! 是的! ——他应该一早就想到的。他站起身,背对着她。突然间,他知道这件事就到此为止了。星期天下午在一块湿漉漉的草地上——还是大冬天! 不可能的事情! 一分钟前这似乎还是顺理成章的事情,现在看起来是那么肮脏丑陋。

"我没有想到这一点。"他苦涩地说道。

"但我实在是忍不住,戈登! 你应该想到的 —— 你知道的。"

"你不会以为我老是想着这档子事情吧? "

"但我们还能怎么办？我不能怀上孩子，不是吗？"

"或许不会有孩子呢。"

"噢，戈登，你怎么可以这样！"

她躺在那儿看着他，脸上尽是哀愁，这个时候她甚至忘记了自己光着身子。他的失落化为了愤怒。又来了，你看，又是钱的问题！连你生活中最私密的事情都无法摆脱金钱的影响。为了钱的缘故，冷漠卑劣的预防措施把这件事给搅黄了。钱，钱，总是钱的问题！即使在新婚的床上，财神爷也要染指！无论你跑到天涯海角他都不会放过你。他来回踱着步子，双手插在口袋里。

"你看到了吧，又是钱的问题！"他抱怨道，"即使在这一刻它也要横插一脚，肆意玩弄我们。即使只有我们两人独处，在这僻静的荒野，没有人看着我们。"

"这件事和钱有什么相干？"

"告诉你吧，要不是因为钱的缘故，你绝对不会担心怀上小孩。要不是钱的缘故，你**会想**怀上小孩。你说你'不能'有小孩，你是说真的不能有小孩吗？你是说你'不敢'有小孩。因为你会失去工作，而我又没钱，我们都会饿死。所以才会有这种控制生育的把戏！这只是金钱欺辱我们的另一种方式。而显然，你只能忍气吞声。"

"但我能怎么办，戈登？我该怎么办？"

这时太阳消失在云后。天一下子凉了。眼前的这一幕真是滑稽——一个赤身裸体的女人躺在草坪上，一个衣着整齐的男人闷闷不乐地站着，双手插在口袋里。再躺下去的话她就会着凉的。整件事实在是太荒唐太猥琐了。

"但我还能怎么办？"她重复了一遍。

"我想你应该穿上衣服。"他冷冰冰地说道。

他说出这番话是出于报复心里的不爽，却深深地刺痛了她，显然让她觉得很难堪，他只能转身背对着她。没过一会儿她就穿好了衣服。她跪在地上绑鞋带时，他听到她啜泣了几声。她就快哭出来了，正竭力控制住自己的情绪。他觉得羞愧万分。他想跪在她面前，搂着她，乞求她的原谅。但他做不出这些事来，此情此景让他变成了一个迟钝笨拙的人。他觉得很难开口说话，即使只是说一些最平淡的话。

"你弄好了吗？"他哑声哑气地问道。

"好了。"

两人钻过铁丝，回到路上，一言不发就开始下山。清新的云朵卷过太阳，气温陡降了。再过一个小时，黄昏就会降临。他们来到山脚下，见到拉文斯克罗夫酒店，他们的蒙难之地。

"我们去哪儿？"罗丝玛丽幽幽地轻声问道。

"回斯洛吧。我们得过桥看看路标。"

走了几英里，两人几乎没有开口说话。罗丝玛丽觉得很尴尬难过。有好几次她靠近他身边，想挽着他的胳膊，但他躲开了她，于是两人并排走着，中间几乎隔着一条马路。她猜想是自己惹恼了他，他觉得很失望——因为在最要紧的关头她把他推开了——他生她的气了。要是他肯给她机会的话，她愿意向他道歉，但事实上他根本没再想这件事了。现在困扰着他的是钱的问题——他口袋里只有八便士这个事实。再过一会儿他就得坦白，从法纳姆到斯洛坐巴士要钱，到斯洛吃茶点要钱，买烟要钱，再得坐一趟巴士要钱，回到伦敦可能还得吃顿饭要钱，而他只有八便士，怎么应付得了！他终究得向罗丝玛丽借钱，这真是太羞耻了。跟一个刚刚吵完架的人借钱实在是太可恶了。他为什么老是喜欢胡说八道！刚刚他还在振振有词地教训她，假装因为她觉得避孕是天经地义的事情而吃惊，而接下来他就开口问她借钱！但是你明白这就是金钱的威力。不管你摆出什么样的姿态来，金钱，或者说是缺钱的事实都可以将其轻轻戳破。

四点半的时候天几乎都黑了。两人在雾蒙蒙的路上跋涉着。除了小木屋的窗户透出的灯光和偶尔驶过的汽车车灯之外，路上没有照明。天气变冷了，但他们走了四英里路，觉得很暖和。一直不吭声是不可能的。两人开始轻松地聊起天来，渐渐地凑在了一起。罗丝玛丽挽着戈登的胳膊，过了一会儿，她拉住他，让他转过身，面对着她。

"戈登，为什么你要那么残忍地对我？"

"我怎么对你残忍了？"

"这一路上你对我不理不睬的！"

"噢，天哪！"

"你还生我的气吗？因为刚刚发生的事情？"

"不，我没生你的气。你又没有错。"

她抬头看着他，想在几乎漆黑一片的天色中看清楚他脸上的表情。他把她拉到怀里，她似乎知道会这样，将头往后仰，和他接吻。她热切地搂着他，身体靠在他身上，似乎她一直在等候着这一刻。

"戈登，你爱我，是吗？"

"我当然爱你。"

"不知道出了什么事。我忍不住就那么做了。我突然间好害怕。"

"没事了。下一次就会好的。"

她偎依在他身上，把头栽在他的胸膛上。他可以感觉到她的心跳得很猛烈，似乎她正在下决心。

"我不在乎了。"她含糊地说道，脸埋在他的大衣里。

"不在乎什么？"

"怀上孩子。我愿意冒险。你可以对我做你想做的事情。"

这些让步的话勾起了他微弱的欲望，然后立刻平息下来。他知道为什么她会说这些话。并不是因为现在她真的愿意和他做爱，而是出于一种慷慨的冲动，想让他知道她爱他，因此甘冒风险也不愿令他失望。

"现在？"他问道。

"嗯，如果你想的话。"

他想了一下。他是多么渴望占有她！但傍晚的寒风吹拂着他们，树篱后的草坪一定又湿又冷。不是时候也不是地方。而且，那八便士一直盘踞在他的脑海里。他不再有亲热的心情了。

"我不能这么做。"最后他开口了。

"你不能这么做！但是，戈登！我以为——"

"我知道。但此一时彼一时。"

"你还在生气吗？"

"是的，在某种程度上。"

"为什么？"

他将她推开了一些，早说晚说都一样。但是他觉得很惭愧，只能嗫嚅着说道：

"我有一件糟糕的事情要告诉你。这件事一路上都在困扰着我。"

"什么事情？"

"是这样的，你能借点钱给我吗？我身上几乎没钱了。本来钱刚好够今天用的，但那张该死的酒店账单把一切都毁了。我只剩下八便士了。"

罗丝玛丽惊讶地挣脱他的怀抱。

"只剩下八便士！你在想些什么？你只有八便士，这又有什么大不了的？"

"我不是告诉过你吗，待会儿我就得向你借钱。你得自己付坐巴士的钱，还得帮我付钱，还得自己掏钱吃茶点，天知道还有什么得花钱。是我叫你和我一起出来的！你应该接受我的款待。真该死。"

"接受你的款待！噢，戈登。就是这件事让你一直愁眉苦脸？"

"是的。"

"戈登，你就像个小孩子一样！你怎么会让自己为这件事而发愁呢？似乎我介意借钱给你一样！我不是一直告诉你，我们一起出来的时候，我愿意自己掏钱吗？"

"是的，而你也知道我不喜欢你自己掏钱。这件事那天晚上我们已经谈过了。"

"噢，你真是荒唐，太荒唐了！你觉得没钱是一件很羞耻的事情吗？"

"当然是这样！这是世界上唯一令人觉得羞耻的事情。"

"但这跟你和我做爱又有什么关系？我不理解你。一会儿你想要做爱，一会儿你又不想做爱。这跟钱有什么关系？"

"关系大了。"

他挽着她的胳膊，开始赶路。她是不会明白的，但他还是得解释一番。

"你不明白吗，当一个人口袋里没钱的时候，他感觉自己不像是一个完整的人——感觉根本不算是一个男人！"

"我不觉得。我觉得这很傻。"

"我不是不想和你做爱。我很想。但听我说，我身上只有八便士时，我做不到。至少在你知道我只有八便士的时候我做不到。我的身体不听使唤。"

"但为什么会这样？为什么？"

"你去读兰普里埃的书就知道了。"

他含糊地回答。解释到此结束。两人不再谈起这件事。他又一次行为乖张，却让她觉得做错事的人是她自己。两人继续走着。她无法理解他，但什么事情都可以原谅他。很快他们就走到法纳姆公地，在十字路口等候巴士回斯洛。巴士驶近他们时，罗丝玛丽趁黑抓住戈登的手，放了半克朗进去，这样他就可以付车费，而不用因为在大庭广众之下让女人给钱而觉得难堪。

戈登自己宁愿走回斯洛，省下搭巴士的费用，但他知道罗丝玛丽不肯这么做。到了斯洛他想直接坐火车回伦敦，但罗丝玛丽气愤地说她得吃完茶点才会动身，于是他们去火车站旁边一家阴风阵阵的大酒店里，要了茶、几个萎蔫的小三明治、几个像油腻子的岩皮饼，每个人用了两先令。让罗丝玛丽付钱让戈登羞愧难当。他恼羞成怒，什么也不肯吃。两人低声吵了一架，因为他执意要把自己那八便士添进去帮补茶点的钱。

两人乘火车回伦敦时已经七点了。火车上坐满了穿着卡其布短裤的远足者，每个人都很疲惫。罗丝玛丽和戈登没怎么说话。两人坐得很近。罗丝玛丽挽着他的胳膊，把玩着他的手。

戈登望着窗外。车厢里的人望着他们，猜想他们刚才因为什么事情而吵架。戈登看着路灯照耀下的夜色呼啸而过。他一直盼望的日子就这么结束了。现在他要回柳堤路去，身无分文的一周正等候着他。整整一个星期，除非奇迹发生，否则他甭想给自己买一支香烟。他真是个彻头彻尾的大傻瓜！罗丝玛丽没有生他的气。她用力地抓着他的手，想让他知道她爱着他。他那张苍白不满的脸扭了过去，不去看她的脸。他的大衣很邋遢，他那头鼠色的头发很蓬乱，得好好剪一剪了。看着他这副模样她觉得心里充满了怜爱之情。要是没发生这些事情的话，她或许不会像现在这样对他怀着满腔的柔情，因为女性的直觉告诉她他不开心，生活对他来说非常艰难。

"送我回家好吗？"在帕丁顿下车时她问道。

"如果你不介意走路的话。我没钱搭车了。"

"车费我来付。噢，亲爱的！我知道你不愿意。但你待会儿自己怎么回家呢？"

"噢，我可以走回去。我认识路。不是很远。"

"我不想你一路走回去。你看上去很累了。乖乖的，让我付车费送你回家吧。好嘛！"

"不行。你已经为了我付了不少钱了。"

"噢，亲爱的。你怎么这么傻！"

两人在地铁站的入口处停了下来。他拉着她的手，"我想我们得道别了。"他说道。

"再见，亲爱的戈登。谢谢你带我出去。今天早上真的太好玩了。"

"啊，今天早上！那时确实不一样。"他想起了早上的情形，那时候就只有他们俩走在路上，他的口袋里还有钱。他觉得很悔恨。一整天来他的行为是如此乖戾。他用力地抓着她的手，"你不生我的气，是吗？"

"不生气，傻瓜，当然不生气。"

"我不是故意对你那么不好。是因为钱的缘故，总是因为钱的缘故。"

"别介意，下次不会这样了。我们去更好玩的地方。我们去布莱顿度周末，或做别的事情。"

"或许吧，等我有钱了再说。你会给我写信，对吗？"

"会的。"

"你的信是让我继续生活下去的唯一理由。告诉我，你什么时候给我写信，让我好有个盼头。"

"明天晚上我就给你写信，星期二寄出去。星期二晚上最后一趟递信你就可以收到了。"

"那再见吧，亲爱的罗丝玛丽。"

"再见，亲爱的戈登。"

他在书店门口和她道别。走出二十码开外时，一只手搭在了他胳膊上。他立刻转过身，是罗丝玛丽。她把一包二十支的金叶牌香烟塞进他的大衣口袋里，那是她刚才在香烟店里买的。还没等他提出抗议，她就跑回地铁站里去了。

他穿过玛丽尔伯恩的荒地和摄政公园。现在是一天里最索然无味的尾声。冷冷清清的街道上一片漆黑，带着星期天晚上奇怪的萧索之感，大家经过一天的闲暇，反而感觉比上一天班还累。夜幕降临，天凉了，风也刮得紧了些。凛冽的寒风呼啸而来。戈登的脚很酸，他走了得有十二到十五英里的路程，而且饥肠辘辘。一整天他都没怎么吃东西。早上的时候他匆匆忙忙出发，没来得及好好吃早餐；中午在拉文斯克罗夫酒店那顿饭根本不像样，从那之后他就再没吃过干粮。但是，回到家里也别指望有东西吃，因为他已经告诉过威斯比奇大妈他一整天都在外面。

走到汉普斯泰德路时他在路肩上等候着，让一排排车辆经过。即使到了这里，虽然路灯亮着，珠宝店的橱窗透出清冷的灯光，但周围看上去漆黑冷清。寒风穿透了他单薄的衣服，让他直打哆嗦。凛冽的寒风呼啸而来，落叶殆尽的白杨树弓下了腰。还剩两节这首诗就写完了。他又想起了今天早上的情形——空荡荡雾茫茫的道路、自由和冒险的感觉，你有一整天的时间在郊野里随意散步。当然，是因为他身上有钱才有这种感觉。那时他的口袋里有七先令十一便士。那是对抗财神爷的一次小小的胜利，一早上的偷欢，在阿斯塔罗斯①的树林中度过周末。但这种情况不会持久。你的钱花光了，自由也就随之而逝。"你们都要行割礼。"主如是说。我们灰溜溜地、哭哭啼啼地回来了，真是活该。

又有一列汽车经过。其中有一辆引起了他的注意。修长的车身像燕子一样优雅，涂着闪闪发亮的蓝色和银色油漆。他猜想这辆车得值一千基尼②，穿着一袭蓝衣的司机坐在方向盘后面，笔挺的身姿一动不动，像一尊对他充满轻蔑的雕像。车的后座有粉红色的内饰，四个文雅的年轻人，两男两女，正在抽烟大笑。他瞥见那几张油光水亮像兔子一样的脸，皮肤粉粉嫩嫩的，长得很迷人，在车厢里的灯光照耀下，散发着无法伪造、柔和温暖的金钱的光芒。

---

① 阿斯塔罗斯(Ashtaroth)，古代迦南地区和腓尼基地区神话传说中主管爱情与生殖的女神。
② 基尼(guinea)，英国金币，合21先令，币值比英镑略高。

他穿过马路。今晚没饭吃。但是，灯里还有油。感谢上帝，回去之后他可以偷偷泡一杯茶。这时他毫无掩饰地看清了自己和自己的命运。每天晚上都是一样——回到寂寞冷清的卧室，那一堆再也写不下去的脏乱的诗稿。这是一条死胡同。他永远写不完《伦敦之乐》，永远不能和罗丝玛丽结婚，永远不能让生活过得秩序井然。他只能浮浮沉沉，就像家里其他人一样，但比他们还糟——他将沦落到可怕的下等人的世界，那就是他所能想象到的前景。当他向金钱宣战时，他就选择了这么一条道路。要么侍奉金钱，要么沉沦堕落，没有其它道路可走。

地底下有什么动静，整条石板路都在颤抖。是地铁列车正在经过。他的脑海中浮现出伦敦和西方世界。他看到亿万名奴隶在金钱的宝座下卑躬屈膝辛苦劳动。农民们在耕地，水手们在航海，矿工们在地底下挥汗如雨地挖煤，职员们匆匆忙忙赶八点十五分的班，担心老板会将他们解雇，断了谋生之路。即使和妻子躺在床上他们也是一副战战兢兢恭恭敬敬的模样。服从谁？服从拜金教的教会势力，那些红光满面的世界的主宰，上流社会的成员。一群皮毛光滑的小兔崽子坐在价值一千基尼的汽车里，他们是打高尔夫球的股票经纪、大都会的金融家、大法官法庭的律师、衣着时髦的风花雪月的诗人、银行家、报刊记者、迎合四种性别①的小说家、美国拳击手、女飞行员、电影明星、主教、桂冠诗人和芝加哥黑手党。

他又走了五十码，脑海那首诗的最后一节浮现出来。他朝

---

① 此处奥威尔语焉不详，译者猜想是指性取向正常的男女及同性恋的男女。

家里走去，嘴里反复念叨着这首诗：

凛冽的寒风呼啸而来，
落叶殆尽的白杨树弓下了腰，
烟囱飘舞着黑黢黢的缎带，
在昏沉沉的空气中摇摆而下，

撕裂开来的海报颤抖着，声音很冷清，
火车在轰鸣，马蹄哒哒哒响个不停，
职员们匆匆赶向车站，
看哪，东边的屋顶正在战栗，

每个人都在想着，
"冬天来了！求求你了，上帝啊，让我今年保住工
作吧！"
寒风就像一把冰冷的长矛，
刺透他们的身体。

他们想到了房租、水电、季票、
保险、煤炭和仆女的工资，
靴子、学费和下个月的分期付款，
上次在德雷格家具店买了两张双人床。

因为在无忧无虑的夏天，
我们在阿斯塔罗斯的树林里荒淫，
现在就忏悔吧，寒风吹起了，

让我们跪在公义的主宰面前。

财神爷就是万物的主宰，
他主宰着我们的血液、双手和大脑，
他赐予房屋遮风避雨，
也可以将其收走。

他嫉妒警惕地监视着，
我们的想法，我们的梦想，我们暗地里的行动
他决定我们说什么样的话，穿什么样的衣服，
决定我们的生活方式。

他浇灭我们的怒意，遏制我们的希望
以毫无价值的玩意儿买下我们的生命，
要我们以千疮百孔的信仰作为对他的祭礼，
我们接受他的凌辱，在心里暗暗高兴。

他将我们锁住，用诗人的才智，
苦力的力气和士兵的骄傲，
在新郎与新娘之间，
筑起光滑的、阻隔爱情的高墙。

第八章

时钟敲响了一点钟，戈登关上店门，然后快步小跑来到街道那头威斯敏斯特银行的分行。

出于谨慎，他下意识地将大衣的翻领紧紧地拉到身边。在他右边的里袋中放着一样东西，一样他不大相信真的存在的东西。那是一个厚厚的蓝色信封，贴着一张美国邮票，信封里有一张五十美元的支票，收款人是"戈登·康斯托克"！

他可以摸到信封长方形的轮廓，显露在他的身体外面，似乎那是一块火热的烙铁。一整个早上他感受到它的存在，无论他有没有去摸它，似乎右边胸膛下方那块皮肤得了过敏症。每隔十分钟他就会把支票从信封里拿出来，紧张地审视一番。毕竟，支票这东西不大靠得住。要是日期或签名出了问题那可就麻烦了。而且，他可能会把支票弄丢了——甚至会像童话里的金子一样凭空消失。

支票是《加利福尼亚文学评论》寄来的，几个星期前或几个月前他给这家美国杂志投过一首诗稿，但没有抱什么希望，几乎忘了有这么一首诗。都过了这么久了，直到今天早上，这封信终于远渡重洋送到他手里。多么热情的一封信！英国没有一个编辑会这样给投稿人回信。他那首诗给他们留下了"深刻而美好的印象"。他们将"着手安排"，将其刊登在下期杂志中。他可否"不吝珠玉"，让他们欣赏更多他的作品？（可以吗？噢，乖乖！——弗拉斯曼会这么说。）信里还夹了一张支票。这可真是太荒唐了，在这萧条动荡的 1934 年，谁会付五十美元作为一首诗的稿费。但是，信真的来了，支票就在里头，他检查了一遍又一遍，支票看上去的确是真的。

他得等到支票兑现之后心情才能恢复平静——因为银行有可能会拒绝兑现——但他已经在脑海里幻想着种种情景。他看到女孩子的脸，看到密密麻麻的红酒瓶和一瓶瓶容量为一夸脱的啤酒，看到一套新的西装和他从当铺里赎回来的风衣，看到自己和罗丝玛丽一起去布莱顿共度周末，看到他准备给朱莉亚的那张挺括的五英镑钞票。当然，最显眼的是那张给朱莉亚的五英镑钞票。收到支票时这是他的第一个念头。无论这笔钱他怎么用，他得分一半给朱莉亚。这很公道，因为这么多年来他从她那里"借"了那么多钱。整个早上，他老是突然想起朱莉亚和他欠她的钱。不过，这个想法让他有点不大高兴。每半小时他就会忘了这件事，计划出很多方式把这十英镑统统给花掉，然后他就会想起朱莉亚。和蔼的年老的朱莉亚！这笔钱理应有她一份。至少得有五英镑。即使是五英镑也不足以弥补他亏欠她的十分之一。到了第二十次，带着一丝不悦，他坚定了这个想法：五英镑留给朱莉亚。

银行没有刁难这张支票。戈登没有银行账户，但他们都认识他，因为麦克凯切尼先生在这里开了户。他们以前帮戈登兑现过编辑寄来的支票。出纳员咨询了一分钟，然后回来了。

"怎么给你钱呢，康斯托克先生？"

"一张五英镑，其它的一英镑，谢谢。"

那张挺括漂亮的五英镑钞票和五张干净的一英镑钞票从黄铜栏杆下面滑了出来，发出轻微的沙沙声。然后那个出纳推出一小堆半克朗和几便士的硬币。戈登装出绅士的派头，数都没数就把这些硬币丢进口袋里。这是一小笔意外之财。他以为五十美元只能兑换十英镑。美元一定是升值了。不过，他小心翼翼地折好那张五英镑钞票，放进那个美国信封里。这张钞票是给朱莉亚的，是神圣不可侵犯的事物。一会儿他就去寄给她。

他没有回家吃晚饭。他身上有十英镑——确切地说，是五英镑（他老是忘记一半的钱是要还朱莉亚的）——为什么要回去那间摆满了叶兰的饭厅啃硬得像牛皮的牛肉呢？现在他觉得给朱莉亚寄那张五英镑的钞票太麻烦了。今晚再寄都来得及。而且，他很享受那张钞票摆在口袋里的感觉。口袋里有了钱，你感觉完全不一样了，真是奇怪。不只是感觉有钱，而且很有安全感，令人振奋，似乎获得了重生。他觉得比起昨天的自己，整个人都变了。他变成了完全不同的人。他不再是那个任人践踏的可怜虫，那个只能寄居在柳堤路 31 号，就着煤油灯偷偷泡茶喝的可怜虫。他是大西洋两岸闻名遐迩的诗人戈登·康斯托克，出版了《耗子》（1932 年）和《伦敦之乐》（1935 年）。现在他对《伦敦之乐》非常自信。再过三个月这本诗集就可以面世了。八开本，白色亚麻布封皮。现在他觉得自己时来运转，天下事无不可为。

他走进威尔士王子酒店吃点东西，要了一份肘子和两个蔬菜，一先令二便士；一品脱麦芽啤酒，九便士；一包二十根的金叶牌香烟，一先令。即使经过这么一番挥霍，他还有不止十英镑——确切地说，不止五英镑。啤酒让他暖和起来，他坐在那儿琢磨着怎么花这五英镑。一套新的西装，到郊外度过周末，巴黎一日游，痛快地喝五回酒，到苏荷区吃十顿晚饭。想到这里他决定和罗丝玛丽与拉沃斯顿今晚一起吃顿饭，庆祝他的好运。毕竟，不是每天都有十英镑——五英镑——从天而降掉进你的怀里。想到三个人坐在一起，享受美酒佳肴，付钱对他来说是小事一桩，他就觉得心痒痒的，但是在心里感到一丝刺痛。当然，他可不能把钱都花掉。但他付得起一英镑——两英镑吧。没过一会儿他就用酒吧的电话给拉沃斯顿致电。

"是你吗，拉沃斯顿？听我说，拉沃斯顿！听我说，今晚和我一起吃饭吧。"

电话另一头，拉沃斯顿客气地说道，"不行，这怎么行！晚饭得我请。"但戈登盛情难却。胡说！今晚得由他做东请拉沃斯顿。拉沃斯顿不大情愿地同意了。好的，是的，谢谢，他非常高兴。他的声音带着歉意。他猜到是怎么一回事。戈登不知从哪儿得到了一笔钱，立刻准备挥霍一空。和平时一样，拉沃斯顿觉得自己没有权利干预他怎么花钱。他们去哪儿吃饭好呢？戈登问他。拉沃斯顿开始盛赞起那些舒服的苏荷区餐馆。你花半个克朗就可以美美地吃一餐。但拉沃斯顿一提起那些苏荷区餐馆，戈登就不高兴了，他不能接受这个建议。荒唐之极！他们得去体面的地方。他心里想，去哪儿吃都无所谓，花上两英镑——甚至三英镑都行。拉沃斯顿平时去什么地方呢？拉沃斯顿坦诚说他去的是莫迪利亚尼餐厅。但莫迪利亚尼餐厅很——不行！即使在电话中拉沃斯顿也说不出"昂贵"这个可恶的词语。怎么提醒戈登他其实是个穷光蛋呢？他委婉地说戈登或许会觉得莫迪利亚尼餐厅并不怎么样。但戈登满意了。莫迪利亚尼餐厅？就去那里吧——八点半见。太好了！就算这顿饭他得花上三英镑，他还有两英镑给自己买一双新鞋子、一件马甲和一条裤子。

五分钟后他约了罗丝玛丽。新阿尔比恩公司不喜欢雇员接电话，但偶尔一回还是可以的。自从那次可怕的星期天出游后，五天来他收到了她的一封来信，但还没有和她见过面。听到电话那头是他，她的声音非常热情。她愿意和他今晚一起吃饭吗？当然愿意！太开心了！只需要十分钟，整件事就安排妥当了。他一直希望罗丝玛丽和拉沃斯顿能见一面，但总是无法安排。而当你有了一点钱，这些事情很容易就做到了。

出租车载着他朝西边而去，一路经过黑漆漆的街道。这趟路有三英里——但他给得起钱。为什么要为了省一桶沥青而毁掉一艘船呢？他已经想好了，今晚不止要花两英镑，他愿意花三英镑或三英镑十先令——四英镑也在所不惜。豁出去，不管了——这就是他的想法。噢！等等！朱莉亚那张五英镑钞票。他还没寄出去呢。不要紧。明天早上第一件事就是把它寄出去。善良的年迈的朱莉亚！这五英镑理应是她的。

他屁股底下的软垫座位是那么舒服！他懒洋洋地坐过来躺过去。当然，他喝了酒——来之前喝了两三杯，喝得很急。那个出租车司机矮矮胖胖，人倒是很机灵，长着一张饱经风霜的脸和一双善于察言观色的眼睛。他和戈登心意相通。两人是在戈登喝酒的那间酒吧里认识的。快开到西区的时候，出租车司机未经指示就在街角一间小酒吧门口停了下来。他知道戈登在想什么。戈登想去喝一杯，而他也想去，而酒钱得算在戈登头上——这一点两人当然都心里明白。

"你猜到我的心思了。"戈登下了车。

"是的，先生。"

"我正想赶快喝一杯。"

"我就是这么想的，先生。"

"你也喝一杯，怎么样？"

"悉听尊便。"出租车司机说道。

"进来吧。"戈登说道。

两人亲密地坐在镶着黄铜的吧台上，手肘靠着手肘，点着了两支出租车司机的香烟。戈登觉得自己才思敏捷，而且整个人在膨胀。他想告诉那个出租车司机自己的生平。穿着白围裙的侍者快步朝他们走来。

"要点什么呢，先生？"侍者问道。

"杜松子酒。"戈登答道。

"两杯。"出租车司机补充道。

两人碰了碰酒杯，感觉更加亲密了。

"人生得意须尽欢啊。"戈登说道。

"今天是您的生日吗，先生？"

"只是打个比方，是我的重生日，可以这么说。"

"我没怎么读过书。"出租车司机说道。

"我是在比喻。"戈登说道。

"英语对我来说可够难的。"出租车司机说道。

"那是莎士比亚的句子。"戈登说道。

"您真是个才子，先生，我猜对了吗？"

"我看上去很落魄吗？"

"不能说落魄，先生，只是看上去像饱读诗书的人。"

"你说对了。我是诗人。"

"诗人！这个世界得有各种各样的人才算得上完整，不是吗？"出租车司机说道。

"而且是一个他妈美好的世界。"戈登回答。

今晚他的心里充满了诗情画意。他们又喝了一杯杜松子酒，然后互相搭着胳膊回到出租车上。那天晚上戈登总共喝了五杯杜松子酒。他的血管里荡漾着一种轻飘飘的感觉，杜松子酒似乎游走在他的血管里，和他的血液混在一起。他躺在座位的一角，看着耀眼的街灯在蓝黑色的夜空中飘过。这个时候丑陋的蓝红色霓虹灯令他觉得赏心悦目。这辆出租车的行驶非常平滑！像坐在一条贡多拉小舟上，而不像坐在汽车里。有钱就可以这么享受。钱给四个车轮上了润滑油。他想到了接下来的夜晚：美酒佳肴、亲密交谈——最重要的是，无须为了钱而发愁。不用为了六便士而烦恼，想着"这个我们付不起钱"、"那个我们买不起"。罗丝玛丽和拉沃斯顿会试图阻止他乱花钱，但他会让他们闭嘴。要是他愿意的话，他会花光每一便士。整整十英镑可以挥霍！至少，五英镑。朱莉亚掠过他的脑海，然后又消失了。

　　到达莫迪利亚尼餐厅的时候他已经清醒了不少。那个大块头的门卫看上去就像一尊栩栩如生但少了几个关节的蜡人，动作僵硬地走过来，打开出租车的车门。他那双冷冰冰的眼睛乜斜着盯着戈登的衣服。那并不是来莫迪利亚尼餐厅的客人应该有的穿着。确实，这身衣服在莫迪利亚尼餐厅实在是太波希米亚了，但波希米亚风格有很多种，而戈登的这种实在不合时宜。戈登并不在乎。他热情地和出租车司机道别，付了车费，还赏了他半克朗作小费，那个门卫看在眼里，眼神顿时柔和多了。这时拉沃斯顿从门口走了出来。这个门卫当然认识拉沃斯顿。拉沃斯顿走到人行道上，高高的个子看上去特别显眼，穿着那身虽不新却很有贵族派头的衣服，眼神看上去郁郁寡欢。他已经在担心今晚上这顿饭会花掉戈登多少钱。

　　"啊，你来了，戈登！"

　　"你好，拉沃斯顿！罗丝玛丽呢？"

　　"或许她在里面等。你知道，我和她没见过面。听我说，戈登，听我说！我们进去之前，我想——"

"啊，看哪，她来了！"

她正朝他们走来，灵巧而不失风度地在人群中穿行，就像一艘轻巧的驱逐舰在一群庞大而笨重的货船间穿梭。和平时一样，她穿得很得体。那顶宽边帽以最撩人的角度翘了起来。戈登怦然心动。这就是他的女朋友！让拉沃斯顿和她见面让他觉得很自豪。今晚她非常高兴，看得出她不会让自己或戈登回想起上次尴尬的经历。戈登介绍两人认识，一起走进餐厅。或许她的言语或笑容都显得太活泼了一些，但拉沃斯顿立刻对她有了好感。事实上，每个和罗丝玛丽见过面的人都喜欢她。餐厅的里面颇让戈登感到震惊。实在是太豪华了，太富有艺术气息了。深色的折叠腿桌子、锡镴烛台、现代法国画家的画作。有一幅画着街景，似乎是乌特里罗[1]的作品。戈登的肩膀僵硬起来。该死的，这有什么好害怕的？那张五英镑钞票就放在口袋中的信封里。这五英镑当然是要留给朱莉亚的。他不打算用这些钱，但有它在赋予了他勇气，就像是一道护身符。三人朝角落的那张桌子走去——那是拉沃斯顿最喜欢坐的桌子——位于餐厅的远端。拉沃斯顿拽着戈登的胳膊，将他拉后一些，不让罗丝玛丽听见。

"戈登，听我说！"

"怎么了？"

"听我说，今晚这顿饭我做东吧。"

"胡说！这顿饭我做东。"

---

[1] 莫里斯·乌特里罗（Maurice Utrillo，1883—1955），法国画家，画作多以城市风景为素材。

"我真的希望你能同意。我不想看到你花那么多钱。"

"今晚我们不谈钱的事。"戈登说道。

"那就 AA 吧。"拉沃斯顿说道。

"我请客。"戈登坚定地回答。

拉沃斯顿没有再争下去。那个胖乎乎的、白头发的意大利侍者站在角落的桌子旁边微笑鞠躬。但他微笑的对象是拉沃斯顿，而不是戈登。戈登坐了下来，决定他必须立刻反客为主。他把侍者拿过来的菜单放在一边。

"我们先点些喝的吧。"他说道。

"我喝啤酒。"拉沃斯顿立刻开口，"我只喜欢喝啤酒。"

"我也是。"罗丝玛丽响应着他。

"噢，胡说！我们得喝点葡萄酒。你喜欢红葡萄酒还是白葡萄酒？把酒单给我看看。"他吩咐侍者。

"那我们就来一瓶普通的波尔多红酒吧。梅多克或圣祖利安就可以了。"拉沃斯顿说道。

"我喜欢喝圣祖利安。"罗丝玛丽应了一句，她仿佛记得圣祖利安总是酒单上最便宜的红酒。

戈登瞪了他们一眼。你看看，你看看！他们联合起来给他添乱了。他们要阻止他花钱。那种讨厌至极的"这东西你付不起钱"的气氛就要笼罩住一切了。这让他更加希望大肆花钱过瘾。他原本打算点勃艮第红酒就算了，现在他决定他们一定得喝点昂贵的酒——带泡沫的来劲的酒。香槟酒？不行，他们肯定不会让他点香槟的。啊哈！

"你们有阿斯蒂吗？"他问那个侍者。

想到丰厚的开瓶费，那个侍者顿时来了精神。现在他知道戈登才是东道主，而不是拉沃斯顿。他操着法语掺杂着英语的口音回答道：

"阿斯蒂吗，先生？有，先生。上好的阿斯蒂！阿斯蒂气泡酒，非常细密，非常有活力！"

拉沃斯顿忧郁的眼神隔着桌子望着戈登的眼睛。你喝不起的！他的眼神在哀求着。

"那是气泡酒吗？"罗丝玛丽问道。

"泡沫非常丰富，夫人。上好的红酒。非常有活力！波！"他胖乎乎的手作势比划着泡沫流淌的情形。

"就阿斯蒂吧。"趁罗丝玛丽没来得及阻止他，戈登点了酒。

拉沃斯顿看上去很忧郁。他知道一瓶阿斯蒂得花掉戈登十到十五先令。戈登假装没有注意。他开始聊起司汤达[1]——谈起了他笔下的桑塞维利亚公爵夫人和她对阿斯蒂的钟爱。那瓶阿斯蒂装在一桶冰里送来了——这么做是错的，拉沃斯顿本可以告诉戈登的。瓶塞被拔了出来。波！四溢的酒沫被倒入平底杯里。饭桌的气氛一下子神奇地改变了，似乎有什么事情发生在三人身上，酒还没入口就产生了奇妙的作用。罗丝玛丽不再紧张兮兮的，拉沃斯顿也不再担心会花多少钱，戈登也放弃了一意孤行要挥霍一番的冲动。他们点了凤尾鱼、面包加黄油、煎比目鱼、牛奶调味汁烤山鸡和薯片，但他们主要是在喝酒聊天。他们聊的内容真是太有趣了——至少他们觉得很有趣！他们聊起了当代生活和书籍。现在，还有什么可以聊的？和往常一样戈登开始抨击当代的死寂与无聊。（但是，噢，现在他的

---

[1] 司汤达（Stendhal）是法国作家玛丽-亨利·贝尔（Marie-Henri Beyle，1783—1842）的笔名，代表作有《红与黑》、《帕尔马修道院》等。

口袋里有了钱，他也不相信自己脱口而出的那些话，这感觉就完全不一样！）法语作品和机关枪！电影和《每日邮报》！当他口袋里只有几个硬币时他的确觉得那是深刻的真相，但现在听起来却像是有趣的笑话。当你享用完美酒佳肴，却大肆渲染我们生活在一个死寂腐朽的世界里，真是太有趣了。他才思敏捷地谈起了当代文学的缺失，每句话都那么俏皮机智。带着自己的作品未能出版的文人那种轻蔑的态度，他一个接一个地贬斥那些文坛巨星。萧伯纳、叶芝、艾略特、乔伊斯、赫胥黎、刘易斯、海明威——他只是漫不经心地给每一位安了一两个标签，就把他们统统丢进了垃圾桶里。真是太好玩了，假如这一幕能一直持续下去的话该多好！当然，在这一刻戈登觉得这一幕将会继续下去。第一瓶阿斯蒂戈登喝了三杯，拉沃斯顿两杯，罗丝玛丽一杯。戈登注意到对面桌子有个女孩在看着他。她个子很高，五官精致，皮肤像珍珠贝一样粉嫩，一双杏眼顾盼生姿，显然是个富家女，有钱的知识分子。她觉得他很有趣——正在猜想他是谁。戈登发现自己为了取悦她特别卖力地说一些有水平的俏皮话。而他的确才思敏捷，这一点毋庸置疑。这是金钱的功劳。金钱润滑了车轮——不仅润滑了出租车的车轮，还润滑了思维的车轮。

但第二瓶阿斯蒂就没第一瓶那么好喝了。首先，点酒的时候发生了一些不愉快的事。戈登叫来侍者：

"我们想再点一瓶这种酒。"

那个侍者整个人都放光了，"好的，先生！当然好，先生！"

罗丝玛丽皱着眉头，在桌底下踩了戈登一脚。"不要了，戈登，不要了！你别点了。"

"不要什么？"

"不要再点酒了。我们不喝了。"

"噢，胡扯！再来一瓶，侍者。"

"好的，先生。"

拉沃斯顿揉了揉鼻子。他觉得心里很内疚，不敢去看戈登的眼睛，看着自己的酒杯。"听我说，戈登，这瓶酒我付钱吧。我很乐意。"

"胡扯！"戈登重复了一遍。

"那就来半瓶吧。"罗丝玛丽说道。

"来一整瓶，侍者。"戈登说道。

自此之后一切都变了。他们仍在聊天说笑，讨论争执，但感觉不一样了。对面桌子那个女孩不再看着戈登。不知怎么的，戈登的思路不再敏捷。点第二瓶酒总是错误的选择，就像在夏日洗第二次澡一样，无论那一天有多热，无论你多么享受第一次洗澡的感觉，洗第二次的时候你总会觉得很遗憾。酒失去了魔力，泡沫似乎少了，就像凝滞酸涩的液体，你咕嘟一口喝下去，半带着厌烦，半带着快点喝醉的希望。这时戈登有醉意了，但没有显露出来。一半的他醉醺醺的，另一半仍很清醒。他开始产生那种奇怪的、模糊的感觉，似乎你的身体膨胀了起来，你的手指变粗了，这是醉酒第二阶段的感觉。但另一半清醒的他仍然能控制住自己，外表上看不出来。谈话越来越枯燥乏味。和那些刚刚闹过别扭但没有把话挑明的人一样，戈登和拉沃斯顿貌合神离地聊着天，他们聊起了莎士比亚。这番谈话演变成了关于《哈姆雷特》文学意义的冗长讨论，内容非常枯燥。罗丝玛丽好不容易才忍住没打呵欠。当戈登清醒的那一半头脑在说着话时，他那醉醺醺的另一半站在一旁倾听着。醉醺醺的另一半非常生气。他们为了第二瓶酒起了争执，毁掉了他的夜晚，该死的！现在他只想好好喝酒，喝醉算了。第二瓶那六杯酒里他喝了四杯——因为罗丝玛丽不肯再喝了。但喝这种寡淡的酒是喝不醉的。醉醺醺的另一半聒噪着还要喝酒，还要喝，还要喝。要喝成夸脱成桶的啤酒！真真正正地大喝一通！以上帝之名起誓！待会儿他还会再喝。他想起了口袋里那张五英镑钞票。反正他还有的是钱。

莫迪利亚尼餐厅不知道哪个地方的音乐时钟敲响了十点钟。

"我们走吧？"戈登说道。

拉沃斯顿的眼神越过桌子内疚地哀求他。让我们一起结账吧！他的眼神这么说。戈登没去理他。

"我提议，去帝国咖啡厅吧。"他说道。

账单并没有让他清醒。这顿饭花了两英镑多一些，两瓶酒三十先令。当然，他没有让别人看到账单的数目，但他们见到他付钱。他把四张一英镑钞票放在侍者的托盘上，态度轻松地说道："不用找了。"除了那张五英镑钞票外，他还剩十先令。拉沃斯顿帮罗丝玛丽穿上大衣，她看到戈登将钞票扔给侍者，不悦地张大了嘴。她不知道这顿饭竟然要花四英镑，而且看到他这般挥霍，她十分惊诧。拉沃斯顿看上去很不高兴，似乎反对他这么做。看到他们的眼神，戈登在心里骂娘。为什么他们一直在担心呢？他付得起钱，不是吗？他还有五英镑呢。但是，以上帝的名义，如果他身无分文地回到家，那可不是他的错！

但在外表上他仍然很清醒，比半小时之前低调得多。"我们打的去帝国咖啡厅吧。"他说道。

"噢，我们走路去吧！"罗丝玛丽说道，"就一站路。"

"不，我们坐出租车去。"

他们坐进出租车，动身出发。戈登坐在罗丝玛丽旁边，虽然拉沃斯顿在场，他很想伸手搂着她。这时一阵夜里的冷风吹进车窗里，吹在戈登的额头上，让他惊醒过来。那种感觉就像夜里从睡梦中惊醒，深刻地领会到人生的真谛——比如说，你终将死去，或意识到你这辈子是一个失败者。大约有一分钟他的心头冰凉而清醒。他知道自己在做多么可怕的傻事——知道他无谓地挥霍了五英镑，还准备将属于朱莉亚的另外五英镑也挥霍掉。朱莉亚的模样在他脑海中一闪而过，但格外清晰生动。她的脸瘦削，头发灰白，坐在阴冷寂寞的起居卧室里。善良的可怜的朱莉亚！朱莉亚这辈子都奉献给了他，从她那里他借了一英镑又一英镑又一英镑。现在他竟然丧心病狂到要花掉她那五英镑！他逃避这个想法，他躲进了醉醺醺的意识里，似乎躲进了一座避难所。快点，快点，我们就要清醒了！喝酒，继续喝酒！重新唤起最初那种无忧无虑的快乐！①外面一间意大利杂货店的彩色玻璃窗仍然开放着，正朝他们接近。他用力地敲着车窗玻璃，出租车停了下来。戈登跨过罗丝玛丽的膝盖钻出车外。

"你去哪儿，戈登？"

"重新唤起最初那种无忧无虑的快乐。"戈登在人行道上回答。

"什么？"

"我去买酒。酒吧半小时后就关门了。"

---

① 这句话出自罗伯特·勃朗宁的诗作《异乡情思》。

"不要，戈登，不要！你不能再喝了。你已经喝够了。"

"等等！"

他从店里走了出来，小心翼翼地抱着一瓶基安蒂葡萄酒。店主帮他拔出了木塞，然后没有拧紧放了回去。现在他们知道他喝醉了——在和他们见面之前他一定就在喝酒了。两人都觉得很尴尬。他们走进帝国咖啡厅，但两人的想法都是把戈登带走，尽快让他上床睡觉。罗丝玛丽在戈登背后小声说道："不能再让他喝酒了！"拉沃斯顿阴沉着脸点了点头。戈登走在前面，来到一张空桌子旁边，完全不去理会其他人看到他手上拿的酒瓶时对他投来的目光。他们坐了下来，点了咖啡，戈登还想点白兰地，拉沃斯顿好不容易才阻止了他。三个人都很不自在。坐在这间华而不实的咖啡厅里感觉很不舒服，里面又热又闷，而且几百个客人窃窃私语，杯觥交错，还有乐队时不时在演奏音乐，吵得要命。三个人都希望离开这里。拉沃斯顿仍然在担心得花多少钱，罗丝玛丽则担心戈登喝醉了。戈登坐立不安，口干舌燥。是他要来这里的，但一到这儿来他就想走开。喝醉酒的一半在聒噪着要来点乐子，很快就制止不住要胡作非为一番。啤酒，啤酒！喝醉酒的一半叫嚷着。戈登讨厌这个闷热的地方。他想象着一间酒吧，放着大大的酒桶，容量为一夸脱的杯子洋溢着啤酒泡沫。他一直留意着时钟。快十点半了，威斯敏斯特酒吧十一点钟关门。他可不能错过啤酒！这瓶红酒得留到酒吧关门了再喝。罗丝玛丽坐在他对面，正和拉沃斯顿说话。她其实很不自在，却装出一副若无其事而且很高兴的样子。他们还在继续莎士比亚的作品这个无聊的话题。戈登顶讨厌莎士比亚。他看着罗丝玛丽在说话，心里燃起了想要占有她的冲动。她前倾着身子，双肘架在桌子上，透过她的上衣，他可以看到她那小巧的胸脯。想到他曾见过她的裸体，他不禁心里一震，呼吸变得困难起来，几乎清醒过来。她是他的女人！只要他愿意，他可以占有她！以上帝之名起誓，今晚他就要上了她！为什么不行动呢？今晚以这个为结束最好不过了。他们很容易找到地方。沙弗斯伯里大街一带有很多酒店，只要你付得起钱，他们可不会盘根问底。他还有那张五英镑钞票。他在桌子底下探着她的脚，原本是想轻轻地碰一下，却踩到了她的脚趾。她把脚从他身边挪了开去。

"我们走吧。"他突然说道，然后立刻站起身。

"噢，走吧。"罗丝玛丽松了口气。

他们又来到摄政街。左前方，皮卡迪利广场灯火通明。罗丝玛丽的眼睛落在马路对面的巴士站上。

"十点半了。"她含糊地说道，"我十一点得回到家。"

"噢，胡说！我们去找间像样的酒吧。我想喝啤酒。"

"噢，不要，戈登！今晚别去酒吧了！我喝不下了。你也别喝了。"

"没事。这边走。"

他挽着她的胳膊，开始拉着她朝摄政街的另一头走去，拉得很紧，似乎担心她会跑掉。这时他已经忘了拉沃斯顿。拉沃斯顿跟在后面，不知道是否应该让两人独处，还是应该留下来看好戈登。罗丝玛丽犹豫着，她不喜欢戈登这样拽着她的胳膊。

"你要带我去哪儿，戈登？"

"拐过街角，那里很黑，我想亲亲你。"

"我不想你亲我。"

"你当然想我亲你。"

"不想！"

"想！"

她由得他拉着她。拉沃斯顿在摄政宫旁边的角落里等候着，不知道该怎么办。戈登和罗丝玛丽消失在街角那头，拐进了黑漆漆的、狭窄的街道里。几扇门后面探出妓女的脸，盯着他们俩，像是涂着脂粉的骷髅头，十分吓人。罗丝玛丽吓得躲到一边，戈登却觉得很开心。

"她们以为你是她们的一员。"他向她解释。

他把那瓶酒小心翼翼地靠着人行道的墙放好，然后突然抱住她，将她往后面推去。他好想要她，不想花费时间在前奏上。他开始亲吻她的整张脸，动作很笨拙，但非常用力。她由得他亲了一会儿，但她很害怕。他的脸凑得那么近，看上去苍白、陌生、意乱情迷，浑身散发出强烈的酒味。她挣扎着，扭开脸，他只能亲吻到她的头发和脖子。

"戈登，你不能这样！"

"为什么我不能这样？"

"你想干什么？"

"你觉得我想干什么？"

他将她的背顶在墙上，和那些喝醉酒的人一样，聚精会神地伸手要解开她裙子的前摆，但那是一条很难解开的裙子。现在她生气了，拼命挣扎着，将他的手挡开。

"戈登，立刻给我住手！"

"为什么？"

"如果你再这样，我会打烂你的脸。"

"打烂我的脸！别跟我来女童军那一套。"

"放开我，好吗？"

"我想到上个星期天的事了。"他淫荡地说道。

"戈登，如果你再继续的话，我就打你了。我真的会打你的。"

"你不会的。"

他把手伸进她的裙子前摆。他的动作非常粗野，似乎她是一个陌生人。从他脸上的表情她意识到对他来说，她不再是罗丝玛丽，她只是一个女人，一副女性的躯体。这让她气坏了。她拼命挣扎，摆脱了他。他追在她后面，抓住她的胳膊。她用尽全身的力气给了他一耳光，然后躲开了他。

"你干吗要打我？"他问道，摸着面颊，但这一耳光并不觉得疼痛。

"我不能忍受这种事情。我要回家。明天你会清醒过来的。"

"胡扯！你得跟我在一起。你得和我上床。"

"晚安！"说完她就顺着黑漆漆的街道跑开了。

他有想过跟在她后面，但双脚实在是太沉重了，而且也没什么好追的。他回到拉沃斯顿那里，他还在等候着，看上去很孤单，闷闷不乐。一部分是因为他担心戈登，另一部分是因为他试着不去关注两个在他身后招揽生意的妓女。拉沃斯顿觉得戈登看上去醉得不轻。他的头发垂在额头上，一边脸颊非常苍白，另一边脸颊有一摊红印，是罗丝玛丽掴了他一巴掌留下的。拉沃斯顿还以为是酒醉留下的红晕。

"你对罗丝玛丽做了些什么？"他问道。

"她走了。"戈登说道，挥舞着手臂想解释清楚每件事。"夜如何其？夜未央。"

"听我说，戈登，你得回去睡觉了。"

"睡觉，是的，但不是一个人。"

他站在街道上，注视着凄楚的夜色。有一刻他觉得非常难过。他的脸在发烫，他的整个身子像是要涨起来一样，燥热不安。他的头似乎就要炸开了。他觉得灯光很刺眼。他看着那些楼顶的广告灯牌明暗不定，闪烁着红蓝两色的光芒，箭头一会儿向上，一会儿向下——这是注定将毁灭的文明发出的邪恶之光，就像一艘正在下沉的船，依然灯火通明。他挽着拉沃斯顿的胳膊，指着整座皮卡迪利广场。"地狱里的光看上去一定就像那里一样。"

"果真如此的话，我不会觉得奇怪。"

拉沃斯顿在找一辆空出租车。他必须尽快把戈登送回家。戈登不知道他是高兴还是恼怒。那种燥热的感觉太难受了，似乎整个人就要爆炸了。清醒的一半还没有死去，清醒的一半仍清醒地知道自己做了什么事情，正在做什么事情。他做了许多傻事，明天他会想杀了自己。他奢侈而无谓地挥霍掉五英镑。他掠夺了朱莉亚的钱。他侮辱了罗丝玛丽。明天——噢，明天，我们都会清醒的！回家，回家吧！清醒的一半叫嚷着。去你妈的！喝醉的一半轻蔑地说道。喝醉的一半仍在鼓噪着要来点乐子。喝醉的一半更加强大。对面的时钟吸引了他的目光。十点四十分。快点，趁酒吧还没关门！你好！敞开你的胃口吧！你好！张开你的喉咙吧！又一次，他的思绪肆意妄为起来。他感觉到腋下有一样硬邦邦的圆形物体，发现就是那瓶基安蒂红酒，于是拔出瓶塞。拉沃斯顿正朝一位出租车司机招手，没有看见他在做什么，但他听到身后那几个妓女在惊声尖叫，转过身，惊讶地看到戈登把酒瓶仰了个底朝天，正在狂饮滥喝。

"嘿！戈登！"

他冲到他身边，用力把他的胳膊往下压。一摊红酒滴到了戈登的领子上。

"看在上帝的分上，小心点！你不想被警察抓住，是吧？"

"我要喝酒。"戈登抱怨着。

"不行！你不能在这里喝酒。"

"带我去酒馆。"戈登说道。

拉沃斯顿绝望地揉着鼻子，"噢，上帝啊！我想那总比你在大街上喝酒强。走吧，我们去酒吧。你可以在那里喝酒。"

戈登仔细地把酒瓶的木塞塞好。拉沃斯顿领着他经过广场，戈登拉着他的胳膊，但不是为了扶稳脚步，因为他仍可以走得很稳。他们在安全岛上停了下来，然后从车流中找空隙冲过马路，来到干草市场。

酒吧里的空气很潮湿，弥漫着令人作呕的啤酒夹杂着威士忌的味道。吧台边坐着一群人，正趁着丧钟敲响十一点之前像浮士德那么热诚地开怀畅饮。戈登轻松地穿过人群，一路上磕磕碰碰的，但他并不在意。不一会儿他就走到了吧台前边。在他一边坐着个胖乎乎的旅行推销员，正喝着基尼斯啤酒，另一边坐着一个高高瘦瘦的男人，像是一位少校，蓄着下垂的胡须，他似乎只会说"哇呵！"和"什么！什么！"这两句话。戈登往沾满了啤酒的吧台上丢下半个克朗。

"来一夸脱苦啤，谢谢！"

"这里没有一夸脱的杯子！"那个饱受骚扰的女招待嚷嚷着，正倒着威士忌，一只眼睛老是看着时钟。

"一夸脱的杯子在顶架上，艾菲！"酒吧另一边老板扭过头吼了一句。

那个女招待匆匆拉了三下倒啤酒的把手，把那个硕大的杯子摆在戈登面前。他举起酒杯。真沉啊！一夸脱啤酒的重量是一又四分之一英磅重。喝下去！咕嘟咕嘟喝下去！长长一口啤酒就顺着他的食道往下灌，感觉畅快极了。他停下来喘口气，觉得有点想吐。来吧，再喝一杯。咕嘟咕嘟喝下去！这一次他几乎被呛到了。顶住，顶住！啤酒灌下他的喉咙，似乎淹没了他的耳朵，这时他听到老板大声嚷道："就快打烊了，先生们！"他把杯子放了下来，大口大口地喘气。现在，最后一杯。咕嘟咕嘟喝下去！啊—啊—啊哈！戈登放下酒杯。三口就喝了三杯——不赖嘛。他用酒杯敲着吧台。

"嘿！再给我来半杯——要快！"

"哇呵！"那位少校惊叹着。

"来得有点晚，不是吗？"那个旅行推销员说道。

拉沃斯顿还在酒吧的另一头，被几个人挡住了去路。他见到戈登在干什么，对戈登喊道："嘿，戈登！"皱着眉头，晃着他的脑袋，不大好意思在众人面前说出话来，"别再喝了。"戈登站了起来，他还能站稳，但必须打起精神才能站稳。和刚才一样他的头似乎涨得非常大，整个身子也爆热鼓胀起来，十分难受。他很不情愿地拿起那个刚倒了啤酒的酒杯。现在他不想喝酒了。那股味道让他反胃。那只是讨厌的、淡黄色的、味道很恶心的液体。几乎就像尿液一样！这东西就要被倒进他已经快要胀破的肚子——太可怕了！但是，来吧，不要畏缩！我们来这里还能干什么？喝下去！她就在我的鼻子跟前，给点小费打发她走人。①咕嘟咕嘟喝下去！

---

① 此句出自英国民间流传的喝酒行令的小曲《棕色的小酒壶》（*Little Brown Jug*）。

与此同时，可怕的事情发生了。他的食道自动关闭了，又或者他没有把啤酒倒进嘴巴里，都洒在了他身上。他要淹死在啤酒里了，就像《英戈尔兹比故事集》①里面描写的庶务修士彼得一样。救命啊！他想喊救命，却呛住了，手一松那个酒杯掉了下来。周围起了一股骚动，人们跳到一边避开四处飞溅的啤酒。咣！酒杯摔烂了。戈登摇摇晃晃地站在那儿，酒客、酒瓶、镜子都在转啊转啊。他倒了下去，失去了知觉。但在他面前，他隐约看到一样黑色直立的东西，是摇晃不定的世界中唯一稳固的东西——是啤酒桶的把手。他摇摇晃晃地握住把手，紧紧抓住不放。拉沃斯顿开始朝他走来。

那个酒吧女招待气愤地伸着身子越过吧台，天旋地转的世界慢了下来，然后停止了。戈登的脑袋恢复了清醒。

"嘿！你拉着啤酒桶的把手干什么？"

"我的裤子都弄湿了，该死的！"那个旅行推销员叫嚷着。

"我干吗拉着啤酒桶的把手？"

"对啊！你干吗拉着啤酒桶的把手？"

戈登侧转过身，那个长着马脸的少校俯视着他，湿漉漉的胡须垂了下来。

"她说：'我干吗拉着啤酒桶的把手？'"

"哇呵！什么？"

拉沃斯顿挤过几个人，来到戈登身边，强壮的胳膊扶着他的腰，把他搀扶起来。

---

① 《英戈尔兹比故事集》是英国作家理查德·哈里斯·巴哈姆（Richard Harris Barham, 1788—1845, 笔名托马斯·英戈尔兹比［Thomas Ingoldsby］）的神话志怪作品。

"看在上帝的分上，站好！你喝醉了。"

"喝醉了？"戈登问道。

每个人都在嘲笑他们。拉沃斯顿的脸红了。

那个酒吧女招待冷冰冰地说道："那个杯子两先令三便士。"

"还有我的裤子怎么办？"那个旅行推销员问道。

"杯子的钱我来付。"拉沃斯顿说道。他付了钱。"现在我们出去吧，你喝醉了。"

他搀扶着戈登走向门口，一只手搭着他的肩膀，另一只手拿着那瓶基安蒂红酒，是刚才他从戈登手里抢下来的。戈登挣脱了他，他可以走得很稳，气愤地问道：

"你说我喝醉了？"

拉沃斯顿又抓住他的胳膊，"是的，恐怕你真的醉了。醉得很厉害。"

"天鹅游过河，河里游天鹅。"戈登说起了绕口令。

"戈登，你喝醉了。你得赶快上床睡觉。"

"为什么看见你弟兄眼中有刺，却不想自己眼中有梁木呢？"①戈登说道。

这时候拉沃斯顿已经拖着他走到人行道上。"我们叫辆出租车吧。"他上下观望着街道。

但是附近似乎没有出租车。人们吵吵闹闹地从酒吧里涌了出来，酒吧就要关门了。来到通风的外头戈登感觉好一些了。他的头脑从未这般清醒过。远处一盏霓虹灯闪烁着狰狞的红光，他的脑海里掠过一个新的好主意。他拉着拉沃斯顿的胳膊。

---

① 此句出自《圣经·新约·路加福音》。

"拉沃斯顿！听我说，拉沃斯顿！"

"怎么了？"

"我们去召妓吧。"

虽然戈登喝醉了，但拉沃斯顿还是很震惊，"我亲爱的老伙计！你不能做这种事情。"

"别跟我来上流社会的这一套。为什么不能？"

"但你怎么可以这样呢，真是的！你刚刚和罗丝玛丽道别——她是多么富有魅力的女孩！"

"到了晚上猫都是黑的。"①戈登说道，觉得自己说了一句俏皮而深刻的话。

拉沃斯顿决定不去理会他这番话。"我们回皮卡迪利广场吧。"他说道，"那边出租车多一些。"

几家剧院正在清场，人群和车流在恐怖的灯光中来来往往。戈登的脑子很清醒。他知道自己做了多么荒唐的事情，而且正要做出极其卑劣的事情。但是，一切似乎都不再重要。就像拿倒了望远镜一样，在他眼中，他三十年的生活、他荒废的人生、他前途渺茫的未来、朱莉亚那五英镑、罗丝玛丽——这一切都显得是那么遥远。他以探讨哲学的口气说道：

"看那些霓虹灯！看看那间成人商店上面那些丑陋的蓝灯。当我看着那些灯时，我就知道自己是个地狱里的游魂。"

"说得对。"拉沃斯顿其实并没有听他在说些什么，"啊，有出租车了！"他做了个手势。"该死的！他没看到我。在这儿等一下。"

他把戈登留在地铁站，匆忙走到街对面。戈登的脑袋里一

---

① 这句话据说出自美国总统本杰明·富兰克林。

片空白。然后他看到两张冷漠但很年轻的脸庞，就像两只猎食动物的脸一样，凑到他自己的脸跟前。这两张脸描了黑色的眉毛，戴着帽子，有点像罗丝玛丽那顶帽子的款式，但质量要低劣一些。他和她们调笑，好像聊了好几分钟。

"你好，朵拉！你好，芭芭拉！（他似乎知道她们的名字。）你们好吗？旧英格兰的裹尸布怎么样了？"①

"噢——你怎么这么不要脸！真是的！"

"这个时候了你们上哪儿去啊？"

"哦——只是到处走走。"

"如同吼叫的狮子，寻找可吞吃的人。"②

"噢——你真是不要脸！他怎么没脸没皮的，芭芭拉？你要脸不要！"

拉沃斯顿拦了一辆出租车，引着它来到戈登站着的地方。他出了车子，看到戈登站在两个女孩子中间，惊骇地停下脚步。

"戈登！噢，上帝啊！你这是干什么？"

"让我介绍一下，朵拉和芭芭拉。"戈登说道。

拉沃斯顿看上去似乎生气了。事实上，拉沃斯顿不知道怎么生气。他觉得很烦恼尴尬——是的，但并不生气。他走向前，尽量不去理会两个女孩子的存在。一旦他留意了她们，那可就完了。他抓住戈登的胳膊，准备把他拉进出租车里。

"过来，戈登，看在上帝的分上！出租车来了。我们回家去，你该上床睡觉了。"

朵拉抓住戈登的另一只胳膊，把他拽了过来，似乎当他是

---

① "旧英格兰的裹尸布"出自诗人威廉·布莱克的诗作《纯真预言》（*Auguries of Innocence*）。

② 此句出自《圣经·新约·彼得前书》。

一个被偷走的皮包。

"到底关你什么事？"她恶狠狠地问道。

"我想你不是想要侮辱这两位女士吧？"戈登说道。

拉沃斯顿支吾着退开去，揉了揉鼻子。这个时候得表现强硬一些，但拉沃斯顿这辈子从来没有强硬过。他看着朵拉，然后看着戈登，然后又看着芭芭拉。这下完蛋了。一旦他看着她们的脸，他就得举手投降。噢，上帝啊！他能怎么办？她们是活生生的人——他不能侮辱她们。这时他本能地将手伸进口袋里，就像看到乞丐一样。这两个可怜的女孩！他不忍心把她们赶进夜色中。突然间他意识到自己得经历这么一次无耻至极的冒险，而始作俑者就是戈登。生平以来他将第一次带着一个妓女回去。

"真是见鬼了！"他弱弱地说了一句。

"走吧。"戈登说道。

出租车司机在朵拉的指示下开着车。戈登躺在角落的座位上，似乎立刻堕入了无底的深渊，然后又挣扎着爬了上来，对自己所做的事情只有迷迷糊糊的印象。他正在点缀着灯光的漆黑中荡漾着。或者说，是灯光在移动，而他是静止的？那种感觉就像置身于海底，周围都是正在游动的、会发光的鱼。他又觉得自己是地狱里受到诅咒的鬼魂。这应该就是地狱里的情景吧？地狱的深谷里闪烁着冰冷的狰狞的火光，上面一片漆黑。但地狱里会有酷刑和折磨。这就是折磨吗？他努力想唤醒自己的意识，那短暂的昏迷让他觉得身体很虚弱，恶心想吐。他的额头似乎要裂开了。他伸出一只手，碰到了一个人穿着吊带袜的膝盖，还有一只柔软的小手呆板地握住他自己的手。他注意到坐在对面的拉沃斯顿正在焦躁而急迫地踢着他的脚指头。

"戈登！戈登！醒醒！"

"怎么了？"

"戈登！噢，该死的！我们说法语吧。你真的要我和这个脏兮兮的——哦，真是该死！"

"噢，你们说啥子法语撒？"两个女孩聒噪着。

戈登觉得很开心。他觉得这对拉沃斯顿来说是件好事。一位清谈社会主义者带着妓女回家！那是他生平以来第一件无产阶级式的壮举。仿佛是读到了他心里的想法，拉沃斯顿忧伤而安静地蜷缩在角落里，尽量坐得离芭芭拉远一些。出租车在一条巷子里的旅社门口停了下来。这是一间非常不上档次的酒店，大门上方"旅社"二字歪歪斜斜的。窗户几乎都是黑漆漆的，但里面传来了带着酒意的难听歌声。戈登醉醺醺地出了出租车，摸索着去牵朵拉的胳膊。把手给我，朵拉，小心台阶。哇呵！

旅社的门厅很小，黑漆漆的，有股子味道，铺着亚麻地毯，没有人打扫，看上去好像是临时铺设的。歌声是从左边的一个房间里传出来的，就像教堂的管风琴乐声一样哀伤。一个长相凶恶又长着斗鸡眼的女服务员不知从哪儿冒了出来。她和朵拉似乎认识。这张脸长得可真是的！完全不构成竞争。左边的房间变成了一个人在独唱，歌词听起来有点诙谐：

"他亲吻了一个漂亮的女孩，

跑去告诉了他的母亲，

应该把他的嘴唇切掉，

应该……"

歌曲带着一种难以形容的放纵和不加掩饰的忧伤，唱歌的人听上去很年轻。是一个可怜的年轻人，在他内心深处，他只想和母亲和姐妹呆在家里，玩"找拖鞋"游戏。应该是一群年轻人在聚会，一边喝威士忌一边泡妞。那首歌打动了戈登。拉沃斯顿进来了，芭芭拉跟在后面。

戈登转身问拉沃斯顿，"我的基安蒂呢？"

拉沃斯顿把酒瓶递给他。他的脸看上去苍白而厌倦，好像受到了伤害。他的动作很内疚不安，尽量让自己远离芭芭拉。他不敢碰她，甚至不敢看她，却又不敢离开。他看着戈登的眼睛。"看在上帝的分上，我们就不能离开这儿吗？"他的眼睛说道。戈登冲他皱了皱眉。顶住！不要退缩！他又拉住朵拉的胳膊。来吧，朵拉！现在我们上楼去。啊！等一等。

朵拉的胳膊搂着他的腰，搀扶着他，将他拉到一边。顺着又黑又臭的楼梯，一个年轻女人装腔作势地走了下来，给一只手套扣上钮扣。一个穿着晚礼服、黑色风衣和白围巾的中年男人跟在后面，手里拿着晚礼帽。经过他们身边时，他紧紧地抿着嘴，假装没看见他们。从他眼里的罪恶感可以看出他是个有家室的人。戈登看着光光的后脑勺倒映着煤油灯的光亮——他的前辈，可能还会跟他同用一张床。以利沙的斗篷。①现在，朵拉，我们上去吧！啊，这些楼梯！蜿蜒而上，直到地狱。②好了，我们到了！朵拉说道："小心台阶。"他们站在楼梯顶上，这里铺着黑白两色的亚麻油地毡，看上去像个棋盘。房门涂了白油漆。有股泔水和烂亚麻布的味道。

我们这间房，你们那间房。在另一扇门口，拉沃斯顿停住了，手指搭在门把上。他不能——不，他不能这么做。他不能

---

① "以利沙的斗篷"出自《圣经·旧约·列王纪》，犹太人先知以利亚选择了先知以利沙作为他的继承者，传给了他自己的斗篷。
② 此句出自古罗马诗人维吉尔（Vigil）的作品《埃涅阿斯纪》（Aeneis），原文为"蜿蜒而下，直到地狱"。

走进这间可怕的房间。最后一次，他的眼睛就像一只就要被鞭打的小狗的眼睛，转过去看着戈登。"我真的得进去吗？"他的眼神说道。戈登狠狠地瞪了他一眼。顶住，雷古拉斯！[①]走向你的毁灭！勇敢地面对你的敌人芭芭拉。[②]这是你所做的最具无产阶级气概的事情。然后，突然间拉沃斯顿愁眉尽展，甚至看上去很开心。他想到了一个绝好的主意。他可以付钱给这个女孩，什么事情也不做！感谢上帝！他耸起肩膀，鼓起勇气，走进房间里。房门关上了。

我们到了。这么一间肮脏破败的小房。地上铺着亚麻油地毡，有壁炉，一张大大的双人床，被褥不是很干净。床头挂着一幅装框的彩色《巴黎人生》。是一幅赝品，但有时比真品画得还要好。天哪！在窗户旁边的竹桌上摆着一株叶兰！我的仇敌啊，你找到我了吗？[③]过来，朵拉，让我看看你。

他似乎正躺在床上。他看得不是很清楚。她那张年轻而贪婪的脸，眉毛涂得很黑。他躺在床上，她凑了过来。

"我的礼物呢？"她问道，甜言蜜语中又带着威胁。

现在先别管这个。工作要紧！过来。你的嘴好甜。过来。靠近点。啊！

不，没用的，不可能的。他有心无力。再试一下。一定是因为喝酒了。《麦克白》里面都写了[④]。最后再试一把。不，没用的。我恐怕今晚不行。

---

① 雷古拉斯是古罗马帝国执政官，曾远征迦太基，战败被俘，从容就义。
② 以上两句是戏仿古罗马作家霍里斯（Horace）所作的《颂歌》（Ode）中描写雷古拉斯英勇就义的名言。
③ 此句出自《圣经·旧约·列王纪》。
④ 《麦克白》中的原句是："淫欲呢，它挑起来也压下去；它挑起你的春情，可又不让你真的干起来。"（朱生豪译本）

没事的，朵拉，你别担心。我会给你两英镑。我们可不会因为不成事却少给你钱。

他笨拙地做了个手势，"来，把那瓶酒给我，就放在梳妆台上。"

朵拉把酒拿了过来。啊，感觉好一些了。至少酒不会令他失望。他用自己那双肿胀的手把那瓶基安蒂红酒竖了起来，红酒顺着他的喉咙往下灌，味道很苦很呛，有的还冲上了鼻子。他彻底醉了，从床上滑了下来，头碰到了地板，而脚还在床上。他就保持着这个姿势躺了一会儿。这就是生活吗？楼下那些年轻人仍在忧伤地唱着歌：

"今晚我们会开心，今晚我们会开心，今晚我们会开心……而明天我们将会清醒！"

第九章

祈求上帝，但愿我们明天将会清醒！

戈登从长长的噩梦中醒来，他似乎觉得借书部的书籍都摆错了地方。所有的书都东倒西歪的。而且不知道为什么，它们的书皮都变成白色的——白晃晃的，像陶瓷一样。

他把眼睛睁大了一些，动了动一只胳膊。身体几处意想不到的部位——比方说脚腓下面和头的两侧感到一阵疼痛，似乎是挪动身体引起的。他感觉到自己侧躺着，面颊枕着一个光滑坚硬的枕头，一条粗糙的毛毯磨擦着他的下巴，上面的毛钻进了他的嘴巴里。每一次挪动身子他就会觉得有点刺痛，除此之外，还有一种隐隐约约的疼痛，感觉不出确切的部位，但似乎就在头顶盘旋。

突然间他掀开毛毯坐起身子。他在警察局牢房里。这时他突然觉得恶心想吐，隐约看到角落有一个厕所，于是踉跄着走了过去，剧烈地呕吐了三四回。

吐完之后，过了几分钟，他觉得身子痛得很厉害。他几乎站不起来，他的头悸动着，就要裂开了，灯光就像滚烫的白色液体从眼眶里流进去。他双手抱头坐在床上。过了一会儿，悸动平息了一些，他又看了周围一眼。牢房大约十二英尺长，六英尺宽，天花板很高。墙壁都贴着白色的瓷砖，干净洁白得吓人。他猜想着他们是怎么弄干净天花板那么高的地方，他想或许是用软管冲水。牢房的一头有一扇装了栅栏的小窗，位置很高。另一头，在门的上方，是一只嵌入墙壁的灯泡，外面用结实的格栅加以保护。他坐在上面的其实不是床，而是一个铺着毛毯和帆布枕头的架子。房门是钢铸的，涂成了绿色。门上有一个小圆孔，翻板设在外面。

看完这些之后他躺了下来，拉着毛毯盖住自己。他对周围的事情不再觉得好奇。至于昨晚上发生了什么，每件事他都记得——至少和朵拉走进那间摆着叶兰的房间之前所发生的每一件事情他都记得。天知道后来发生了什么事。可能是因为他和人吵架了，被送进了监狱。他不知道自己做了什么。或许是谋杀也说不定，无论出了什么事他都不在乎。他转过脸对着墙壁，把毛毯拉上来盖住自己的头，遮住光线。

过了很久，门上的窥视孔被拉开了。戈登勉强转过头，脖子上的肌肉似乎咔嗒响了一下。透过那个窥视孔他看到一只蓝色的眼睛和一张半圆形、粉红色、肉嘟嘟的面颊。

"你要喝茶吗？"一个声音问道。

戈登坐起身，立刻又觉得恶心欲吐。他双手抱头，痛苦地呻吟着。他很想喝杯热茶，但他知道如果茶里加了糖的话他会吐的。

"好的。"他说道。

那位警官把房门上半截的一扇门板打开，递进来一只厚瓷白茶杯，里面加了糖。那位警官是一个健壮开朗的年轻人，大约二十五岁，面容和气，长着白色的眼睫毛，胸膛很宽，让戈登想起了拉货车的马匹的胸膛。他说起话来带着上流社会的口音，但说的话很粗俗。他站在那儿，打量了戈登一分钟。

"昨晚上你状态还不错啊。"他最后说道。

"我现在不好了。"

"不过你昨晚上更不好。你干吗要殴打警员？"

"我殴打警员？"

"你没有吗？哈！他气坏了。他转身对我——捂着自己的耳朵，就像这样——他说：'要不是这个人醉得站不起来，我会把他的脑袋砸烂。'你已经被立案控告酗酒闹事。如果你不是打了警员的话，本来只会告你醉酒不省人事。"

"你知道我会因为这个受到什么惩罚吗？"

"罚款五英镑或坐牢十四天。审判你的是格鲁姆先生。你运气好，不是沃克先生审判你。他会判你坐牢一个月，没得商量。沃克先生就是这样。他对醉酒的人可不会留情。他是个禁酒主义者。"

戈登喝了点茶。茶水甜得发腻，但很暖和，让他恢复了一些气力。他喝了一大口茶，这时传来了难听的吼叫声——显然是那个被戈登揍了的警员——在外面叫嚷着：

"把那个犯人带出来，给他洗个澡。囚车九点半出发。"

那位警员立刻打开牢房的门。戈登走到外面，感觉更糟糕了，一部分原因是因为走廊要比牢房冷得多。他走了一两步，突然间觉得天旋地转。"我要吐了！"他叫嚷着。他快摔倒了——他伸出一只手扶住墙，不让自己摔下去。那个警员强壮的胳膊搂住了他。戈登一只胳膊勾着栏杆，弓起了背，全身像虚脱了一样。他的胃里翻江倒海，当然，吐出来的都是那些茶水，石头地板上留下一道呕吐物的痕迹。在走廊尽头，那个蓄着八字胡的警官穿着没有束上腰带的制服，一只手托着臀部站在那儿，厌烦地看着这一幕。

"脏兮兮的野狗。"他咕哝着，然后转过脸去。

"走吧，老伙计，"那个警员说道，"等一会儿你就会感觉好一些。"

他半拉半拽地把戈登引到走廊尽头一个大石水槽那里，帮他脱掉上身的衣服。他动作很温柔，实在令人惊讶，就像一个护士帮小孩子宽衣一样对待戈登。戈登恢复了气力，可以用冰冷的水冲洗身子，然后漱了漱口。警员递给他一条破烂的毛巾给他擦干身子，然后领着他回到牢房里。

"现在你乖乖地坐着，等黑囚车过来。听我说——当你上庭的时候，你就乖乖认罪，说你不会再犯事了。格鲁姆先生不会难为你的。"

"我的领子和领带呢？"戈登问道。

"我们昨晚把它们拿走了。你上庭之前会还给你的。曾经有个家伙用自己的领带上吊，有过一回。"

戈登坐在床上。有一会儿，他数着墙上瓷砖的数目让自己分神，然后用手肘撑在膝盖上坐着，双手抱头。他全身仍在疼痛，他觉得自己虚弱、发冷、无精打采，而且很无聊。他希望在上庭之前这段无聊的时间里能有点消遣。想到将被押进一辆颠簸的囚车，穿过走廊，在阴冷的囚室和过道里徘徊，回答问题，被地方法官教训一通，他就觉得意兴萧索。他只想自己一个人待着。但没过一会儿走廊那边传来了几个人说话的声音，然后脚步声近了。门上的翻板打开了。

"有人来看你。"那个警官说道。

想到有人来看他，戈登就觉得无聊。他不情愿地抬起头，看到弗拉斯曼和拉沃斯顿正看着他。他们俩怎么会一起来的，这是个谜团，但戈登一点儿都不觉得好奇。他们让他觉得无聊。他希望他们能离开。

"你好，老伙计！"弗拉斯曼说道。

"你们怎么来了？"戈登的语气很不耐烦。

拉沃斯顿看上去很悲伤。一大早他就起身，到处寻找戈登的下落。这是他第一次见到一间警察局牢房里面的情形。看到那冰冷的、贴着白瓷砖的牢房和角落那个令人觉得羞愧的厕所，他的脸厌恶地缩成一团。但弗拉斯曼对这种地方更加习惯。他也斜着眼睛很有经验地看着戈登。

"我见过更糟糕的地方。"他快活地说道，"给他吃一个生鸡蛋，他就会振作起来的。你知道你的眼睛看上去像什么吗，伙计？"他对戈登说道，"就像被挖出来用水煮过。"

戈登双手抱着头，说道："我昨晚上喝醉了。"

"我就是这么想的，老伙计。"

"听我说，戈登。"拉沃斯顿说道，"我们过来保释你，但似乎我们来晚了。再过一会儿他们就会带你上庭。真是太糟糕了。昨晚上他们把你带到这里来的时候你没有告诉他们一个假的名字，实在是太遗憾了。"

"我告诉他们我的名字了吗？"

"你什么都告诉他们了。我多么希望没有让你从眼皮底下溜掉。你溜出了那家酒店，跑到街上去了。"

"在沙弗斯伯里大街来回游荡，拿着一瓶酒喝。"弗拉斯曼颇为欣赏地说道，"但你怎么能殴打警官呢，老伙计！那真是太傻了。老实告诉你吧，威斯比奇太太被你吓坏了。当你的朋友今天早上过来告诉她你昨晚被关进牢房时，她还以为你杀人了。"

"听我说，戈登。"拉沃斯顿说道。

他的脸上带着那种熟悉的、不自在的表情。又是关于钱的问题。戈登抬起头。拉沃斯顿看着远处。

“听我说。”

“怎么了？”

“关于你的罚金。你让我处理，我会帮你付罚金。”

“不，你不能这么做。”

“我亲爱的老朋友！要是我不给钱他们会让你坐牢的。”

“噢，该死！我不在乎。”

他不在乎。这个时候即使他们判他坐一年牢他也不在乎。当然，他自己没有钱付罚金。他甚至不需要思索就知道自己身上没钱。他可能已经把钱统统给了朵拉，更有可能的是，她把他的钱全都偷走了。他又躺在床上，背对着两人。他觉得很恼怒沮丧，一心只希望他们能走开。他们尝试着和他说话，但他不肯回答，过了一会儿他们离开了。弗拉斯曼快活的声音顺着走廊渐渐平息。他正在向拉沃斯顿解释怎么用生鸡蛋醒酒。

那天接下来的时候非常糟糕。坐在囚车里很难受，里面就像一间具体而微的公厕，两边都有小隔间，你被铐在里面，而且几乎没有空间可以坐下。而更难受的是在毗邻法庭的牢房里漫长的等待。这间牢房和警察局的那间几乎一模一样，就连瓷砖的数目也是一样的。唯一不同的是，这间牢房脏得令人恶心。里面很冷，而且空气中弥漫着恶臭，几乎令人窒息。囚犯们一直来来去去，被丢进牢房里，等候了一两个小时就被带上法庭，然后又被带了回来，等候法官的判决或新证人的出庭。牢房里总是有五六个人，除了那张木架床就没有地方坐下。最糟糕的是，几乎每个人都用了马桶——就公然在这间小牢房里如厕。他们实在是憋不住。没有其它地方可以去。而那个可恶的东西抽水杆甚至拉不下来。

戈登一直等到下午，觉得虚弱头晕。他没有机会刮胡子，长出了茂密的胡须。一开始的时候他只是坐在木架床离门最近的一角，尽量离厕所远一些，不去留意其他囚犯。他们都很无聊，而且让他觉得很讨厌。接着，他的头没那么疼了，他观察着他们，心里觉得有点好奇。这里有一个职业窃贼——一个面容忧郁的瘦子，长着一头灰发，一直在担心如果自己被判刑他的妻子和孩子该怎么办。他被逮捕的罪名是"徘徊观望伺机作案"——罪名很模糊，但如果你有过前科，通常都会被定罪。他一直来回走动着，以奇怪而紧张的姿势打着响指，控诉着法律体制的不公。还有一个聋哑人，散发着臭鼬的味道。还有一个中年的小个子犹太人，穿着一件皮领大衣——他曾在一家犹太屠宰场大公司当过采购，带着二十七英镑的赃款潜逃，去了阿伯丁，足迹遍及每个地方，把钱都花在了妓女身上。他也满腹牢骚，因为他说他的案件理应由犹太拉比法庭审理，而不应该交给警方处理。还有一个酒馆经理，他贪污了圣诞储蓄的钱。他大约三十五岁，块头很大，看上去挺真挚诚恳，像个有钱人，脸色红润，穿着一件艳俗的蓝色风衣——这种人不是经理，就是在赛马会当注码登记员。他的亲人退缴了赃款，可还欠十二英镑，储户们决定起诉他。那个男人的眼神令戈登觉得心里不舒服。他对任何东西都带着趾高气扬的姿态，但眼神空洞而呆滞，谈话一有间歇他就会陷入沉思。看见他你就会觉得难受。他坐在牢房里，仍然穿着他那身时髦的衣服，显赫的酒馆经理生涯刚过去一两个月，现在他的生命就这么毁了，或许永远没有翻身的机会。和所有伦敦的酒馆经理一样，他是被酿酒商捏在手心里的。他将得变卖家当，他的家具和衣服将被没收，等他坐完牢出来，他别指望能再开酒馆或找到一份工作。

这天早上过得特别慢。你可以抽烟——不准使用火柴，但外面值勤的警官会通过门缝让你借火。除了那个酒馆经理外没有人身上有烟，他身上有很多烟，慷慨地给大家分烟。囚犯们来来去去。一个衣衫褴褛脏兮兮的男人（自称是个妨碍了交通的街头小贩）被关进牢房里待了半个小时。他的话很多，但其他人都对他所说的话抱以怀疑。当他又被带出去时，大家都说他是"卧底"。据说警察经常安排"卧底"化装成囚犯到牢房里去收集情报。有一次，那个警员透过窥视孔放风说有个杀人犯——或者说，意欲杀人者——被关进了隔壁牢房，牢房里顿时骚动起来。他是个十八岁的年轻人，捅了他召来的妓女肚子一刀，据说她是活不成了。有一次，窥视孔被拉开了，一位牧师疲惫苍白的脸望了进来。他看到那个窃贼，忧郁地说道："你又在这里，琼斯？"然后离开了。十二点钟的时候吃午饭。分给你的就只有一杯茶、两片面包和人造黄油。不过假如你有钱的话，你可以自己点餐。那个酒馆经理要了一顿丰盛的午餐，盛在盖住了的碗碟里被送了进来，但他没有胃口吃东西，大部分食物都给了别人吃。拉沃斯顿仍在法庭里流连，等候着戈登的案子开庭，但他不熟悉行情，没有给戈登送饭。很快那名窃贼和经理被带走了，审判完毕，被带回牢房里等候囚车带他们回监狱。两人都被判了九个月徒刑。那个经理询问那名窃贼监狱里情况怎么样，对话的内容都是关于监狱里没有女人的痛苦，内容淫秽不堪。

　　戈登的案子于两点半开庭，很快就结束了，为此等候了那么长的时间，实在是太荒唐可笑了。事后他将法庭上的情景忘记得一干二净，只记得法官席位上方的徽章。法官两分钟就可以处理完一宗醉酒案。他们大声宣布："约翰或史密斯醉酒罪名成立，罚款六先令！下一个！"犯人们鱼贯走过被告席，就像一群人到售票处买票一样。不过，戈登的案子花了两分钟，而不是三十秒，因为他扰乱治安，而且那名警官出庭作证戈登揍了他的耳朵，还骂他是个××的狗杂碎。而且法庭里还起了小小的骚动，因为戈登在警察局被盘问时说自己是一名诗人。他一定是喝得烂醉如泥，才会说出这样的话。法官狐疑地看着他。

"我看到，你自称是一名诗人。你是诗人吗？"

戈登乖戾地回答道："我写诗。"

"嗯！这似乎没能让你明白行为应该检点，不是吗？你被处五英镑罚款或坐牢十四天。下一个！"

就是这样。不过，在法庭后排的座位上，一个百无聊赖的记者已经听在了耳里。

法庭的另一边有一间房，一位警官坐在那儿，面前摆着一本厚厚的记账本，正在登记酗酒者的罚金并负责收钱。那些付不起罚金的人被带回牢房里。戈登希望自己能被带回牢房。他已经做好了坐牢的准备。但当他走出法庭的时候，他发现拉沃斯顿正在房间里等候着，已经帮他交了罚金。戈登没有抗议，由得拉沃斯顿带他走进一辆出租车，带他回到摄政公园的公寓。他们一到那儿，戈登先洗了个热水澡，过去十二个小时以来他把自己搞得实在是太脏了。拉沃斯顿给了他一把刮胡刀、一件干净的衬衣、睡衣、袜子和内衣裤，甚至还出门给他买了一支牙刷。他特别关心戈登。他觉得很内疚，觉得昨晚上所发生的事情主要是他的过错。他原本应该更加坚定，一看到戈登喝醉了就立刻送他回家。戈登似乎没有注意到拉沃斯顿为他所做的事情。即使拉沃斯顿帮他付了罚金，他也觉得心安理得。那天下午他就躺在壁炉前的扶手椅上，读着一则侦探故事。他不愿去想以后的事情。早早地他就困了。八点钟的时候他就到客房睡觉，像一根木头那样睡了九个小时。

直到第二天早上他才开始认真地思考自己的处境。他在那张宽大舒服的床上醒来，这张床比他睡过的任何一张床都要来得柔软温暖。他摸索着要找火柴。然后，他记起在这样的地方你不需要拿火柴点灯，于是摸索着床头电灯的拉绳。柔和的灯光照亮了整个房间。床头柜上摆着一杯放着虹吸管的苏打水。戈登发现三十六小时之后他的嘴里仍有一股恶心的味道。他喝了一口水，观察着周围。

穿着别人的睡衣，躺在别人的床上，那种感觉很奇怪。他不知道自己在这里做什么——他不属于这个地方。他已经毁了，而且身无分文，躺在这里让他萌生了罪恶感。有一点可以肯定，那就是他已经彻底完蛋了。他似乎知道自己的工作肯定没了，天知道接下来还会发生什么事情。那次无聊的放荡狂欢的回忆栩栩如生地在他的脑海里浮现，他可以记起每件事，从出发前他喝的第一杯粉红色的杜松子酒，到朵拉桃红色的吊袜带。想起朵拉他顿时觉得局促不安。为什么一个人会做出这种事情？又是钱的缘故，总是钱的缘故！有钱人就不会做出这些事情。有钱人即使做坏事也做得很潇洒。但如果你是个穷光蛋，一有钱你甚至不知道怎么花。你只会疯狂地将其挥霍掉，就像第一晚进窑子的上岸水手。

他坐了十二小时的牢。他想起了法庭的牢房里冰冷的排泄物的恶臭。那就是以后日子的前奏。每个人都会知道他坐过牢。运气好的话安吉拉姑姑和沃尔特叔叔会毫不知情，但朱莉亚和罗丝玛丽可能已经知道了。罗丝玛丽知道了还问题不大，但朱莉亚会觉得羞愧万分的。他想到了朱莉亚，她俯身去拿茶叶罐时瘦长的脊背和那张和蔼而忧伤、像呆头鹅一样的脸庞。她从未过上好日子。从童年开始她就一直在为他奉献，为了戈登，家里的男丁。这些年来，他或许从她那儿借了有一百英镑，而他甚至连五英镑都没能偿还她。他为她留了五英镑，然后却花在了一个妓女身上！

他关掉电灯，躺在床上，脑子里很清醒。这个时候他清楚地看到了自己。他清点了一下自己的现状和财产。戈登·康斯托克，康斯托克家族最后一个男丁，三十岁，剩下二十六颗牙齿，没钱，没工作，穿着借来的睡衣，躺在别人的床上，前途一片渺茫，只能死乞白赖地等人施舍，而之前的生活只是犯下了一连串卑劣的蠢事。他所有的财产就只是瘦弱的身躯和两个纸板箱，里面装满了破旧的衣服。

七点钟的时候拉沃斯顿被敲门声吵醒了。他翻了个身，睡意蒙眬地问道："谁啊？"戈登走了进来，头发蓬乱，那身借来的丝绸睡衣几乎把他整个人包了起来。拉沃斯顿挣扎着起床了，打着呵欠。理论上他应该和无产阶级一样七点钟起床，但事实上他会一直赖床，等到打杂的女仆比弗太太八点钟过来。戈登把眼镜前面的头发拨开，坐在拉沃斯顿的床尾。

"听我说，拉沃斯顿，这件事真该死。我一直在想事情。这回我死定了。"

"什么？"

"我会丢掉工作的。我坐过牢，麦克凯切尼不会再聘用我了。而且，我昨天应该上班的，或许一整天书店都没开门。"

拉沃斯顿打了个呵欠，"我想一切会好起来的。那个胖子——他叫什么名字来着？弗拉斯曼——给麦克凯切尼打了电话，说你得了流感卧病在床。他说得像真的一样。他说你高烧一百零三度。当然，你的女房东知道内情，但我想她不会告诉麦克凯切尼的。"

"但要是这件事上了报纸呢！"

"噢，天哪！我想这也不是不可能的事。八点钟女仆就会带报纸过来。但他们会报道酗酒案吗？应该不会吧？"

比弗太太带来了《电讯报》和《先驱报》。拉沃斯顿叫她去买《每日邮报》和《每日快报》。他们匆匆忙忙地浏览着治安和法庭的报道。感谢上帝！这件事没有登报。事实上，这种事情没有登报的理由，因为戈登既不是赛车手，又不是职业足球运动员。戈登感觉心安了一些，勉强吃了点早餐。拉沃斯顿吃完早餐后出去了。两人说好了，他去书店和麦克凯切尼先生见面，告诉他戈登的病情，探听一下风声。拉沃斯顿似乎觉得花几天时间帮助戈登摆脱困境是天经地义的事情。整个早上戈登就待在公寓里，情绪焦躁不安，不停地抽着烟。现在他独自一人，希望一扫而空。他本能地猜想麦克凯切尼先生已经听说他被逮捕这件事了。这种事情你可瞒不住。他已经丢掉工作了，就是这样。

他走到窗边，望着外面。天色阴沉沉的，灰色的天空似乎永远不会再变成蔚蓝色，光秃秃的树木向隅而泣。旁边的街上有个卖炭翁正在凄楚地叫卖着煤炭。现在离圣诞节只有半个月了。在这个时候失业真是可喜可贺！但这个想法并没有让他恐惧，而是让他无聊。他觉得无精打采，眼皮发沉，一个人宿醉后就会有这种感觉，而且这种感觉似乎永远烙在了他身上。要去找另一份工作的想法比挨穷更令他觉得无聊。而且，他找不到另一份工作。如今找到工作是不可能的事情。他将一直沉沦，沉沦到失业者的世界——沉沦，沉沦到住进济贫院，忍受肮脏、饥饿和无所事事的生活。最要命的是，他只想毫无挣扎地沦落到那个地步。

一点钟的时候拉沃斯顿回来了。他脱下手套，将它们扔到一张椅子上。他看上去很疲惫，而且情绪低落。一看他的样子戈登就知道完蛋了。

"他果然听说这件事了？"他问道。

"一清二楚，我想。"

"怎么知道的？我想是威斯比奇太太跑去告诉他的？"

"不，这件事还是登报了。是本地的报纸。他是从那里获悉的。"

"噢，该死！我忘了。"

拉沃斯顿从大衣口袋里拿出一张折叠了的半月刊。书店里订了这份报纸，因为麦克凯切尼先生在里面登了广告——戈登忘了这件事。他打开报纸。该死的！真是羞死人了！整件事就刊登在中页。

"世风日下，书店店员受罚，法官严词呵责"。

报道占了整整两栏，戈登从未如此出名过，以后也不会这么出名。他们一定是苦于没有新闻素材。这些本地报纸爱国情绪格外高涨，非常重视本地新闻，哈罗路一宗单车事故所占据的篇幅要比欧洲危机大得多，而像"汉普斯泰德男子被指控谋杀"和"坎伯韦尔地窖婴儿碎尸案"这样的新闻则被带着自豪刊登出来。

拉沃斯顿讲述了他和麦克凯切尼的见面。麦克凯切尼似乎对戈登大为光火，却又不想得罪拉沃斯顿这位好主顾。但是，出了这么一桩事情，你很难想象他还愿意让戈登回去上班。这些丑闻会影响生意的，而且他对弗拉斯曼打电话撒了一通谎觉得非常气愤。但他最生气的是他的店员竟然酗酒闹事。拉沃斯顿说酗酒这件事似乎让他气急败坏，有点儿夸张，感觉像是他宁愿戈登从钱柜里偷钱。当然，他自己是一个禁酒主义者。有时候戈登怀疑他会不会以传统苏格兰人的方式偷偷喝酒，毕竟，他的鼻子那么红。但那或许是抽鼻烟造成的。但总而言之，事情就是这样： 戈登处于水深火热之中，足有五英寻之深。

"我想威斯比奇太太会扣下我的衣服和杂物。"他说道，"我不打算回去拿东西。而且，我还欠她一星期的房租。"

"噢，这个别担心。房租和其它一切包在我身上。"

"我亲爱的伙计，我怎么可以让你替我支付房租！"

"噢，胡扯！"拉沃斯顿的脸微微一红。他忧伤地望着远方，然后突然间一股脑说出他想说的话，"听我说，戈登，我们必须解决这件事。你得待在这儿，直到这件事过去为止。钱和其它事情由我来解决。你不要觉得自己很令人讨厌，因为你不是这样的人。不管怎样，等你再找到一份工作就会好起来的。"

戈登阴沉沉地从他身边走开，双手插在口袋里。他当然已经预料到会这样。他知道自己应该拒绝，他想拒绝，但他没有这个勇气。

"我不能这样死乞白赖地缠着你。"他闷闷不乐地说道。

"看在上帝的分上，别说这样的话！而且，你不待在这儿还能去哪儿？"

"我不知道 —— 睡阴沟里吧，我想。那是我应该去的地方，早去早好。"

"胡说！你就待在这儿，直到你找到另一份工作。"

"但根本没有工作。我找到工作可能需要一年。我不想找工作。"

"别说这种话。很快你就会找到工作的。工作一定会找上门的。还有，看在上帝的分上，不要说什么**缠着我**的话。这只是朋友之间互相帮助而已。要是你真的介意的话，等你有了钱再还给我也行。"

"是的——可什么时候呢！"

但最后他让步了。他知道自己会让步的。他待在公寓里，让拉沃斯顿到柳堤路，付清他的房租，取回他那两个纸板箱。他甚至让拉沃斯顿"借给"他两英镑以应付眼下的开支。做出这件事的时候他觉得很恶心。他在仰仗拉沃斯顿的施舍——死乞白赖地缠着拉沃斯顿。他们之间还有什么真正的友谊可言吗？而且，在他内心深处，他不愿意人家帮助他。他只想自己独自一人。他将去睡阴沟，早去早好，让事情就这么结束。但他留了下来，因为他没有勇气拒绝，就是这样。

至于找工作这件事，从一开始就毫无希望。虽然拉沃斯顿很有钱，但他不能无中生有创造出一份工作。戈登一早就知道去书店求职根本没用。接下来的三天里，他踏破铁鞋，到一间又一间书店上门求职。在每一间书店门口，他咬紧牙关，走进店里，请求和经理见面，三分钟后就仰着鼻子走了出去。答案总是一样的——书店不请人。有几间书店在招额外人手应付圣诞节的营业高峰，但戈登不是他们想要的人选。他既不精明，态度又不够恭敬，而且衣衫褴褛，说话又带着绅士的口音。而且，问了几个问题后，他们就知道他因为酗酒而被上一位老板开除了。仅仅过了三天他就放弃了希望。他知道没有用，但他继续假装寻找工作，只是为了让拉沃斯顿高兴。

到了晚上他拖着步子走回公寓，双脚酸痛，受了几番冷落，忍不住想发一通脾气。他一直在走路，以此节约拉沃斯顿那两英镑。回到家的时候，拉沃斯顿刚从办公室回来，坐在壁炉前面的一张扶手椅上，膝盖上摆着长条校样。戈登进门时他抬起头。

和往常一样，他问道："有收获吗？"

戈登没有回答。要是他一开口，难听的话就会滔滔不绝。他没有看拉沃斯顿一眼，径直走进卧室，踢掉鞋子，翻身倒在床上。这个时候他恨透了自己。为什么他要回来？他根本没有找工作的心思，他有什么权利回来白吃白住拉沃斯顿的？他应该流落街头，在特拉法尔加广场过夜，去当乞丐——怎样都行。但他还没有勇气去面对街头生活。为了有个温暖的栖身之所，他还是回来了。他躺在床上，双手枕在头下，心里既憎恨自己，又觉得很漠然。过了半个小时他听到门铃响了，拉沃斯顿站起身去开门。应该是那个女人赫尔迈厄尼·斯拉特。几天前拉沃斯顿向戈登介绍过赫尔迈厄尼，她当他就像一粒尘埃。但是，过了一会儿，有人敲了敲房门。

"谁啊？"戈登问道。

"有人过来看你。"拉沃斯顿说道。

"来看我？"

"是的，出来吧。"

戈登慢吞吞地滚下床，嘴里骂骂咧咧的。他走到客厅，发现是罗丝玛丽来看他。当然，他一直想见她，却又提不起劲去见她。他知道为什么她会来，她是过来同情他，怜悯他，责备他的——每个人都一样。他觉得心情很沮丧低落，不想费心思和她说话。他只想一个人待着。但拉沃斯顿见到她很高兴。虽然他们只见了一面，但他很喜欢她，觉得或许她能让戈登振作起来。他找了个借口，去了楼下的办公室，让他们两人独处。

现在只剩下他们了，但戈登没有走过去拥抱她。他站在壁炉前面，收拢着肩膀，双手插在大衣口袋里，脚上穿着拉沃斯顿的拖鞋，这双鞋对他来说太大了。她犹豫着朝他走来，她还没有脱下帽子或那件镶着羊皮领的外套。看到他的样子她觉得很心痛。一星期不到，他整个人都变了。他的样子看上去就像一个失业的人那样懒散邋遢。他的脸似乎更瘦削了，眼圈很重。而且，她看得出那天他没有刮胡子。

她把手搭在他的胳膊上，动作很尴尬，女人需要主动拥抱男人的时候总是这样。

"戈登……"

"嗯？"

他的口气很不高兴。下一刻她投入他的怀抱中。但主动的人是她，而不是他。她的头搭在他的胸膛上，噢，天哪！她竭力忍住几乎夺眶而出的泪水。戈登觉得心里很烦。他似乎总是让她流泪！他不愿意别人为了他哭泣。他只想独自一人——独自感受气恼与绝望。他抱着她，一只手机械地抚摩着她的肩膀，感觉很无聊。她过来找他，让他更觉得难受。他面临着饥寒交迫流落街头的命运，将来会进收容所和监狱，他得让自己坚强起来，才能承受那样的命运。要是她不能让他独自清静，老是拿这些无关紧要的情感烦他的话，他又怎么能坚强起来呢。

他将她推开了一些。和往常一样，她很快恢复了平静。

"戈登，亲爱的！噢，我好难过，好难过！"

"难过什么？"

"你失去了工作和一切。你看上去那么不开心。"

"我没有不开心。看在上帝的分上，不用可怜我。"

他挣脱了她。她摘下帽子，扔到椅子上。她来这里有话对他说。这些话她压抑了几年——这些话按照她的原则是不会说出口的。但现在她一定得直截了当地说出来。她不是一个喜欢拐弯抹角的人。

"戈登，你愿意做点事情让我开心吗？"

"怎么了？"

"你愿意回新阿尔比恩吗？"

果然是这样！他当然一早就想到了。和别人一样，她准备开始对他唠唠叨叨地说个没完。她准备加入那些担心他的人的行列，缠着他，要他"发达"。但你还想怎么样？每个女人都会说出这样的话。以前她一直不说这样的话实在是个奇迹。回新阿尔比恩公关公司去！他这辈子做过的唯一有意义的事情就是离开新阿尔比恩公司。你可以说，他的信念就是摆脱肮脏的金钱世界。但现在他记不得当初离开新阿尔比恩公司究竟是出于什么原因了。他只知道他决不会回去，即使天塌下来也不回去，他准备好了大吵一架。

他耸了耸肩膀，转过头去。"新阿尔比恩不会让我回去的。"他说道。

"会的，他们会让你回去的。你记得鄂斯金先生说过什么。事情没过去多久——才两年而已。他们总是在寻找好的文案。办公室里每个人都这么说。如果你回去，跟他们说一声，我相信他们会给你安排一份工作的。你的工资至少会是一周四英镑。"

"一周四英镑！太好了！我能养得起叶兰了，不是吗？"

"戈登，现在别开玩笑。"

"我没在开玩笑。我是认真的。"

"你是说你不会回去——即使他们给你安排一份工作也不回去？"

"绝对不回。即使他们给我一星期五十英镑也不回。"

"但是，为什么？为什么？"

"我告诉过你为什么了。"他倦怠地说道。

她无助地看着他。说到底，这根本没用。在两人之间横亘着金钱这个问题——她从来都不明白为什么他会有那么多毫无意义的顾虑，但她接受了，因为这些是他的想法。就像一个女人看到一个抽象的观念压倒了常识一样，她觉得心中充满了怨恨与无助的感觉。他就让这么一种思想将自己推入深渊，真是太疯狂了！她几乎生气地说道：

"我不能理解你，戈登。我真的不能理解你。你失去了工作，你知道自己很快就得忍饥挨饿，但是，只要你开口可能就会有一份好工作，你却不肯接受。"

"是的，你说对了。我不会接受的。"

"但你必须有份工作，不是吗？"

"是的，但不是一份好工作。我已经不知道向你解释过多少遍了。我敢说，我迟早会找到一份工作的。和我以前一样的工作。"

"但我不相信你在尝试着找工作，是这样吗？"

"我有。今天我出去了一整天，去那些书店求职。"

"你今天早上连胡子都没刮！"她说道，女人转变话锋的速度就是这么快。

他摸了摸下巴，"事实上，我想的确没有。"

"那你还指望别人给你一份工作！噢，戈登！"

"噢，那又有什么要紧的？每天刮胡子实在太麻烦了。"

"你就这么让自己沉沦，"她心疼地说道，"你似乎根本**不想努力**，只想着沉沦——沉沦！"

"我不知道——或许吧。我宁愿沉沦，也不肯往上爬。"

两人继续争吵着。这是第一次她以这样的态度对他说话。她又一次泪眼盈盈，然后又一次忍住眼泪。来这里的时候她发誓不会哭泣，可怕的是，她的眼泪并没有让他觉得难过，而是觉得很无聊，似乎他失去了在意的情怀。而在他内心的最深处，他很在意自己为什么不再在意。她就不能让他独自一人吗！独自一人！独自一人！不要絮絮叨叨地让他想起自己是个失败者，让他放纵沉沦，就像她所说的，沉沦到平静的世界里，金钱、努力、道德上的责任统统不复存在。最后，他离开了她，回到卧室里，他们吵了一架——他们认识以来第一次吵架，也是致命的一次吵架。他不知道这会不会是他们最后一次吵架。在这个时候他不在乎。他关上房门，躺在床上抽着烟。他必须离开这里，而且得赶快离开！明天早上他就搬出去。不要再缠着拉沃斯顿了！不要再利用人家的好心了！沉沦，沉沦，沉沦到泥沼中——流落街头，进收容所，蹲监狱。只有在那里他才能获得宁静。

拉沃斯顿上楼了，发现罗丝玛丽独自一人，就要离开这里。她和他道别，突然间转过身对着他，把手搭在他胳膊上。她觉得她很了解他，可以信任他。

"拉沃斯顿先生，求求您——您能劝说戈登找一份工作吗？"

"我会尽我所能。当然，这事情不容易。但我想很快我们就能帮他找到一份工作。"

"看到他这个样子实在太可怕了！他完全一蹶不振。你知道，他可以轻而易举地找到一份工作——是份很好的工作。他不是不能胜任，而是他根本不愿意接受。"

她解释了新阿尔比恩公司这件事。拉沃斯顿揉了揉鼻子。

"是的，事实上我听说过这件事了。当他离开阿尔比恩公司时我们谈到过这件事。"

"但你不是觉得他离开公司是对的吧？"她立刻察觉到拉沃斯顿**真的**认为戈登是对的。

"嗯——我知道你觉得这不是明智之举，但他说的也不无道理。资本主义腐朽堕落，我们应该远离它——这是他的想法。虽然不现实，但从某种程度上说是合理的。"

"噢，我也会说原则上是合理的！但当他没有工作，而他只要开口就能得到这份工作时——你觉得他拒绝这么做是对的吗？"

"从常理来说是不对的。但从原则上说——嗯，是对的。"

"噢，从原则上说！像我们这样的人可谈不起原则。戈登似乎不明白这一点。"

第二天早上戈登没有搬出公寓。他下定了决心要搬出去，他希望搬出去，但事到临头，在清冷的晨光中，他没有付诸行动。他对自己说就多待一天，然后又是"就多待一天"，自罗丝玛丽来看他那晚已经过去整整五天了，他仍然待在那里，靠拉沃斯顿的接济生活。找到工作的希望非常渺茫，但他仍然假装在寻找工作，尽管这么做只是为了保住面子。每天他到外面，去公立图书馆待几个小时，然后就会回到家里躺在客房的床上，只脱掉鞋子，不停地抽烟。他仍然觉得整个人懒洋洋的，而且对街道充满了恐惧。那五天实在是太可怕，太恐怖了，太令人无语了。这个世界上再没有比寄人篱下，靠着人家施舍却无以为报更糟糕的事情了。而最糟糕的或许就是，你的恩人还不肯承认他是你的恩人。拉沃斯顿总是那么温文有礼，死也不肯承认戈登在白吃白住他的。他付了戈登的罚金和拖欠的房租，收留了他一个星期，还"借了"他两英镑，但这些都没什么，只是朋友之间互相帮助，戈登也会这么对他。戈登总是说要走，但结果总是一样。

"听我说，拉沃斯顿，我不能再在这儿住下去了。你让我住得够久的了。明天早上我就搬出去吧。"

"我亲爱的老伙计！别感情用事。你又没有——"不行！就算到了这个时候，戈登已经摆明了沦落到一文不名的地步，拉沃斯顿还是说不出"你又没有钱"这样的话。这些话不应该说出口。他妥协了，"那你打算住哪儿？"

"天知道——我不在乎。到处都有寄宿旅社和住的地方。我还剩几个先令。"

"别这么固执。你还是住在这儿，直到找到工作为止，这样比较好。"

"但那可能得几个月。我不能像这样靠你生活。"

"别胡说，我亲爱的老伙计！我欢迎你住在这里。"

当然，在他内心深处他不愿意戈登住在那儿。他能怎么办？现在的情况很尴尬。两人之间一直很别扭，当有一方靠着另一方生活时，就总是会这样。无论怎么精心掩饰，慈善依然是讨厌的事情。施者与受者之间总是会有心结，甚至可以说是仇恨。戈登知道他和拉沃斯顿的友谊不会再像以前一样了。无论后来发生什么事情，对于这段时间的可怕回忆将一直横亘在他们之间。这种寄人篱下的滋味，妨碍别人生活的滋味，不受欢迎的滋味日日夜夜在困扰着他。吃饭的时候他吃得很少，不抽拉沃斯顿的烟，用他所剩无几的钱自己买烟抽。他甚至不肯在卧室里生火。如果可以的话，他就尽量躲起来。当然，每天公寓和办公室人来人往。他们都看见了戈登，知道他是什么处境。他们都说他是拉沃斯顿收留的食客。他甚至察觉到《反基督报》的一两个同行食客对他的嫉妒。那个叫赫尔迈厄尼·斯拉特什么的女人一星期过来三次。自从第一次见面后，每次她来他就立刻消失。有一次她晚上过来，他只能待在外面直到午夜。那个钟点工女仆比弗太太已经"看穿"了戈登。她知道他这类人，又是个一无是处的年轻"作家"，到可怜的拉沃斯顿先生这儿白吃白住。因此，她摆明了就让戈登难堪。她最喜欢挥舞着扫帚和簸箕把他轰出房间——"康斯托克先生，现在我得打扫这个房间了。请您……"无论他刚在哪个房间坐下来。

不过，意想不到的是，最后戈登不费吹灰之力就找到了一份工作。一天早上麦克凯切尼先生给拉沃斯顿寄来了一封信。他可怜戈登——当然，还不至于到愿意让他回去工作的地步，但他愿意帮他找一份工作。他说兰贝斯的书商切斯曼先生在找一个助手。据他所说，如果戈登肯去应聘的话应该可以得到这份工作。当然，这不会是一份什么好差事。戈登听说过切斯曼先生——干图书业这一行大家都彼此认识。这个消息让他心里觉得很烦。他不想要这份工作，他不想再去上班，他只想沉沦，沉沦，不去努力，掉入泥潭中。但拉沃斯顿为他的工作这么奔波，他不能让他失望。因此，当天他就去了兰贝斯，面试这份工作。

这间书店位于滑铁卢大桥南边那条荒凉的路上，看上去很狭小破败，上面褪色的金字店名不是写着切斯曼，而是埃尔里奇。不过，橱窗里摆着几张挺值钱的牛皮纸，还有几张十六世纪的地图，戈登觉得一定很值钱。显然，切斯曼先生专门经营"罕有的"书籍。戈登鼓起勇气，走进店里。

　　门铃"哗"了一声，一个长着尖尖的鼻子和浓密的黑眉毛、长相难看的小个子男人从书店后面的办公室走了出来。他抬起头，带着一股怨意看着戈登。他说起话来特别含糊，似乎在每个字脱口而出前就把它咬成两半，"有何贵干？"——听起来特别难懂。戈登解释了他的来意。切斯曼先生意味深长地看了他一眼，然后以同样含糊的口音回答道：

　　"噢，呃？康斯托克？呃？这边来。我办公室在后面。一直在等你呢。"

　　戈登跟在后面。切斯曼先生是个长得很瘆人的小个子，几乎可以称得上是个侏儒，头发很黑，身体有点畸形。发育不全的侏儒一般是长着正常的躯体，但腿脚特别短。而切斯曼先生情况则刚好相反。他的腿和正常人一样长，但他的上半身奇短无比，似乎屁股是从肩胛骨下面直接长出来的。这让他走起路来看上去像一把剪刀。他的肩膀瘦骨嶙峋，却很强壮，双手又大又丑，总是探着头。他的衣服很破旧肮脏，似乎都板结了，起了一层光泽。刚走进办公室门铃就响了。一个顾客走了进来，拿着一本从外面六便士书箱里拿出来的书和半个克朗。切斯曼先生没有从钱柜里找零——显然，书店里没有钱柜——而是从马甲下面一处隐秘的地方掏出一个油腻腻的软革钱包。钱包搁在他手里几乎都看不见了，他掏钱的时候动作鬼鬼祟祟的，似乎不想被别人看到。

走进办公室的时候他抬头瞥了戈登一眼，解释道，"我喜欢把钱放在口袋里。"

显然，切斯曼先生之所以说话这么含糊不清，是因为他惜语如金，不想浪费口舌。他们在办公室面谈，切斯曼先生从戈登口中盘问出他是因为醉酒闹事而被解雇的。事实上，这件事他已经知道了。从麦克凯切尼先生那里他听说了戈登的事情。几天前他在拍卖会上遇到了麦克凯切尼先生，听说戈登的事情时，他的耳朵竖了起来，因为他想找一个助手，显然，一个曾因醉酒闹事而被开除的助手工钱会便宜一些。戈登觉得醉酒闹事这件事会对自己不利。但切斯曼先生似乎并非全然毫不友好。他似乎是那种只要有机会就坑你一把，欺负你一下的人，但对你不失轻蔑的幽默。他很信任戈登，聊起了经营书店的行情，自吹自擂他自己的精明。他笑起来的时候样子很特别，嘴角往上翘起，大大的鼻子似乎不见了。

他告诉戈登，最近他想到了创立一个有利可图的副业。他准备设立两便士借书部，但这个部门不会和书店在一起，因为档次不高，可能会把那些来店里寻找"罕有"书籍的爱书之人吓跑。在不远的地方他找好了营业场所，午休的时候他带着戈登去参观。借书部要往那条破落的街头再走下去一些，位于一间苍蝇密布的火腿牛肉店和一间殡仪店的中间。殡仪店的广告引起了戈登的注意。如今似乎你只要付两英镑十先令就可以入土为安，甚至还可以分期付款。还有一份广告是火葬场刊登的——"庄严卫生，价格宜人。"

整个地方就是一间狭小的房间——有一根通风管和一扇窗户，窗户几乎和房间一样大小，里面摆放了一张廉价的书桌、一把椅子和一份卡片索引。新涂了油漆的书架已经可以用了，但还没有摆书。戈登一眼就看得出这个借书部和他曾经待过的麦克凯切尼书店的借书部根本不可同日而语。麦克凯切尼的书店相对要高雅一些，文学水平不低于戴尔，甚至有劳伦斯和赫胥黎的作品，但这里却是那种土得掉渣的借书店（它们被称为"蘑菇借书店"）。现在伦敦到处都是这类借书店，主要是为那些没有受过教育的人服务。这些借书店里的书没有一本被人写过书评，任何稍有教养的人士都从未听说过那些书的名字。那些书都是由山寨出版社印刷发行的，批量出版，一年可以出四本，就像做香肠一样，只是技术含量更低。充其量它们只是一些价值四便士的中篇小说，却充出长篇小说的派头，进货的时候只要一先令八便士就能买到一本。切斯曼先生解释说他还没有订书，他说起"订书"的语气就像在订一吨煤一样。他说他准备先订五百册五花八门的书。书架已经做好了标记——"性爱"、"犯罪"、"西部冒险"什么的。

他聘用了戈登。工作非常简单，你只需要每天工作十个小时，递书、收钱、把那些只看不借的人轰走。他侧着头打量着戈登，补充说工资是一周三十先令。

戈登当即同意了。切斯曼或许略感失望，他还以为会争执一番，然后欺负他说乞丐是没得挑挑拣拣的，借此开心一下。但戈登很满意。这份工作很好。像这样的工作很省心，没有前途，不需要努力，而且没有希望。工资少了十先令——离泥沼又近了十先令。这就是他想要的。

他从拉沃斯顿那儿又"借"了两英镑，租了一间卧室起居室，每周的租金是八先令，位于与兰贝斯胡同平行的一条肮脏的小巷。切斯曼先生订了五百本已经分门别类好的书，十二月二十日戈登开始上班。那天刚好是他三十岁生日。

第十章

　　来到地下，来到地下！回到柔软安全的大地的子宫，那里没有就业，也不会失业，没有亲人和朋友缠着你不放，没有希望、恐惧、野心、荣誉、责任——没有任何事情缠着你。那就是他希望去的地方。

　　但他盼望的并不是死亡，肉体意义上的死亡。他有一种奇怪的感觉。自从那天早上在警察局的牢房醒来之后那种感觉就一直纠缠着他。宿醉之后那种邪恶躁动的心情似乎已经变成了一种习惯。醉酒的那个晚上是他生命中的里程碑，突如其来地将他拖进了泥沼中。在此之前他一直在和拜金主义进行斗争，但他还保有最后一点可怜的体面。但现在他根本不想保持体面，只想沉沦，深深地沉沦到不需要保持体面的世界，抛却自尊的束缚，让自己被淹没——就像罗丝玛丽说过的那样，**沉沦到底**。他满脑子想的就只有生活在最下层的世界里。他喜欢想象那些失败者，那些不见天日的人：流浪汉、乞丐、罪犯、妓女。他们生活在一个美好的世界里，住的是肮脏的旅社和收容所。他喜欢幻想着在金钱的世界下面有一个广阔的肮脏的世界，无所谓成功也无所谓失败。在这个国度里，每个游魂都是平等的。那就是他想去的地方，堕落到游魂的国度，不需要有雄心壮志。想到烟雾缭绕的伦敦南区贫民窟在不断蔓延，他就觉得心里很舒服。那里是粗俗的蛮荒世界，你可以永远地迷失自我。

在某种程度上说，这份工作就是他想要的，或者说，接近他想要的。冬天在兰贝斯阴沉沉的街道里，那些黑着脸、喝茶喝得茶醉的人在迷雾中晃晃悠悠地来来去去，你感觉就像在**水底下**。在这里你接触不到金钱或文化。没有故作高雅的顾客让你也得装出品味高雅的样子。没有人会像有钱人那样对你刨根问底："你是谁？在哪儿接受教育？在哪里高就？"你就是贫民窟的一员，被当成是和所有生活在贫民窟的人一样的人。那些年轻人、女孩子和邋遢的中年妇女甚至没有注意到戈登是个受过教育的人。他只是"借书部的员工"，是他们当中的一员。

当然，这份工作实在是非常无聊。你只需要在那儿每天坐十个小时，星期四坐四个小时，递书、登记、收两便士。中间有许多空闲时间百无聊赖，只能读书。外面荒凉的街道没什么可以看的，一整天唯一的大事就是隔壁的殡仪馆出车。戈登对灵车有点感兴趣，因为其中一匹马身上的染料掉色了，渐渐地变成了奇怪的紫褐色。大部分时间里，当没有顾客上门的时候，他就阅读借书部那些包着黄色书皮的书。像那样的书你一个小时就可以读完一本。如今这种书很适合他的口味，两便士借书部的这些书是真正的"逃避文学"。没有什么能比读这些书更不需要动脑筋的，相比起来，即使是看一部电影也要费一番脑力。因此，当顾客要借这样的书时，无论是"性爱"、"犯罪"、"西部冒险"还是"浪漫"作品（浪漫的'浪'字总是读得很重），戈登总是能给出专业的意见。

只要你能明白即使你干到审判日都别指望涨工资，切斯曼先生就不失为一个不错的雇主。不消说，他总是怀疑戈登偷柜台里的钱。干了一两个星期后他想出了新的簿记方式，这样一来他就能知道多少本书借出去了，并用当天借书的情况对账。但戈登还是有能力把书借出去而不做登记（他老是这么想），因此，戈登可能一天就坑了他六便士甚至一先令这个念头老是困扰着他，就像公主床垫下的那颗豌豆。不过，虽然他是一个矮小歹毒的人，为人倒还不算太讨厌。每到傍晚关店之后，他会来店里结算当日的账目，然后和戈登聊一会儿天，窃笑着讲述最近他所施展的骗人把戏。从这些对话中，戈登拼凑出了切斯曼先生的生平。他原本学的是二手衣服买卖，这是他向往的职业，三年前他从一位叔叔那里继承了书店。那时书店的情况非常糟糕，甚至连书架都没有，书就杂乱无章地堆在一起，没有人试着将其分类。藏书人会经常到这里来，因为时不时在成堆的廉价书籍中会有一本值钱的书，但书店的主要业务是卖二手平装的惊悚故事书，一本两便士。一开始的时候这堆垃圾令切斯曼先生作呕。他讨厌书籍，那时候还不知道怎么通过卖书挣钱。他仍然经营着自己的旧衣店，找了一个人帮忙看店，准备将书店盘出个好价钱后就重操旧业。但很快他就想到，只要操作得当，卖书是有利可图的。一旦开了窍，他立刻培养出令人惊异的经营书籍的才能。两年内他就把这间书店运作成为伦敦同等规模的书店里经营最好的"珍版书"书店。在他看来，书纯粹就是商品，和一条二手裤子没什么两样。他这辈子从来没有读过一本书，也无法理解为什么会有人愿意读书。他对那些狂热搜寻孤本的藏书家的态度就像是一个性冷感的妓女应付上门的嫖客。但他似乎只要摸摸一本书就知道它值不值钱。他的脑海里一清二楚地记录着拍卖记录和第一版的日期，而且非常善于讨价还价。他最喜欢的进书途径是买下那些刚刚去世的人的藏书，特别是那些神职人员的。一有某个神职人员去世，切斯曼先生就会像秃鹫一样飞奔到场。他向戈登解释，许多神职人员藏书丰富，而遗孀又非常无知。他以开店为生，当然没有结婚，没有娱乐，也似乎没有朋友。有时候戈登会猜想当切斯曼先生没有在探听哪儿有好买卖的时候，晚上如何打发时间。他想象着切斯曼先生坐在上了双重锁的房间里，拉上窗帘，数着成堆的半克朗硬币和一捆捆的一英镑钞票，这些他都精心藏在香烟罐里。

切斯曼先生总是欺负戈登，而且总是在找机会克扣他的工钱，但他并没有抱特别的恶意。有时候傍晚他来书店时，会从口袋里拿出一包油腻腻的史密斯牌薯片，递了过来，用他那口齿不清的口气问道：

"吃点薯片吗？"

他那只大手总是把那包薯片捏得那么紧，只能从里面拿出两三片。但他觉得这是表示友好的姿态。

至于戈登住的地方，他住在酿酒厂的庭院里，与南边的兰贝斯胡同平行。那是一家肮脏的旅馆。他那间起居卧室的租金是一周八先令，正好就在屋顶下，天花板是斜的——整间房就像一片楔形的奶酪——开着一扇天窗。在他住过的所有地方中，这里最像是传说中穷诗人住的阁楼。里面有一张低矮的、断了靠背的大床，铺着破破烂烂的拼布床单和被单，每半个月换一次；有一张桌子，上方摆着不同款式的茶壶；还有一把快散架的厨房椅子、一个洗脸的水盆和一个放在壁炉架里的小煤气炉。光秃秃的地板没有污渍，但灰尘遍地。粉红色的墙纸裂缝里头生了一群群的臭虫。不过现在是冬天，它们都很迟钝，除非你把房间的暖气开得太大了。你得自己整理床铺。理论上房东米金太太会每天"整理"房间，但五天里会有四天她觉得爬楼梯太辛苦了。几乎所有的房客都在自己的卧室里偷偷做饭。当然，房子里没有炉灶，只是壁炉架里有小煤气炉。走下两段楼梯，有一个整座房子的人共用的水槽，弥漫着一股很恶心的味道。

戈登隔壁的阁楼里住着一位高挑漂亮的老女人，精神不大正常，脸上总是蒙着灰，就像黑人一样。戈登一直想不明白那些黑灰是从哪儿来的，看上去像是煤灰。当她蹒跚着脚步，像悲剧女演员一样喃喃自语在街上走着时，附近的小孩子总是在她身后骂她是"黑婆子"。楼下住着一个女人和一个婴儿，老是哭个不停。另外还住着一对年轻夫妇，老是大声地吵架，然后又言归于好，整个房子的人都听得到他们吵架的那些话。楼下住着一个粉刷匠和他老婆，生了五个孩子，靠领救济金过日子，有时会去做一点儿零工。房东米金太太住在地下室。戈登喜欢这座房子。这里和威斯比奇太太那里不一样，没有下层中产阶级的装腔作势，不会感觉到被人窥视，也没有那么多规矩。只要你付了房租，就几乎可以为所欲为，可以喝得醉醺醺地回家爬上楼梯，什么时候带女人回家都行，要是你愿意的话可以在床上躺一天。米金太太不是那种爱管闲事的人。她是个头发蓬乱、皮肉松弛的老女人，身材就像一个农家圆面包。人们说她年轻时是个水性杨花的女人，或许真是这样吧。她对任何男人都那么热情。但她的胸膛里仍流连着一丝"体面"的余声。戈登搬进来那天，他听到她艰难地爬上楼梯时发出的喘气声，似乎在搬什么沉重的东西。她用膝盖轻轻地敲了敲门，或者说，用那曾经是膝盖的部位敲门，他开门让她进来了。

"你在家哪。"她手里抱着东西，气喘吁吁地说道，"我知道你喜欢这样东西，我想让所有的租客都住得舒服。让我把这个摆在桌子上。好了。这样一来房间就更像个家了，不是吗？"

那是一株叶兰，看到它让他心里隐隐作痛。即使在这里，最后的避难所，你还是找上了我！噢，我的敌人！但那株叶兰长得像瘦巴巴的野草——事实上它已经奄奄一息了。

要是人们能不骚扰他的话，他本可以过得很快活。这地方是寒碜了一点，但你也**可以**过得很快活。白天干的都是些毫无意义的机械性工作，就算陷入昏迷也能完成；要是你有煤的话（杂货店就有得卖，一袋卖六便士），回到家里可以生个火，把这间局促的阁楼弄得暖和一些；他可以坐下来吃顿饭，吃的是熏肉、面包加人造黄油和茶，就着小煤气炉做饭；他可以躺在邋遢的床上，读上一本惊悚小说或做《点滴》杂志里的脑筋急转弯题目直至午夜。这就是他想过的生活。他的生活习惯迅速堕落了。现在他一周刮胡子不超过三次，而且只洗露出来的身体部位。这附近就有挺好的公共澡堂，但他一个月才会去一次。他从不好好整理床铺，只是把被单翻转过来盖，而且从来不洗他那几个瓶瓶罐罐，直到每一个都被用过两遍为止。每样东西上面都蒙着一层灰。壁炉里总是摆着一个油腻腻的煎锅和几个碟子，上面还残留着吃剩的煎蛋。有一天晚上，臭虫从一道裂缝里钻了出来，成双成对地爬行着。他躺在床上，双手摆在脑后，饶有兴味地看着它们。他正由得自己渐渐沉沦，心里不觉得遗憾，而且几乎是有心为之。在心底他怀着一种面对这个世界满不在乎的闷闷不乐。生活打败了他，但只要你不去理会它，你一样可以是胜利者。沉沦要比往上爬强。沉沦，沉沦，沉沦到游魂的国度，沉沦到鬼影幢幢的世界，那里没有羞耻，不需要努力，没有必要维持体面！

沉沦！这原本应该是非常轻松的事情，因为根本没有多少竞争者！但奇怪的是，沉沦往往要比往上爬还难，总是有什么在把人往上拉。说到底，一个人并非完全孤独，他总是有朋友、爱人、亲戚。戈登认识的每个人似乎都在给他写信，怜悯他或斥责他。安吉拉姑姑写了信，沃尔特叔叔写了信，罗丝玛丽写了一封又一封信，拉沃斯顿写了信，朱莉亚写了信，就连弗拉斯曼也给他写了一行字，祝他好运。弗拉斯曼的妻子原谅了他，他回佩克汉去了，享受着种叶兰的幸福。现在戈登讨厌收到信件。它们是与另一个世界的联系，而他拼命想摆脱那个世界。

　　就连拉沃斯顿也和他作对。那是在他去探访戈登的新寓所之后发生的事。此次探访让他意识到戈登居住的地方到底是什么样子。当他的出租车拐过街角驶入滑铁卢大街时，不知从哪里冒出了一群衣衫褴褛头发蓬乱的小男孩，争着要去开出租车的车门，就像一群鱼在争吃鱼饵一样。有三个人同时抓住把手，打开了车门。那三张脏兮兮的小脸看上去那么卑微谄媚，怀着热切的期盼，让他觉得恶心。他扔了几便士给他们，飞也似的沿着小巷逃开，没有再去看他们一眼。狭窄的人行道上尽是狗屎，但周围又看不到一只狗，真是让人奇怪。米金太太在地下室煮一条黑鳕鱼，走到楼梯的半当中你仍可以闻到那股味道。在阁楼里，拉沃斯顿坐在一把就快散架的椅子上，天花板就在他的脑后往下倾斜。壁炉的火灭了，屋里没有电灯，只是那株叶兰旁边的盘子里点了四根蜡烛。戈登躺在乱糟糟的床上，全身上下穿得很整齐，但没有穿鞋。拉沃斯顿进来时他几乎一动不动，就平躺在那儿，时不时浅笑一下，似乎在自顾自地和天花板开着玩笑。房间里有一股住了很久但从未打扫过的不通风又甜腻腻的味道。壁炉里摆放着肮脏的锅碗瓢盆。

"喝杯茶好吗？"戈登一动不动地问了一句。

"不用了，非常感谢——不用了。"拉沃斯顿应得有点快。

他已经看到壁炉里那些沾着棕黄色污渍的杯子和楼下令人作呕的公共水槽。戈登知道为什么拉沃斯顿拒绝喝茶。这间房间的气氛着实让拉沃斯顿感到很震撼。闻闻楼梯上那股泔水和黑鳕鱼夹杂在一起的味道吧！他看着戈登懒散地仰卧在破破烂烂的床上。该死的，戈登原本是一位绅士啊！换了别的时候他会否定这个想法，但置身此情此景，他根本说不出违心的话。所有那些他认为不存在于自己身上的上流阶级的本能猛烈地发作了。想到一个有头脑有品位的人住在这么一个地方，实在是太可怕了。他想告诉戈登离开这个地方，让他振作起来，找一份有体面收入的工作，活得像一位绅士。但他当然没有说出这么一番话。这种话是不能说的。戈登知道拉沃斯顿在想什么。这让他觉得很可笑。他对拉沃斯顿过来探望他并不觉得感激。另一方面，他并不对自己的环境感到羞愧，换了是以前他或许会这么觉得。他说起话来带着一丝刻薄和恶意。

"你觉得我很失败，不是吗？"他对着天花板说道。

"不，我没有这么想。我为什么会这么想？"

"是的，你就是这么想的。你觉得我是个失败者，住在这么肮脏的地方，而不是去找份好工作。你觉得我应该试着去新阿尔比恩公司求职。"

"不，该死的！我从未那么想过。我完全理解你的想法。以前我就告诉过你，我觉得从原则上说你是对的。"

"你觉得那只是在原则上是对的，只要你不付诸实践就行。"

"不是。但问题是，什么时候你真的去付诸实践了？"

"很简单，我向金钱宣战了，这就是我的结局。"

拉沃斯顿揉了揉鼻子，在椅子上不自在地挪动着。

"你难道不明白吗，你所犯的错误是以为一个人可以在腐朽的社会里独善其身。说到底，你拒绝挣钱，最后得到了什么？你这么做是想表示一个人可以置身于经济体制之外。但这是不可能的。一个人必须去改变体制，否则什么也改变不了。逃进角落的洞口于事无补。你明白我的意思吗？"

戈登朝爬满了臭虫的天花板晃着脚丫。

"我承认角落里确实有个洞口。"

"我不是在说这个。"拉沃斯顿生气了。

"我们直话直说吧。你觉得我应该去找一份好工作，是吗？"

"那得看什么工作。我觉得你不想把自己出卖给那家公关公司是对的，但你现在从事这份凄凉的工作实在是太让人心酸了。毕竟，你很有才华，应该用到正途上。"

"我还要写诗呢。"戈登自嘲地微笑着。

拉沃斯顿看上去很窘迫。这句话让他哑口无言。当然，戈登还要写诗呢，譬如说，《伦敦之乐》。拉沃斯顿知道，戈登知道，他们俩都心知肚明，《伦敦之乐》是永远不会写完的。或许，戈登再也不会写一行诗，至少，只要他仍然待在这个破落的地方，干着这份没有前途的工作，怀着这种失落的心情，他什么也写不出来。但他不能说出这些话来。他还得假装当戈登是一位苦苦挣扎的诗人——传统意义上的阁楼里的诗人。

过了不久，拉沃斯顿起身准备离开。这个臭烘烘的地方让他觉得很憋屈，而且戈登显然不希望他留下来。他犹豫着走向门口，戴上手套，然后又折了回来，脱下左边的手套，敲着他的左腿。

"听我说，戈登，你不要介意我的话——这是个糟糕的地方，你是知道的，这座房子、这条街道——所有的一切。"

"我知道。这是一个猪圈，很适合我。"

"但你非得住在这么一个地方吗？"

"我亲爱的伙计，你知道我挣多少钱——一周三十先令。"

"我知道，但是——！肯定有比这儿好一点的地方吧？你的房租多少钱？"

"八先令。"

"八先令？八先令你可以租到很体面的不带家具的房间了，总之比这里要好一些。听我说，为什么你不找个不带家具的房间，我借你十英镑买家具呢？"

"'借'我十英镑！你不是已经'借'过钱给我了吗？你是说给我十英镑吧。"

拉沃斯顿不悦地看着墙壁。真是的，怎么这么说话呢？他冷淡地说道：

"那好吧，假如你喜欢这么说的话。我给你十英镑吧。"

"但你要知道，我不想要这笔钱。"

"别胡扯了！你总得有个体面的地方住下来。"

"但我不想住什么体面的地方。我想住不体面的地方，比方说，住在这里。"

"但是，为什么？为什么？"

"这里很适合我。"戈登说道，然后把脸转过去对着墙壁。

几天后，拉沃斯顿给他写了一封没有底气的长信。信里又重申了一遍那一次他说过的话。拉沃斯顿说他完全明白戈登的想法，戈登说的话很有道理，戈登原则上是正确的，但是——！这个"但是"肯定是会出现的。戈登没有回信。他和拉沃斯顿有几个月没有见面。拉沃斯顿试过很多次和他联系。说来真是奇怪——站在社会主义者的立场，说起来有点难为情——他觉得戈登才华横溢，有良好的出身，却屈居于这么一个破落的地方，干着一份卑微的工作，他担心戈登，甚于关心米德尔斯堡成千上万的失业者。有好几次，为了鼓励戈登，他写信过来让他给《反基督报》投稿。戈登一封信也没回。他似乎觉得他们的友谊结束了。从他住在拉沃斯顿家开始，一切就都毁了。慈善扼杀了友谊。

还有朱莉亚和罗丝玛丽。她们和拉沃斯顿不一样，她们不会羞于说出自己的想法。她们不会委婉地说什么"原则上戈登是对的"，她们知道拒绝接受一份"好差事"永远是不对的。她们一再恳求他回新阿尔比恩公司上班。最惨的是，她们两个联合起来对付他。在发生这件事之前两人从未见过面，但现在罗丝玛丽认识朱莉亚了，两人结成妇女联盟一起对付他。她们总是聚在一起，谈论戈登的"疯狂举动"。这是两人唯一的共同之处，怀着女性的愤怒反对戈登的"疯狂举动"。她们俩同时以书信和口头的形式折磨他，简直让人无法忍受。

感谢上帝，两人都还没见过他向米金太太租来的房间。罗丝玛丽或许可以忍受，但要是让朱莉亚看见那间脏兮兮的阁楼的话，她会气死的。她们过来看他的时候是在借书部见的面，罗丝玛丽来过几次，朱莉亚来过一次，那一次她找了个借口离开茶馆。就算只是这样也够糟的。看到借书部是这么一个破败萧条的小地方，她们觉得很难过。原来他在麦克凯切尼先生的书店上班，工资虽然不多，但起码还算一份体面的工作。戈登接触的是有教养的人，把自己看成是一位"作家"，或许还"有点前途"。但在这里，街道几乎就是贫民窟，处理那些包着黄色书皮的垃圾读物，一周只挣三十先令——这么一份工作能有什么指望呢？这只是一份被社会遗弃的工作，根本没有前途。夜复一夜，借书部关门后戈登和罗丝玛丽在迷雾笼罩的街道上晃悠，为了这件事一再争吵。她反反复复地问他到底愿不愿意回新阿尔比恩公司。为什么他不肯回新阿尔比恩公司呢？他总是对她说新阿尔比恩公司不会让他回去的。但他没有尝试过去求职，他怎么知道自己不能得到工作呢？他不想去确认这个问题的答案。现在他让她觉得很惊讶恐惧。他似乎变了个人，突然间堕落了。虽然他没有告诉她，但她察觉得出他渴望逃脱体面的世界，不去努力，沉沦，沉沦到泥沼中。他拒绝的不只是金钱，而是整个生活。现在他们不再像戈登失业之前那样争执不休了。那时候她并不是很在意他那些荒谬的理论。他对金钱价值观的长篇大论曾经只是两人之间的玩笑。虽然时间在悄悄流逝，戈登谋得好营生的希望也越来越渺茫，但她并不在乎。那时候她仍然觉得自己是个年轻的女孩，拥有广阔的前景。她目睹他白白荒废了两年生命——也蹉跎了她两年的青春年华。她原本觉得为这件事争吵有失体面。

但现在她越来越害怕。光阴就像一辆插了翅膀的马车，匆匆流逝。当戈登失业时，她突然间意识到，就像得出什么重大发现一样，自己已经不是很年轻了。戈登过了他三十岁的生日，而她三十岁的生日也快到了。他们将何去何从呢？戈登根本不去努力，任凭自己沦为彻底的失败者。他似乎想要沉沦。就算他们现在结婚，生活又有什么希望呢？戈登知道她是对的。现在的情况很尴尬。两人虽然没有直说，但心里都知道他们只能分手——从此分道扬镳。

一天晚上，两人准备在铁路拱桥下见面。那是一月份，天气很糟糕，没有起雾，寒风扫过四周的角落，席卷着灰尘和破纸朝你的脸袭来。他等候着她，瘦小的身躯懒洋洋地缩成一团，身上的衣服破旧褴褛，头发被风吹得很凌乱。和往常一样，她准时到达。她朝他跑来，把他的脸往下拉，亲吻着他冰冷的面颊。

"戈登，亲爱的，你的脸好冷！为什么你不穿件大衣才出来呢？"

"我的大衣当掉了。我想你是知道的。"

"噢，亲爱的！我知道。"

她仰头看着他，黑色的眉毛略微皱了起来。站在灯光朦胧的拱桥下，他看上去那么憔悴消沉、愁云满面。她挽着他的胳膊，拉着他走到有光亮的地方。

"我们散步吧。站着太冷了。我有件严肃的事情想告诉你。"

"什么事？"

"我想你会生我气的。"

"到底什么事？"

"今天下午我去见了鄂斯金先生。我说有事找他，要和他面谈几分钟。"

他知道接下来她会说什么。他想挣脱她的胳膊，但她拉得紧紧地。

"嗯？"他的口气有点不悦。

"我跟他说起了你的事。我问他能不能让你回去上班。他说公司生意不好，他们不打算招聘新员工什么的。但我提醒他曾经对你说过什么，他说，是的，他一直觉得你是个人才；最后他说，如果你回去的话，他会帮你安排一份工作。所以呢，你看，我说的没错吧？他们会给你安排一份工作的。"

他没有回答。她捏着他的胳膊。"现在你有什么想法？"她问道。

"你知道我有什么想法。"他冷漠地回答。

他的心里既惊恐又气恼。这正是他一直在担心的事情。一直以来他知道迟早她都会踏出这一步。这让事情变得更加清晰，而他的罪责更加明确。他缩着身子，双手仍插在口袋中，由得她拉住他的胳膊，但没有去看她。

"你生我的气吗？"她问道。

"不，我没生气。但我不明白为什么你要这么做——还背着我。"

这句让她很受伤。她好不容易才说服鄂斯金先生许下了承诺，她鼓起了所有的勇气才敢闯进一位经理的办公室。她一直很担心自己会因为这件事而被解雇，但她不会告诉戈登这些。

"我觉得你不应该说'背着你'这些话。毕竟，我只是想帮你。"

"找一份我根本不想干的工作就是帮我吗？"

"你是说，就算到了现在你也不会回去？"

"不会。"

"为什么？"

"我们真的得再争论这件事吗？"他不耐烦地说道。

她用尽全身力气抓着他的胳膊，将他转过身，面对着她。抓着他的时候她觉得内心很绝望。她作了最后的努力，却以失败告终。她似乎可以感觉到他就像幽灵一样从她身边退开，渐渐消失。

"如果你再这样下去，你会让我心碎的。"她说道。

"我希望你不要为了我而烦恼。不要为我操心，事情就会简单得多。"

"但为什么你非得糟蹋自己的生活？"

"我告诉过你，我自己也控制不了。我必须坚持战斗。"

"你知道这意味着什么吗？"

他的心一凉，但他并没有挽回的念头，甚至觉得很轻松。他说道："你是说，我们得分手——从此不再见面吗？"

他们继续走着，现在走到了威斯敏斯特桥大街。寒风呼啸着朝他们吹来，刮来一股尘土，两人缩着头，停下了脚步。她那张小巧的脸庞布满了皱纹，连冷风和清冷的灯光也遮掩不住。

"你要和我分手。"他说道。

"不，不是，我没有这么想。"

"但你觉得我们应该分手。"

"我们这样子怎么走下去呢？"她绝望地说道。

"我承认确实很难。"

"实在是太悲惨太绝望了！这种生活能有什么出路呢？"

"所以，你不再爱我了？"他问道。

"我爱你！我爱你！你知道我爱着你。"

"或许是吧。但不足以一直爱我，要是我永远没有钱照顾你。你希望我作你的丈夫，而不是一个爱人。这仍然是钱的问题，你懂了吧。"

"这不是钱的问题，戈登！不是这样的。"

"是的，就是钱的问题。从一开始钱这个问题就一直横亘在我们两人之间。钱，总是钱的问题！"

这一幕没有持续多久，因为两人都冻得瑟瑟发抖。当一个人站在寒风凛冽的街头时，感情问题也不是什么大不了的事。最后两人告别时，说的不是什么诀别的话。她只是说，"我会回来的"，亲了他一下，然后穿过马路去电车站。他看着她离开，心里的感觉以放松居多。现在他无法停下来问自己是否爱她。他只是想逃避——逃避这条寒风凛冽的街道，逃避和她争吵与感情上的要求，回到邋遢孤独的阁楼里。如果他的眼里流下泪水，那只是因为寒风的缘故。

朱莉亚更令他烦恼。一天晚上，她让他去见她。她从罗丝玛丽那儿听说鄂斯金先生愿意给戈登提供一份工作。朱莉亚根本不明白戈登的想法，这是最要命的。她只知道他可以找到一份"好差事"，而他却拒绝了。她几乎跪着哀求他不要让机会就这么溜走。当他对她说他主意已定时，她哭了，真的哭了。真是太可怕了。这个可怜的、长得像只呆头鹅的女人，头发已经斑驳花白，在她那间摆放着德雷格牌家具的小起居卧室里全然不顾尊严和体面地痛哭流涕！她所有的希望都破灭了。她看着家道渐渐中落，没有钱，没有孩子，步入绝望。戈登原本可以成功，而他不知发了什么疯，就是不肯上进。他知道她在想什么。他不得不狠下心肠，坚持自己的立场。他在乎的只有罗丝玛丽和朱莉亚。拉沃斯顿并不是问题，因为他是个明白人。当然，安吉拉姑姑和沃尔特叔叔都给他写了长信规劝他，但他都没有回。

朱莉亚绝望地问他为什么他要放弃人生中最后一次成功的机会，他只是回道："我要写诗。"他对罗丝玛丽和拉沃斯顿也说过这句话。对于拉沃斯顿来说这句话已经够了，而罗丝玛丽对他的诗不再有信心，但她不会这么说。至于朱莉亚，他的诗对她来说根本没有任何意义。"要是你写诗赚不了钱，那写了又有什么意义呢？"她总是这么说。连他也对自己的诗失去了信心。但他仍然在挣扎着"写作"，至少时不时会写点东西。换了地方住之后不久他就把《伦敦之乐》完成的那部分诗稿誊抄在干净的稿纸上——发现只有不到四百行。他连誊抄诗稿都觉得烦。但他仍然时不时继续写这首诗：这里删去一行，那里改动一下，但没有实质的进展，甚至不敢有取得进展的念头。很快，那些稿纸就像以前一样涂涂改改，难以辨认。他总是在口袋里带着那叠脏兮兮的手稿，有它在心里至少有点底气，那毕竟算是一种成就，但只是敝帚自珍，别人根本不觉得有什么了不起。这是两年笔耕的唯一成果——大约工作了一千小时吧。他对这首诗再也没有感觉。如今诗歌对他来说毫无意义。《伦敦之乐》的唯一价值在于，如果它终有一日能完成，那便是从命运的魔爪中夺下来的东西，与这个金钱世界格格不入的东西。但他比以往更清楚地意识到他永远也写不完《伦敦之乐》。过着现在这样的生活，他怎么还能有创作的热情呢？随着时间流逝，他甚至失去了完成《伦敦之乐》的愿望。他的口袋里仍然带着手稿，但那只是一种姿态，象征着他私人的战争。他已经放弃了徒劳无功的成为"作家"的梦想。说到底，这难道不也是一种"野心"吗？他想摆脱这一切，逃到万物的**下面**去。沉沦，沉沦！沉沦到幽灵的国度，放弃希望，远离恐惧！来到地下，来到地下！那就是他想要去的地方。

但这并不是容易的事情。一天晚上，大约九点钟的时候，他躺在床上，那条破破烂烂的被单盖在腿上，双手枕在脑后取暖。火熄灭了，到处都蒙着厚厚的灰尘。那株叶兰一个星期前就已经死掉了，摆在花盆中步入枯萎。他把一只没有穿鞋的脚从被单下面伸了出来，举着看了看。他的袜子上破了好几个洞——破的洞比袜子的布料还大。他，戈登·康斯托克，就躺在这儿，贫民窟阁楼的一张破床上，脚丫从袜子里露了出来，财产只有一先令四便士，人生虚度了三十年，一事无成！现在他已经无可救药了吧？当然，他们努力过了，但还是不能将他从这个泥沼中拉出来，不是吗？他一直想落入泥沼中——而这里就是泥沼，不是吗？

但他知道这里还不是真正的泥沼。另外那个世界，那个推崇金钱和成功的世界就在咫尺之外。光是躲在肮脏穷苦的地方是无法摆脱那个世界的。当罗丝玛丽告诉他鄂斯金先生愿意聘请他时，他惊怒交加。这番话让他意识到危险非常接近。只要写一封信，打一个电话，他就可以从这个肮脏穷苦的地方回到金钱的世界——重新过上一周四英镑的生活，努力工作，维持体面，沦为奴隶。堕落到地狱并不像听起来那么容易。有时候救赎就像天堂之犬①一样对你紧追不放。

有那么一会儿，他躺在床上盯着天花板发呆。躺在肮脏冰冷的床上，什么也不做，让他感觉舒服了一些。但有人在轻轻敲门，吵醒了他。他没有动。可能是米金太太，虽然听敲门声

---

① 《天堂之犬》，英国诗人弗兰西斯·汤普森（Francis Thompson，1859—1907）的诗作。

不像是她。

"进来。"他说道。

门打开了。是罗丝玛丽。

她走了进来,然后闻到了房间里灰尘那股甜腻的味道,停下了脚步。虽然灯光很微弱,她仍可以看到房间里十分脏乱——桌子上堆着稿纸和食物的残屑,壁炉架上满是冰冷的灰尘,壁炉里摆满了臭熏熏的罐子,还有那株死掉了的叶兰。她慢慢地走向床边,拿下帽子,扔在椅子上。

"你就住在这么一个地方!"她惊叹道。

"你回来了?"他问道。

"是的。"

他稍稍离她远了一些,胳膊靠在脸上,"我想你是回来继续对我说教的吧?"

"不是。"

"那是为了什么?"

"因为……"

她跪在床边,拉开他的胳膊,把脸凑过去亲吻他,然后惊讶地缩了回去,用指尖拨弄着他脑门上的头发。

"噢,戈登!"

"怎么了?"

"你有白头发了!"

"有吗?在哪儿?"

"这里——在脑门上面。有一小撮呢。一定是突然间变白的。"

"光阴飞逝,我的金发已变成了银霜。"他漫不经心地说道。

"我们俩都开始老了。"罗丝玛丽说道。

她低下头，让他看她头顶那三根白头发。然后，她躺在他的身边，一只手伸在他身下，将他拉到自己的身边，不停亲吻着他。他由得她这么做。他不希望这件事发生——这是他最不愿意发生的事情，但她已经蠕动着身子躺在他的身下，胸膛紧贴着胸膛。她的身子和他的身子融为一体。看着她的表情，他知道为什么她会到这儿来。

她终究还是个处女，她不知道自己在做些什么。她是在可怜他，怜悯他。他凄凉的处境让她回到他的身边，因为他沦为身无分文的失败者，所以她愿意献身给他，即使可能就这么一回。

"我必须回来。"她说道。

"为什么？"

"我不忍想象你一个人在这里，把你留在这儿实在是太残忍了。"

"你离开我是对的。你不回来比较好。你知道我们在一起是不能结婚的。"

"我不在乎。爱一个人不会在乎这个。我不在乎你会不会和我结婚。我爱你。"

"你这么做太傻了。"他说道。

"我不在乎。我希望能早点这么做。"

"还是不要了。"

"就要。"

"不要。"

"就要！"

终究，她的诱惑实在太大了。他一直想要她，顾不上考虑后果。最后，他还是得到了她，就在米金太太家肮脏的床铺上，并没有多少欢娱可言。罗丝玛丽起床整理好衣服。房间虽然很闷，但冷得要命。两人都冻得有点瑟瑟发抖。她给戈登盖好被子，他躺在那儿一动不动，背对着她，把脸埋在胳膊下面。她跪在床边，拿着他另外一只手，摩挲着她的面颊。他没去理会她。然后她悄悄地走出房间，关上门，踮着脚尖走下光秃秃又臭气熏天的楼梯。她觉得很不开心，很失望，而且很冷。

第十一章

春天，春天！三四月间，春天的气息开始了！树林青翠，绿草如茵，叶片大又长！当春天的猎犬奔跑在冬天的小径上，①春天是最好的结婚天，听嘤嘤歌唱枝头鸟，②布谷鸟在歌唱，咕—咕，布—喂，嗒—喂嗒—喔！③等等等等。从青铜时代到 1805 年，所有的诗人都在歌颂春天。

但如今已经是中央暖气和罐头桃子的年代，上千位所谓的诗人还在写着同样的诗篇，实在是太荒唐了！因为如今对于普通市民来说，春天、冬天或其它季节又有什么不同？在伦敦这样的城市，季节最显著的变化除了气温的改变外，就是人行道上你所看到的东西。在冬末主要是卷心菜的叶子，而到了七月你的脚下会踩到樱桃核，到了十一月是烧尽了的烟花，快到圣诞节的时候则满地是橘子皮。中世纪的时候情况很不一样。那时候过冬意味着躲在没有窗户的小屋里，以腌鱼和发霉的面包度过几个月后，春天终于来了，可以吃到新鲜的肉类和绿色的蔬菜，这时写诗赞美春天才富有意义。

即使春天真的到了，戈登也视若无睹。兰贝斯的三月天并不能让你联想到珀尔塞福涅④的气息。白昼越来越长，天老是起风，夹杂着沙尘，偶尔会露出支离破碎的刺眼的蓝天。如果你用心观察的话，或许可以看到树上结出了新蕾。那株叶兰原来没有死掉，枯萎的叶片掉落了，靠近根部的地方又长出了几片暗绿色的叶子。

现在戈登在借书部工作三个月了。懒散简单的工作并不让他觉得厌烦。借书部的藏书扩大到了一千本，每周为切斯曼先生带来一英镑的纯利，为此切斯曼先生感到很高兴。然而，暗地里他却对戈登渐渐心生不满。当初戈登向他求职的时候说自己是个酒鬼，他希望戈登能至少因醉酒而误工一天，那样他就有充足的理由克扣他的工资。但戈登从未喝醉过。如今他对喝酒已经失去了兴趣，真是奇怪。即使在他身上有钱的时候他也没有想喝酒的念头了。茶似乎是更好的毒药。他的欲望和牢骚没以前那么多了。现在他一周挣三十先令，却比以前一周挣两英镑还要过得宽裕。三十先令要用来付房租、香烟、一先令洗衣费、一点燃料费和饭钱，没能剩下多少钱。现在他几乎天天吃熏肉、面包加人造黄油和茶水，一天只要花两先令，包括取暖的钱了。有时候他会到威斯敏斯特桥大街一家廉价而热闹的电影院，花六便士看一场电影。他仍然在口袋里揣着《伦敦之乐》的手稿，但那只是出于习惯。他甚至放弃了写作的伪装。每天晚上他都以同样的方式消磨时间，在那间偏僻脏乱的阁楼里，如果还有煤炭就烧个火，如果煤炭烧完了就躲在床上，泡好茶，点着香烟，总是在阅读。现在他只读那些两便士的周报。《点滴》、《百事解答》、《女报》、《珠玉》、《吸引力》、《家居寄语》、《少女周报》等——这些东西内容都一样。每次

---

① 此句出自英国诗人阿尔格农·查尔斯·斯韦伯恩（Algernon Charles Swinburne，1837—1909）的诗作《亚特兰大的合唱》。

② 此句出自莎士比亚的《皆大欢喜》，朱生豪译本。

③ 此句出自英国诗人托马斯·纳什（Thomas Nashe，1567—1601）的诗作《夏季的遗言》。

④ 珀尔塞福涅（Persephone），古希腊神话中冥王哈迪斯的妻子，也是春天女神。

他都会从书店里带十几份报纸回家。切斯曼先生有好几大摞布满灰尘的旧报纸，是从他叔叔那时候留下来的，用来包东西。有些报纸是二十年前的了。

他有好几个星期没有见过罗丝玛丽了。她写过几封信，然后，不知道为什么，突然杳无音信。拉沃斯顿给他写过一封信，让他给《反基督报》写一篇关于两便士借书店的文章。朱莉亚寄来一封语气冷漠的短信，说了一些家里的事情。安吉拉姑姑整个冬天老是感冒，沃尔特叔叔老是抱怨膀胱不好。他们的信戈登统统没有回。如果可以的话，他希望忘记他们的存在。他们和他们的关心只是累赘。他会失去自由，失去堕落到最底层的泥沼的自由，除非他断绝与他们的来往，甚至包括罗丝玛丽。

一天下午，他帮一个长着淡黄色头发的工厂女孩选一本书，眼角瞥见有人走进了借书店，进门后迟疑不决。

"请问您要借什么书？"他问那个工厂女孩。

"噢——借浪漫的书，谢谢。"

戈登选了一本浪漫小说，转过身时心顿时剧烈地跳动起来。刚刚走进店里的人是罗丝玛丽，她没有朝他示意，只是站在那儿等候着，脸色苍白，看上去很焦虑，看她的样子一定是出了什么糟糕的事情。

他坐了下来，在工厂女孩的借书单上作登记，但他的手颤个不停，几乎写不了字。他把印章盖错了位置。那个女孩离开了，一边走一边看着书。罗丝玛丽看着戈登的脸——上次她在白天见到他已经是很久以前的事情了，她惊诧于他的改变。他沦落到衣着褴褛的地步，脸庞消瘦了许多，和那些只吃面包和人造黄油的人一样，脸色枯槁发灰，看上去至少像三十五岁的人。而罗丝玛丽自己看上去也和平时不大一样，不像以前那么快乐整洁，身上穿的衣服似乎是匆匆随便披上的。一定是出什么事了。

那个工厂女孩走后他关上店门。"我不知道你会来。"他说道。

"我必须来。吃午饭的时候我离开了创作部，告诉他们我病了。"

"你的脸色不大好。过来，你最好坐下来。"

借书部里只有一把椅子。他把椅子从桌子后面抬了出来，搬到她跟前，动作很小心，以示关切。罗丝玛丽没有坐下，而是伸手摘下手套，扶着椅背的顶圈。她的手指握得那么用力，他看得出她很焦虑不安。

"戈登，我有一件最糟糕的事情得告诉你。这件事情终究发生了。"

"发生什么事了？"

"我有了。"

"有了？噢，上帝啊！"

他说不出话来。有那么一会儿他觉得似乎有人狠狠地捶了他的肋部一拳。他问出了那个无聊的问题：

"你肯定吗？"

"非常肯定。已经有了几个星期了。你知道这段时间我都是怎么熬过来的吗！我一直在祈祷——还吃了一些药——噢，太可怕了！"

"有了！噢，上帝啊，我们怎么这么傻！我们明明已经知道会发生这样的事！"

"我知道。我想这是我的错。我——"

"该死！有人来了。"

门铃响了。一个长着雀斑、下唇很难看的胖女人大摇大摆地走进店里，要借一本"有谋杀案的书"。罗丝玛丽坐了下来，绕着手指拧着自己那双手套。那个胖女人很挑剔。无论戈登给她推荐什么书她都拒绝了，理由是"她以前看过了"或"那本书看上去很枯燥"。罗丝玛丽所说的那件可怕的事情让戈登心烦意乱。他的心在扑腾乱跳，五脏六腑似乎缩成一团。他一本接一本地把书拿下来，向那个胖女人保证那就是她想找的书。最后，折腾了差不多十分钟，他总算找到一本书让她勉强说"好像以前没看过"，然后把她打发走了。

他转身对罗丝玛丽说道："那，我们到底该怎么办？"门一关他就脱口而出。

"我不知道该怎么办。要是保住孩子，我肯定会丢掉工作的。但我担心的不止是这件事，我担心被家里人知道。我妈妈——噢，天哪！我连想都不敢想。"

"啊，你的家里人！我怎么没想到他们。你的家里人！你的亲人！他们就像噩梦一样！"

"家里人倒还没什么啦。他们一直对我很好，但是这件事非同小可。"

他来回踱了几步，虽然这件事让他吓了一跳，但他还没来得及把整件事情想清楚。想到一个孩子，他的孩子，就在她的子宫里成长，他只觉得很不高兴。他没有把肚子里的孩子想象为活生生的人，而是纯粹的灾祸。他已经知道这件事会有什么后果。

"我想我们得结婚。"他断然说道。

"这样好吗？我过来就是想问你这个。"

"但我想你希望我娶你，不是吗？"

"除非你真的想娶我。我不会缠着你。我知道你反对结婚。你必须为了你自己做出决定。"

"但我们没得选择——如果你真的想保住孩子的话。"

"不一定。你必须做出决定。毕竟，还有另一条路可走。"

"什么路？"

"噢，你知道的。创作室有个女孩给了我地址。她的一个朋友只收五英镑。"

这句话让他一下子明白过来。他第一次意识到，他们究竟在谈论着什么问题。"孩子"这个词拥有了新的意义。它不再意味着抽象的灾难，而是他的骨肉，活生生的事物，就在她的子宫里成长。两人四目交投，在那一刻似乎心心相印，而在此之前他们从未有过这种感觉。在那一刻，他有种神秘的感觉，他们两人是一体的。虽然两人相距有一英尺，但他觉得两人结为一体——似乎在两人之间有一道看不见的生命的纽带。他知道他们所想的是一件非常可怕的事情——这个词意味着亵渎神明的事情。但要是这个问题换一种方式表达的话，或许他不会如此畏缩。是五英镑这个肮脏的细节让他想起了这些。

"不要害怕！"他说道，"无论发生什么事情我们都不会那么做的。太恶心了。"

"我知道很恶心，但我不能做出未婚先孕这种事情。"

"不行！如果那是另外的出路，我会和你结婚。我宁愿把右手砍下来也不做出那种事情。"

哔！门铃响了。两个丑陋的年轻人和一个不停傻笑的女孩子走了进来，那两个年轻人穿着廉价浅蓝色西装，其中一个傻乎乎地说要借本"带劲的书——有色情描写的书"。戈登没有说话，指着那几个放着"性爱读物"的书架。借书部里有好几百本这样的书。书名都是些什么《巴黎的秘密》、《她信任的男人》，在破破烂烂的黄色书皮上印着半裸的女孩躺在沙发椅上，穿着晚礼服的男人站在她们身边。不过，里面那些故事其实并不是那么刺激。那两个青年人和那个女孩就在书架边流连，嗤嗤笑着封面上的图片。那个女孩不时尖叫着，装出很震惊的样子。戈登觉得非常讨厌，转身背对着他们，直到他们选好了书。

他们走后，他回到罗丝玛丽的椅子旁边，站在她身后，搭着她小巧而结实的肩膀，然后将手伸进她的大衣里，感受她胸脯的温暖。他喜欢她的身体结实而有弹性的感觉，想到他的骨肉就在她的身体里面成长，他就觉得很高兴。她伸出手抚摩着他那只搭在她胸脯上的手，但没有说话。她等候着他做出决定。

"如果我和你结婚，我就得当个体面人。"他若有所思地说道。

"你愿意吗？"她还是以往那副口气。

"我得有份体面的工作——回去新阿尔波恩公司上班。我想他们肯让我回去的。"

他察觉到她整个人都僵住了，知道她在等候他的答案。但她决心以公平的态度对他。她不愿逼迫他或甜言蜜语哄骗他。

"我从未说过我希望你那么做。我希望你能娶我——是的，因为孩子的缘故。但这并不表示你得照顾我。"

"我不能照顾你的话，结婚还有什么意思呢。当我们结了婚，而我还像现在这样——没有钱，没有体面的工作，那时候你该怎么办？"

"我不知道。我会继续上班，一直做下去。然后，等肚子显出来了——我想我会回家和父母住一起。"

"你以前一直希望我回新阿尔比恩公司上班，你现在还是那么想的，是吗？这样会让你开心，不是吗？"

"我已经想得很清楚了。我知道你不喜欢被一份稳定的工作束缚住。我不怪你。你有自己的生活方式。"

他又想了一会，说道："说到底，要么我们结婚，我回去新阿尔比恩上班；要么你去找一个那种医生，花五英镑把事情搞定。"

听到这句话她挣脱开他的怀抱，站起身面对着他。他这番话让她很难过，把这件事以最直白丑陋的方式表达出来。

"噢，为什么你要这么说？"

"这不就是我们的选择吗？"

"我从未那样子想过。我来这儿是想跟你好好商量，而现在听起来好像是我在逼你一样——威胁说要打掉孩子，想利用你的感情，这是可耻的胁迫。"

"我没有那个意思。我只是在表述事实。"

她的脸上布满了皱纹，黑色的眉毛紧蹙在一起。但她发过誓不会当众发作。他能猜测到这对她意味着什么。他从未见过她的家里人，但他能够想象得出他们是什么样的人。他知道带着私生子回到乡村小镇会是什么情况，而跟着一个养不起老婆的丈夫，情况一样糟糕。但她还是想公平地对待他。不要胁迫他！她深深地吸了一口气，做出了决定。

"那好吧。我不会让这件事左右你的思绪。这样做太卑鄙了。跟不跟我结婚都随你，但不管怎样我都会保住孩子。"

"你决定这么做吗？真的吗？"

"是的，我想是的。"

他一把搂住她。她的大衣敞开着，她的身体贴在他身上，感觉很温暖。他觉得要是放弃她，那他就是个彻头彻尾的傻瓜。但他走不出那一步，哪怕此刻拥她在怀，他也很清楚这一点。

"你一定是要我回去新阿尔比恩公司上班。"他说道。

"不，我没有，你不愿意的话我不会勉强你。"

"是的，你就是这么想的。说到底，这是很自然的事情。你希望看到我能再挣到体面的收入。找到一份'好差事'，一星期挣四英镑，在窗台上种种叶兰，不是吗？说真心话。"

"那好吧——是的，我希望是这样。但那只是我希望发生的事情。我不会逼你，我不希望你并非出于真心去做那些事情。我希望你能获得自由。"

"真正的自由？"

"是的。"

"你知道那意味着什么吗？要是我决定离开你，抛下你们母子俩呢？"

"如果你真的想这么做的话，你是自由的——悉听尊便。"

过了一会儿，她走了。当天晚上或明天他会告诉她他的决定。当然，现在还不能确定就算他去求职，新阿尔比恩公司会不会聘用他，但应该问题不大，因为鄂斯金先生许下了承诺。戈登想静心思考，但做不到。那天下午客人似乎比平时多。每次他刚坐下来就得从椅子上跳起来应付那些来借犯罪故事书、性爱故事书和言情故事书的傻瓜时，他觉得快要发疯了。六点钟的时候他突然间关掉电灯，关上借书部的大门出去了。他必须一个人静一静。还有两个小时借书部才结束营业时间，天知道切斯曼先生发现提早关门的话会说些什么。或许他会解雇戈登，但戈登不在乎。

他沿着兰贝斯胡同往西边走去。今晚天色很黑，但不是很冷。脚底下很泥泞，灯光很亮，街头小贩在声嘶力竭地叫卖。他必须好好考虑这件事，而走路有助于他的思考。但作出抉择实在是太艰难了，太艰难了！回新阿尔比恩公司上班，或抛下罗丝玛丽不管，他只有这两条路可走。他不用想都知道自己找不到其它让他觉得体面一些的"好差事"。对于一个三十岁的沧桑老男人来说，找到"好差事"的机会可不多。新阿尔比恩公司是他唯一的机会。

在威斯敏斯特桥大街的街角，他停了下来。街道对面有几张海报，在灯光照射下看得很清楚。有一张海报特别大，起码得有十英尺高，是宝维消化液的广告。宝维公司已经弃用了科纳·忒布尔，转而采纳新的广告方针。他们撰写了一系列四行诗——他们称之为"宝维诗篇"。海报上画着一户消化功能非常健康的家庭，像香肠一样红润的脸庞正在咧嘴大笑，坐在一起吃早餐。图片下面是一段恶俗的文字：

为什么你会身材瘦削脸色苍白呢？
为什么你老是觉得筋疲力尽呢？
每天晚上喝一杯热宝维——
包你精神爽利，精力十足！

戈登端详着这张海报，觉得这个广告实在是太傻帽了。上帝啊，这么垃圾的广告！"包你精神爽利，精力十足！"多么蹩脚的广告词！它甚至称不上俗气恶搞，只是几句空洞无物的废话。这张广告贴遍了伦敦和英国的每一个城镇，侵蚀着人们的精神，要是你不知道这一事实，你甚至会为它那些台词的空洞无物而替它感到可悲。他上上下下观察着破败的街道。是的，战争就要来临了。看到那些宝维消化液的广告，你不会再有疑问。街头的电钻声昭示了未来机关枪的哒哒哒开枪声。过不了多久轰炸机就来了。嗖——砰！几吨 TNT 炸药就足以让我们的文明灰飞烟灭。

他穿过街道，往南边走去。他萌发了一个古怪的念头。他不再希望战争发生。那是几个月来——或许是几年来——他第一次想到战争，而不希望战争发生。

如果他回新阿尔比恩公司，再过一个月他就得为"宝维诗篇"撰写文案。回到那样的生活！干一份"好差事"已经够糟了，还要和**那种事情**搅和在一起！上帝啊！他当然不能回去。问题是他有没有勇气坚持自己的立场。但罗丝玛丽怎么办？他想到了她回家里住将面临着什么样的生活，住在她父母的房子里，带着小孩，没钱过日子，而且消息会传遍她的家族，说罗丝玛丽嫁给了一个根本养不起她的穷光蛋。她那一家子将一齐朝她唠叨个不停。而且他还得考虑到孩子。财神爷是如此狡猾，如果他只是以游艇和赛马、美女和香槟为饵，抵制住金钱的诱惑并不难。但他能洞察你追求体面的内心世界，让你乖乖听命。

"宝维诗篇"在戈登的脑海里回荡。他必须坚持住立场。他已经向金钱宣战——他应该坚持下去。毕竟，他已经勉强支撑了这么久。他回顾自己的生平。欺骗自己是没有用的。那是非常可悲的生活——孤独穷苦、碌碌无为。他活了三十年，收获的只有悲哀。但这就是他的选择。即使到了现在，这也是他想要的。他希望沉沦，沉沦到金钱无法主宰一切的泥沼。但有了孩子这件事打乱了一切。这是老掉牙的窘迫困境了。私人的恶习，公共的道德——从古至今这种情况总是在不断上演。

他抬起头，看到自己正走过一间公共图书馆。他有了一个念头。那个孩子。有了孩子到底意味着什么？罗丝玛丽现在到底怎么样了？对于怀孕他只有非常模糊抽象的概念。图书馆里肯定有一些书籍可以告诉他到底怀孕是怎么一回事。他走了进去。借书部在左边，要借参考书籍的话你得到那里去。

前台的那个女人是大学毕业生，很年轻，脸色苍白，戴着眼镜，态度很不客气。她认定没有人——至少，没有男人——会借参考书，他们只想看色情读物。当你走近她的时候，她那副夹鼻眼镜闪烁着寒光，将你的内心洞察得一清二楚，让你知道你那肮脏的秘密对她来说根本不是什么秘密。所有的参考书籍都有淫秽的图片，或许只有《惠特克年鉴》除外。你甚至可以认为《牛津词典》也是晦淫秽盗的读物，因为你可以查阅像"——"和"——"那些字眼。

戈登一看就知道她是什么样的人，但他顾不上在意。"请问这儿有妇科医学的书吗？"他问道。

"什么？"那个年轻女人追问了一句，她的夹鼻眼镜闪烁着胜利的寒光。又来了！又一个想借淫秽读物的男人！

"嗯，是关于妇产科的书，还有关于临产的书什么的。"

"那种书我们不外借。"那个年轻女人面若寒霜。

"对不起——我真的想查点东西。"

"你是医学院的学生吗？"

"不是。"

"那我想不出你要借妇产科书籍的理由。"

这个该死的女人！戈登心想。换了是别的时候他或许会害怕她，但现在她只让他觉得很烦。

　　"如果你想知道原因，我老婆怀孕了，我们俩对生孩子的事情知道的不多。我想看看能不能找到一些有用的信息。"

　　那个年轻的女人不相信他的话。他的衣着看上去太邋邋遢遢褛了。她觉得不像是个刚刚结婚的人。但是，她的职责是借出书籍，除了对小孩子之外，她很少拒绝过前来借书的人。到最后，在你像干了坏事一样觉得自己实在是一个卑鄙可耻的人之后，你总是能借到想借的书。她面无表情地带着戈登来到图书馆中部的一张小桌子上，给他拿来了两本棕色封皮的厚厚的书。然后她走开了，但无论她走到哪儿都在留意着他。他可以感觉到她的夹鼻眼镜在脖子后面很远的地方盯着他，看他到底在做些什么，到底是在寻找信息还是纯粹翻寻淫秽内容。

　　他打开一本书，外行地搜寻着里面的内容。里面尽是长篇大段的、印得密密麻麻的拉丁文。这些内容根本没用。他想要一些简单的信息——他想看的是图片。怀孕这件事有多久了？六个星期——或许是九个星期。啊，一定就是这个。

　　他翻到一张九个星期的胎儿图片，那张图片令他触目惊心，因为他根本没有想到胎儿会是那样。那是一个畸形的、类似侏儒的东西，像一幅笨拙的人体讽刺漫画，又大又圆的头几乎和身体一般大小，在硕大的头颅中间是一只小如钮扣的耳朵。这东西是以剖面图的形式画成的，没有骨头的胳膊蜷曲着，一只手就像海豹的鳍足那么原始，捂着它的脸——或许是吧。下面是两条麻秆一样的腿，蜷曲了起来，就像一只长着内翻脚趾的猴子。这东西太难看了，很奇怪的是，又看得出是个人。胎儿这么早就成形令他觉得很惊讶。他原本以为会看到更发育不全的事物：仅仅是一个胚胎，就像青蛙卵一样。但这东西一定很小。他看着下方标识的尺寸：长度三十毫米，就像一颗大一些的醋栗。

不过，或许怀孕还没到这个时候。他翻过一两页，找到了一张胎儿六星期大的图片。这张图片就真的太恐怖了——他几乎不敢看下去。我们的开始和结束都这么丑陋，真是奇怪——未出生的胎儿和死尸都那么恶心。这东西看上去似乎已经死了。那个大大的头，似乎重得没办法抬起来，呈垂直角度耷拉在原本应该是脖子的地方。上面没有一张可以称之为脸的东西，只有一道皱纹象征着眼睛——或者说，那其实是嘴巴？这张图片根本不像是个人，更像一只死掉的小狗，又短又粗的胳膊就像狗腿，而那双手就像狗爪子一样。十五点五毫米长——比一颗榛子大不了多少。

他久久地凝视着这两张图片。奇丑无比的外貌令它们更加可信，因此也更加令人心有感触。当罗丝玛丽说起堕胎时，他的孩子对他来说就开始变得真切起来，但那时他还不知道肚子里的孩子长得什么样——那是发生在漆黑中的事情，直至它真的发生了才显得很重要。但这些图片描述了事情发生的过程。这个丑陋的东西，比醋栗大不了多少的东西，是他不小心的行为所缔造的。它的未来，它能否继续存在，都维系在他身上。而且，它是他的一部分——它就是他。有谁能逃避像这样的责任呢？

但另一条路又如何呢？他站起身，将两本书还给了那个乖戾的年轻女人，走了出去，然后，在冲动之下折回图书馆，来到另外一头摆放着期刊的地方。和往常一样，那些脏兮兮的闲人正在读报打盹。这里有一张桌子专门摆放着妇女刊物。他随便拿起一份报纸，带到另一张桌子那里。

那是一张以家政为主题的美国报纸，大部分内容都是广告，只有几则故事带着歉意穿插其间。都是些什么广告啊！他快速地翻过闪着光泽的纸张。女用贴身内衣、珠宝首饰、化妆品、皮草大衣、丝袜图片像给孩子看的西洋镜一样一张张地闪过。一页接一页尽是广告。唇膏、内衣、罐头食物、专利药品、纤体疗方、面霜。这就是金钱世界的截面图，由无知、贪婪、粗俗、势利、色情和疾病构成的全景。

那就是他们想让他再次体验的世界。那就是他有机会**发达的商业世界**。他翻页的速度慢了下来。翻过一页，又翻过一页。"她终于笑了——多么可爱。""速食食品，快如子弹。""你愿意让酸痛的双脚影响你的心情吗？""丽容床垫，让你重回蜜桃初熟时。""只有具备穿透力的面霜才能抵达皮肤下面的脏物。""带血的牙刷让她十分苦恼。""如何让你的胃立即碱化？""粗粮吃出健壮宝宝。""你是百分之八十的庸碌之辈吗？""举世闻名的文化剪贴簿。虽然他只是个推销员，却能引经据典，谈论但丁的作品。"

上帝啊，都是些垃圾！

但这果然是一份美国报纸。美国人无论做什么事情都要来得粗俗一些，无论是冰激凌苏打水、敲诈勒索还是通灵学研究。他走到女性刊物的桌子旁，又拿了一份报纸。这一次是英国报纸。或许一份英国报纸里的广告不会那么糟糕——不至于那么令人讨厌吧？

他打开报纸，翻过一页，又翻过一页。英国人绝不会成为奴隶！

又翻过一页，"恢复窈窕的腰肢曲线！""她**说**'多谢你的顺风车'，但她在**想**，'为什么一直没有人告诉他呢？真是可怜。'""三十二岁的女人如何从二十岁的女孩那里夺回情郎？""肾虚验方，立刻见效。""如丝般柔顺的厕纸。""她在忍受哮喘的折磨！""你为你的内衣裤觉得羞愧吗？""孩子们吵着要吃早餐麦片。""现在我的肌肤就像校园里的女生一样。""远足一天，你只要吃一块维塔莫牌巧克力！"

和这些东西纠缠在一起！回到那个世界，成为那个世界的一部分——成为其固有的一部分！天哪，天哪，天哪！

他走了出去。他已经知道自己会怎么做。他已经下定了决心——其实很久以前他就已经打定了主意。当这个问题被提起的时候其实他已经想好了答案。他的犹豫其实只是在装模作样。他觉得仿佛有一股外力在推动着他。旁边就有一个电话亭。罗丝玛丽的寓所装了电话——现在她应该在家。他走进电话亭，往口袋里摸了摸。是的，正好两便士。他把硬币投进投币口，拨了转盘。

一个带着鼻音的女声接了电话，"请问你是哪位？"

他按下应答按钮，踏出了最后一步。

"请问沃特洛小姐在吗？"

"请问你是哪位？"

"就说是康斯托克先生找她。她知道是谁。她在家吗？"

"我看看，请别挂电话。"

过了一会儿。

"喂！是你吗，戈登？"

"喂！喂！是你吗，罗丝玛丽？我有话想和你说。我想过了——做好决定了。"

"噢！"然后沉默下来，好不容易她才鼓起声音问道，"那，你决定怎么样？"

"我想好了。我会接受那份工作——如果他们愿意聘用我的话，就是这样。"

"噢，戈登，我太高兴了！你不生我的气吗？你不会觉得是我逼着你作出这个决定吧？"

"不是的，没事的。这是我唯一能做的事。我都想好了。我明天就去办公室见他们。"

"我太高兴了！"

"当然，我只是假设他们愿意聘用我。但我猜他们会的，毕竟老鄂斯金许下过承诺。"

"我想他们会聘用你的。但是，戈登，有件事想告诉你。你得穿得体面一些再去见他们，好吗？效果会很不一样的。"

"我知道。我得把最好的西装从当铺里赎出来。拉沃斯顿会借钱给我的。"

"别去烦拉沃斯顿了。我借你钱。我攒了四英镑，趁邮局还没关门我这就出去给你汇钱。我想你还得买双新鞋子和一条新领带。还有，噢，戈登！"

"怎么了？"

"你去办公室的时候戴顶帽子，好吗？戴顶帽子看上去好看多了。"

"帽子！上帝啊！我已经两年没戴过帽子了。真的得戴吗？"

"嗯——看上去更像样一些，不是吗？"

"哦，那好吧。如果你觉得合适的话，就算戴一顶圆顶礼帽都行。"

"我想戴一顶软帽就够了。但你能去理个发吗？答应我，好吗？"

"好的，你别担心。我会像个能干的青年商业才俊那样，好好打扮一番什么的。"

"太谢谢你了，亲爱的戈登。我得出去汇钱了。晚安，祝你好运。"

"晚安。"

他走出电话亭。就这样了。他的人生计划已经泡汤了，就是这样。

他快步走开。他干了什么？他觍着脸向罗丝玛丽要了钱！打破了他的一切誓言！他长期孤独的抗争可耻地以失败告终。"割去你的包皮。"主如是说。他悔过自新，重新成为了信徒。他走得似乎比平时快了一些。他的心里有一种奇怪的感觉，非常真切的感觉，在他的心中，在他的肢体中，弥漫到他的全身。那是什么感觉？羞愧？悲哀？还是绝望？气恼自己又被金钱所控制？想到死寂的未来而觉得无聊空虚？他体味着那种感觉，直面着它，思考着它。那是放松的感觉。

是的，这就是事情的真相。做出这个决定后他只觉得松了口气，庆幸自己终于摆脱了肮脏、冰冷、饥饿和孤单的生活，回到体面的像个人样的生活。现在他已经打破了自己的决心，那似乎只不过是一个沉重的枷锁，终于被他摆脱了。而且，他知道他只是在履行自己的宿命。在他的内心深处他一直知道会发生这件事。他想起了在新阿尔比恩公司他辞职的那天，想起了鄂斯金先生那张和蔼的肉嘟嘟的红脸，温和地劝说他不要为了虚无缥缈的事情而放弃一份"好差事"。那时候，他不是信誓旦旦地说他将彻底和"好差事"决裂吗！但那时候已经注定了他会回去，而且那时候他就已经知道会是这样了。他不是为了罗丝玛丽和孩子才这么做的。那只是表面上的理由，突如其来的理由，但就算没有这件事，结果也会一样。就算不是为了孩子，也会有别的什么事迫使他作出这个决定。因为，那是隐藏在他内心深处的渴望。

说到底，他仍活力充沛，而他自讨苦吃的那种穷苦生涯残忍无情地让他远离了生活的主流。他回顾这两年来可怕的生活。他抨击金钱，背叛金钱，想在金钱的世界之外过着隐士般的生活。而这不仅让他过着悲惨的生活，而且极度空虚，那种虚无的感觉如影随形。摒弃金钱就意味着摒弃生活。不要行义过分，何必自取败亡呢？[①]现在他回到了金钱的世界，或者说，很快就会回去了。明天他会去新阿尔比恩公司，穿着他最好的西装和风衣（他一定要记得，除了赎出西装之外，还得赎出他的风衣），戴上庄重的洪堡帽，剃干净胡须，把头发剪短。他将是一个新人。今天这个潦倒的诗人明天将摇身一变成为整洁的青年商业才俊。他们会接受他回去上班，他有才华，而他们需要他的才华。他会打足十二分精神工作，出卖他的灵魂，争取到这份工作。

以后怎么办？或许这两年的生活并没有在他身上留下太多的痕迹。这段时间只是一段空白，是他的职业生涯里一个小小的挫折。现在他已经踏出了第一步，很快他就会变得像商人一样愤世嫉俗、心胸狭隘。他将忘记自己原本深恶痛绝的事情，不再与金钱的统治为敌 —— 他甚至不会再察觉到金钱的统治——看到宝维消化液和早餐麦片的广告也不会觉得羞耻。他会将自己的灵魂彻底出卖，忘记自己曾是一个有过灵魂的人。他会结婚，安定下来，发家致富，推着婴儿车，买一栋小别墅

---

① 此句出自《圣经·旧约·传道书》。

和收音机，种一盆叶兰。他会成为一个遵纪守法的小市民，和其他遵纪守法的小市民一样——成为公车地铁上拉着吊环站着的上班族大军中的一员。或许，这样的结局比较好。

他放慢了脚步。他三十岁了，头发开始花白，但他有种奇怪的感觉，似乎他才刚刚长大。他觉得自己只是在重复着每个人的宿命。每个人都会反对拜金主义，而迟早每个人都会投降。只不过，他的反抗比大部分人要来得久一些，仅此而已。而他以一败涂地而告终！他怀疑是不是每一个住在凄凉小屋里的隐士都在悄悄渴望着回到凡人的世界。或许会有一些人不这么渴望。有人曾经说过，在当今这个世界，只有圣人和小人才能够生存。他，戈登，并不是什么圣人，那他就应该和别人一样当个真小人。这就是他心里面暗自在期盼的事情。现在他坦承了自己内心的渴望，而且向其屈服，他觉得心里很宁静。

他正朝家的方向走去。他看着一路上经过的那些房子。这条街他不认识。房子稍有点显老，看上去不咋地，而且采光不好，大部分套房和单间都是拿来出租的。楼房围着栅栏，砖头被烟熏得发黑，台阶涂成了白色，挂着脏兮兮的蕾丝窗帘。一半的窗户上挂着"公寓出租"的字样，几乎每扇窗户都摆放着叶兰。这是一条典型的下层中产阶级街道。但是，他不愿意看到炸弹将这条街道炸毁。

他猜想住在这些房子里的都是些什么人。比方说，他们会是小职员、店员、旅行推销员、保险经纪、电车司机。他们知道自己只是一具具傀儡，被金钱所主宰吗？他们大概不知道吧。就算他们知道，又会在乎些什么呢？他们忙着出生，忙着结婚，忙着生孩子，忙着工作，忙着死去。如果你能应付得当，让自己成为他们的一员，或许这并不是什么坏事。我们的文明建立在贪婪和恐惧之上，但在普通人的生活中，贪婪和恐惧被神秘地改变成为更加高贵的品质。房子里的那些下层中产阶级人士躲在蕾丝窗帘后面，家里养着孩子，添了家具，种了叶兰——他们当然都是拜金主义者，但他们竭力维持着体面。他们并不觉得拜金主义就意味着全然自私贪婪，愤世嫉俗。他们有自己的价值观和不容僭越的荣誉底线。他们"竭力维持着体面"——让叶兰继续飘扬。而且，他们是活生生的人。他们在生活的束缚下过着小日子。他们养育小孩，而这是那些圣人和灵魂救赎者从来没有机会去做的事情。

他突然觉得，叶兰就是生命之树。

他觉得里衣口袋里沉甸甸的。那是《伦敦之乐》的手稿。他拿出手稿，就着路灯看着里面的内容。那是一大叠稿纸，带着污渍破破烂烂的，而且边边角角特别脏，一看就知道在口袋里放了很久。里面总共有四百行诗。被放逐的这两年来唯一的成果，一个永远无法出世的胚胎。他已经没戏了。写诗！在1935 年写诗！

那这些手稿他该怎么办？最好的办法就是拿到厕所冲掉算了。但他还有很远的路才到家，身上又没有上公厕所需的一便士。他在一条阴沟的铁栅栏旁边停了下来。最近那座房子的窗台上摆着一盆带着条纹的叶兰，在两道黄色的蕾丝窗帘之间窥视着他。

他展开一页《伦敦之乐》的稿纸。在难以辨认的信笔涂鸦中有一句诗引起了他的注意。他的心里觉得有点遗憾。毕竟，有几句诗还是写得不错的！要是能写完就好了！他花费了这么多精力，就这么扔掉，似乎有点可惜。要不还是把它保存下来吧？留在身边，悄悄利用闲暇时间写完吧？即使到了现在，或许它还是能成为一部作品。

不，不行！坚守住你的誓言。要么投降，要么顽抗。

他把稿纸对折起来，塞在栅栏的铁条之间。扑通一声，稿纸掉进了下面的水里。

噢，叶兰，你赢了！

第十二章

在婚姻注册所外面拉沃斯顿想说再见，但他们俩不肯让他离开，坚持要邀请他和他们共进午餐。不过，不是去莫迪利亚尼餐厅。他们去了索霍区一间小餐馆，在那里你只花半个克朗就可以美美地吃一顿有四道菜的午餐。他们吃了蒜味香肠配牛油、煎比目鱼、牛排加薯条和一道很稀的焦糖布丁，还点了一瓶梅多克上等红酒，这瓶酒三先令六便士。

只有拉沃斯顿参加了婚礼。另外一位见证人是个可怜温顺的人，牙齿都掉光了。他是职业婚姻见证人，是他们在注册所外面找来的，给了他半个克朗。朱莉亚没办法请假离开茶馆，戈登和罗丝玛丽提前很久就向公司请假，那天才有理由离开公司。除了拉沃斯顿和朱莉亚，没有人知道他们今天结婚。罗丝玛丽准备在创作部再继续工作一两个月。她希望婚礼能够保密，直到结婚仪式结束，主要是因为她那些不计其数的兄弟姐妹没有一个买得起结婚礼物。如果是由戈登拿主意，他希望能以更传统的方式举行婚礼，他甚至想去教堂结婚。但罗丝玛丽拒绝了这个想法。

现在戈登回去上班两个月了。周薪是四英镑十先令。罗丝玛丽休假后靠他的工资生活会很吃紧，但明年有希望涨工资。当然，孩子出生的时候他们得向罗丝玛丽的父母借点钱。克鲁先生一年前离开了新阿尔比恩公司，他的位置由一个叫华纳先生的加拿大人所取代，他曾在纽约一家公关公司工作了五年。

华纳先生是个生龙活虎的人，但为人还算不错。目前他和戈登接了一单大业务。示巴女王卫浴精品公司准备为他们的除臭剂"四月露"在全国进行一场大型宣传活动。他们认为狐臭和口臭已经被宣传得差不多了，搜肠刮肚地想了很久，琢磨新的点子恐吓公众。果不其然，他们想出了一个绝妙的构思：臭脚丫怎么样？这个领域还从来没有被发掘，拥有巨大的发挥空间。示巴女王公司向新阿尔比恩公司阐述了这一构思。他们想要一条朗朗上口的宣传标语：能让人听了就会彻夜难眠——让公众一听就能勾起他们的欲望，像中了毒箭一般。华纳先生冥思苦想了三天，想出了这么一条过耳不忘的短语："足气"（应该是"脚气"）。这真是灵光一闪的好句子，如此简洁而引人注意。当你了解它们所代表的含义，看到"足气"你就会心生内疚。戈登在《牛津词典》里查找"足气"这个单词，发现根本没有这一条目。但华纳先生说了，管他呢！这又有什么要紧的？反正效果一样是让公众恐慌不安。当然，示巴女王公司对这个创意欣然接受。

他们往此次宣传活动投了血本，不列颠群岛的每一面围墙上都张贴着巨幅海报，将"足气"这两个字牢牢地钉在公众的心中。所有的海报都是一样的，上面没有任何多余的修饰，只是简洁而恶狠狠地追问着：

"足气。你呢？"

就是这样——没有图片、没有解释。根本不需要解释"足气"代表了什么意思。现在在每个英国人都知道它的含义。华纳先生让戈登帮他一起为报纸和杂志设计小广告。华纳先生负责提供大胆而笼统的构思，勾勒出广告的基本框架，决定采用什么图片；而大部分具体的文案工作由戈登执笔——撰写悲惨的小故事，每个故事都是一百字以内的现实主义小说，内容都是说什么三十岁绝望的老处女、无缘无故就被女朋友抛弃的寂寞单身汉、操劳过度却每星期换不起一双丝袜的家庭主妇，眼睁睁地看着她们的丈夫和别的女人出轨。他很胜任这份工作，而且干得比这辈子以往任何工作都好。华纳先生对他赞誉有加。戈登的文笔确实没得说，他用字洗练，这是经过多年的不懈笔耕才学会的。或许，他长年累月想成为"作家"的努力终究没有白费。

他们在餐厅外面和拉沃斯顿道别。出租车载着他们离开。从婚姻注册所过来时拉沃斯顿执意要付出租车钱，所以他们有钱再搭一程出租车。酒暖和了身体，两人懒洋洋地靠在一起，五月的阳光透过布满灰尘的出租车车窗。罗丝玛丽的头靠在戈登的肩膀上，两人的手十指紧扣搁在她的膝盖上。他把玩着罗丝玛丽的无名指上那个非常纤细的结婚戒指。是镏金的，价值五先令六便士，不过看上去很漂亮。

"明天我去创作部之前一定得记得摘下来。"罗丝玛丽若有所思地说道。

"我们真的结婚了！直至死亡把我们分开。我们结婚了，真好。"

"太令人激动了，不是吗？"

"我希望我们能够安顿下来。有自己的房子，买一辆婴儿车，种一盆叶兰。"

他抬起她的脸亲吻她。今天是他第一次看到她化了妆，化得不是很有水平。在春天的阳光下，两人的脸都不是很好看。罗丝玛丽的脸上起了细纹，而戈登的脸上皱纹则很深。罗丝玛丽看上去大约二十八岁，戈登看上去至少得有三十五岁。昨天罗丝玛丽把头顶的三根白发给拔掉了。

"你爱我吗？"他问道。

"钟爱你，傻样。"

"我知道你爱我。真是奇怪，我三十岁了，而且面容沧桑。"

"我不在乎。"

两人开始亲吻，然后匆匆分开，因为他们看到两个骨瘦如柴的上层中产阶级妇女乘着一辆汽车和出租车并驾而驱，好奇地打量着他们。

位于艾奇威路的那间公寓不算太差。这一区很萧条，而这条路就像贫民区一样，但位于伦敦中部，交通方便，而且因为是条死胡同，所以很安静。从后窗望出去（公寓在最顶楼）你可以望到帕丁顿车站的屋顶。一星期的租金是二十一先令六便士，不带家具。里面有一张床、一张写字桌、小厨房、浴缸（带有烧水锅炉）和厕所。他们已经添置了家具，大部分是以分期付款的形式购买的。拉沃斯顿送给他们一套餐具作为结婚礼物——真是考虑周到。朱莉亚送给他们一张很难看的临时桌子，外面虚饰着桃木片，边缘是扇形的。戈登一再叮嘱过她不要给他们送东西。可怜的朱莉亚！和往年一样，圣诞节已经让她几乎身无分文，而安吉拉姑姑的生日就在三月。但在朱莉亚看来，没有给婚礼送礼就像犯罪一样。天知道她是怎么省吃俭用才凑出这三十先令，买下这张临时桌子的。他们还没有买齐亚麻桌布和刀叉什么的，这些东西得等他们手头有了几先令的闲钱才能一点儿一点儿凑齐。

他们怀着兴奋走完最后一段楼梯，来到自己的房间。这里已经可以入住了。他们花了几个星期的晚上将东西搬进来。对他们来说，有属于两人自己的小天地似乎是一次骇人的历险。两人以前从未拥有过自己的家具，从童年开始他们住的就是租来的房子。一走进屋里他们就小心翼翼地参观里面的摆设，审视着、欣赏着每件家具，似乎他们不知道这些东西已经在那儿了。看到每一样家具他们都会兴奋雀跃。那张铺着干净的床单和粉红色鸭绒被的双人床！放在五斗柜里的亚麻布和毛巾！那张活动脚的桌子、四张硬座椅子、两张扶手椅、沙发椅、书架、红色的印度地毯和他们在卡尔多尼安集市淘便宜货时买到的铜煤斗！这些都是他们自己的，每一样东西都是他们自己的——至少只要他们能按月分期还款就是他们的了！他们走进小厨房。东西都布置妥当了，可谓万事俱全。煤气炉、放肉的纱橱、顶部镶着搪瓷的桌子、碗碟架、炖锅、水壶、水槽过滤筐、抹布、擦碟子的布——还有一瓶洗洁精、一包肥皂片和一磅盛在果酱罐子里的洗涤碱。一切都已准备就绪，可以过日子了，现在就可以做一顿饭。他们手拉着手站在搪瓷顶的桌子旁边，欣赏着帕丁顿车站的风景。

"噢，戈登，真是太美好了！能有我们自己住的地方，没有女房东打扰我们！"

"我觉得最美好的事情就是想到我们一起共进早餐。你坐在桌子的对面，正在倒咖啡。真是太奇怪了！我们认识这么多年了，还从来没一起吃过早饭呢。"

"那我们现在就做点东西吃吧。我好想用这些炖锅。"

她泡了一杯咖啡，搁在从塞尔福里奇百货公司减价地下商场买来的红漆碟子上，端到前厅。戈登走到窗前的那张临时桌子旁边。下面萧瑟的街道沐浴在稀薄的阳光中，就像是透着黄色玻璃光泽的海洋将其淹没在数英寻深的洋底。他把咖啡杯搁在临时桌子上。

"我们就把叶兰摆在这儿吧。"他说道。

"摆什么？"

"叶兰。"

她笑了。他知道她以为他是在开玩笑，于是补充道："我们必须记得一会儿出去，在花店关门之前订一盆叶兰。"

"戈登！你不是说真的吧？你不是真的想买一盆叶兰吧？"

"是的，我真的想买。我们可不能让自家的叶兰布满灰尘。他们说用旧牙刷清洁叶兰最好不过了。"

她走到他身边，掐了一把他的胳膊。

"你不是来真的，是吧？"

"不可以吗？"

"种一盆叶兰！想象一下，把一盆那样可怕又烦人的东西摆在这里！再说了，我们可以把它放在哪儿？我可不想把它摆在这个房间里，摆在卧室里的话更糟。谁会把叶兰摆在卧室里！"

"我们不会把叶兰摆在卧室里。这个地方就是用来摆放叶兰的。摆在前窗，对面的人可以看见。"

"戈登，你在开玩笑吧——你一定是在开玩笑！"

"不，我没有。告诉你吧，我们一定得种一盆叶兰。"

"为什么？"

"那是应该有的东西。一个人结了婚买的第一件东西就是叶兰。事实上，它是结婚仪式的一部分。"

"别开玩笑了！在这里摆一盆那样的东西我可受不了。如果你非要种东西，那就去买一盆天竺葵吧，但种叶兰可不行。"

"天竺葵有什么好。我们要种的就是叶兰。"

"我们不会种叶兰的，就这么说定了。"

"我们会种叶兰。你不是刚刚答应过我要听我的话吗？"

"不，我可没有。我们又不是在教堂里结的婚。"

"噢，别这样，结婚仪式就有这样的含义。'相爱、相敬和相从'就是这样。"

"不，不是这样。不管怎样我们绝不会种叶兰的。"

"我们会种的。"

"我们不种，戈登！"

"就种。"

"不种！"

"就种！"

"不种！"

她不能理解他。她觉得他只是在无理取闹。两人都火了，和以往一样，激烈地吵了起来。那是他们结为夫妻之后第一次吵架。半小时后，两人准备去花店订一盆叶兰。

但刚走到第一段楼梯的中部，罗丝玛丽突然停下了脚步，紧紧抓着扶栏，嘴唇张开着，神情看上去很奇怪，一只手捂着腹部。

"噢，戈登！"

"怎么了？"

"我感觉它在动！"

"什么在动？"

"孩子在动。我感觉它在里面动了。"

"真的吗？"

一股奇怪而几乎近似于可怕的感觉，一股带着暖意的惊厥，在他的心中激荡。有那么一会儿，他仿佛觉得自己以性爱的形式和她结合在一起，却是以从前无法想象的方式结合为一体的。他站在她下方一两级楼梯那里，跪在地上，耳朵贴着她的小腹倾听着。

最后他说道："我什么也听不见。"

"当然听不见，傻样！还得等几个月呢。"

"但以后就可以听见它在动，是吗？"

"我想是吧。七个月的时候你就可以听见了。四个月的时候我可以感觉得到它在动，我想是这样子的。"

"它真的动了吗？你肯定吗？你真的感觉它动了吗？"

"噢，是的。它动了。"

他久久地跪在那儿，头贴着她柔软的小腹。她双手合在他的脑后，将他的头拉得更近一些。他什么也听不见，只听到自己耳朵里血液脉动的声音。但她不会弄错的。在那安全、温暖、有着层层保护的漆黑中，活生生的胎儿正在动弹。

啊，康斯托克家族总算有点动静了。

作品题解

背景信息：

《让叶兰继续飘扬》成书于 1934 年至 1935 年，是一部社会批判作品，讲述了青年诗人戈登·康斯托克在三十年代的伦敦幻想抵御金钱崇拜，坚持文学理想，却屡屡在现实中碰壁，最后无奈向现实妥协的故事。当时奥威尔居住在伦敦附近的汉普斯泰德，以他自己的生活经历为蓝本创作而成。1928 年初，奥威尔为了解下层社会的生活，乔装打扮开始自己的流浪经历。在此期间，奥威尔曾在理查德·里斯男爵资助出版的左翼文学刊物《艾德菲月刊》发表过数篇文章。理查德·里斯男爵是一位有钱的富有理想的青年，在他自传中写道："一直以来，我每年的花费都在一千英镑以上，有时候花的钱要比这多得多——在战前这就是有钱人的生活。和我相比，我的许多社会主义友人都是穷人。"《让叶兰继续飘扬》中帮助扶持戈登的拉沃斯顿这个角色就是以他作为原型。1932 年，奥威尔在伦敦西部的一间规模很小的学校担任教师，时而到附近的伯恩汉山毛榉林散心，那里的景色也被他写入了《让叶兰继续飘扬》一书中。1934 年 10 月，奥威尔开始在汉普斯泰德的一间二手书店"爱书人之角"做兼职店员，期间他结识了在一间广告公司上班的女孩莎丽和另一个当文秘的女孩凯伊，并将这段经历转嫁在《让叶兰继续飘扬》的主人公戈登和女主人公罗丝玛丽身上。

1935 年 2 月，奥威尔搬到国会山的一间公寓，在房东太太的介绍下结识了后来成为他的妻子的艾琳·奥莎妮丝。八月份时，奥威尔搬到肯提斯镇，继续创作《让叶兰继续飘扬》。1936 年 1 月 15 日，奥威尔向维克多·戈兰兹提交了手稿，几天后，受戈兰兹的委托，赴英国北方为撰写《通往威根码头之路》收集素材。同年四月，戈兰兹的出版社出版了《让叶兰继续飘扬》。

书中写到的叶兰是一种生命力顽强的植物，能在低日照和点煤油灯的室内存活（其它植物会发黄或枯萎），因此在维多利亚时代普遍受到欢迎，成为中产阶级的家居象征。戈登对它从轻蔑和仇视，到最终无奈地接受，反映了他在价值观上的改变和资本主义社会对他的个人世界的侵蚀。

作品评价：

与《牧师的女儿》一样，奥威尔对《让叶兰继续飘扬》并不满意，不允许它在其生前重版。1946 年在写给友人乔治·伍德科克的信函中，乔治·奥威尔认为自己写了两三本羞于提及的书，并说"写这本书纯粹只是为了练笔，本不应将其出版，但当其时囊中羞涩，只得鬻稿为谋"。

但《让叶兰继续飘扬》在出版后得到多位作家的高度赞扬。西里尔·康纳利在《每日电讯报》和《新政治家》中认为它是"一部坦诚朴实的描写苦难的令人痛心疾首的作品"；《论坛报》的文学编辑托斯克·菲沃尔认为"奥威尔通过康斯托克表达了对伦敦的城市生活和大众广告的强烈不满……这本书揭示了《一九八四》的诞生"。美国评论家莱昂内尔·特里尔林认为这本书是"迄今为止对商业文明的最深刻全面的批判"。

1997 年，在英国艺术委员会资助下，改编自《让叶兰继续飘扬》的同名电影上映（在北美与新西兰，片名改为《一场快乐的战争》），导演是罗伯特·毕尔曼。

情节梗概：

戈登·康斯托克出身于中产下层家庭，康斯托克爷爷辛劳半生，薄有家产，奈何子女众多，而且没有一个成器，都只能勉强维持家计，坐吃山空。戈登是家里唯一的男丁，姐姐朱莉亚在小茶馆当服务员，薪水微薄却还要经常周济不会过日子的弟弟。童年时戈登在公立学校被有钱的同学耻笑，因此立誓终生不会屈服于金钱崇拜，坚持追求当诗人的梦想。但迫于家庭压力，戈登的第一份工作是在一间矿业公司担任会计，母亲去世后他辞职追求理想，但很快就因生活无以为继而偃旗息鼓，进入一间广告公司担任会计，后因在杂志上刊登了诗作，被知人善任的经理提拔为文案，撰写他极度厌恶的广告标语及商品软文。出版了诗集《耗子》之后，戈登拜托朋友拉沃斯顿找到了一份在书店担任店员的工作，正式与金钱决裂，但捉襟见肘的生活无法让他和女友罗丝玛丽体面地约会，更无法和她上床（两人都住在寄宿旅馆，不能留宿外人），因此总是心怀怨恨，言行乖张。因为家庭聚会时间上的误会，他与愿意提携他的书评家多尔林决裂，和拉沃斯顿出去聚会时总是令后者难堪。有一次罗丝玛丽邀戈登到郊野散心，并默许他在那里和她做爱。他向姐姐朱莉亚借了五先令，两人一同出发。早上的时候两人玩得很开心，但到了中午，两人误入一间装修堂皇的度假村酒店，戈登付了账单后身上只剩八便士，这使他意兴索然，虽然罗丝玛丽没有拒绝他，但他并没有像一开始设想的那样"上了她"。其后，一份美国文学刊物刊登了戈登的诗作，并寄给他十英镑的稿费。有了这笔钱，戈登充起了阔头，宴请拉沃斯顿和罗丝玛丽共进一顿豪华的晚餐，当晚挥霍无度，酗酒不休，惹恼罗丝玛丽之后，他竟邀请拉沃斯顿一起去召妓，最后因醉酒闹事被警察逮捕。拉沃斯顿保释出戈登，但戈登的案件被登上报纸，让他丢掉了工作，只能投靠拉沃斯顿，并在前雇主的帮助下，找到了一份报酬更加微薄的工作。罗丝玛丽原谅了戈登，但受此打击，戈登意气消沉，并对自己作为诗人的前途感到彻底绝望。罗丝玛丽告知戈登那间公关公司愿意重新聘用他，但戈登执意将自己与金钱崇拜的战争进行到底，宁可在贫民窟一直消沉堕落，连拉沃斯顿和姐姐的劝告也无法说服他，甚至在冬天的一夜，罗丝玛丽的以身相许也无法慰藉他的心灵。几个月后，罗丝玛丽告诉他自己已经怀孕，戈登在堕胎或结婚之间作出艰难选择，放弃了自己作为诗人的理想，重回公关公司担任文案，搬进了新家，和他一起搬进去的，还有一盆他曾视若寇仇的叶兰。

译者评论：

《让叶兰继续飘扬》无情地揭露了金钱崇拜对文学青年戈登在生活上的压迫与心灵上的侵蚀。奥威尔细腻地刻画了种种细节和看似别扭其实又合乎当事人性格的心理纠结：泡茶变成了鬼鬼祟祟的行动、为了顾及面子不愿用三便士的硬币（三便士硬币被当作包在圣诞布丁里的吉祥物，平时买卖很少用到）、到别人家里做客要有一支烟充门面、和朋友去喝酒第一杯必须由他请客等。三十年代的英国步入战后繁荣的最后狂欢：商业广告极其恶俗，以编织谎言为能事的广告公司如雨后春笋般出现，对年轻人的期许是"能来事"和找到一份"好差事"，堕胎这件原本是禁忌的事情正成为被人们所认可接受的事情。

戈登是一个小有才华的诗人，在诗歌的意象和韵律中找到自己的快乐，但他并没有淡泊名利的超脱心态。他的文学梦在很大程度上是受到童年贫寒的生活和同伴的耻笑的刺激而形成的，"在地狱里称王总比上天堂当奴仆强，就算在地狱里当奴仆也比在天堂当奴仆强"。以写作为职业是他人生的最后寄托，但这个理想在几经挫折之后异化成为商业广告文案，虽然让他觉得厌恶（"公关就是欺诈，广告就是泔水桶里搅动一根棍子发出的声音"），但总算让他的文学才华在金钱的世界里获得一席之地——无法想象戈登能像前室友弗拉斯曼那样鼓动如簧之舌靠推销为生或从事其它行当（他曾干过体力活儿，但手无缚鸡之力的书生体格让他很快就放弃了）。奥威尔还轻度地讽刺了英国知识分子对"社会主义"的虚伪崇拜。年轻而富有的拉沃斯顿声称自己是"社会主义者"，创办了宣扬社会主义的刊物，但他无法摆脱与生俱来的气质和举止，他最亲密的女友是传统的贵族小姐，他劝说戈登摆脱困境的方法还是"去找份像样的工作"。对英国这种半吊子的社会主义的批评在奥威尔随后的作品《通往威根码头之路》得到了酣畅淋漓的诠释。《让叶兰继续飘扬》虽然是奥威尔稍早期的作品，但本书的一些描写在奥威尔最重要的作品《一九八四》得到了延续。或许可以这么认为，康斯托克与《一九八四》里的主人公温斯顿是同一个人物在文学世界的平行宇宙中的投影：

	康斯托克	温斯顿
人物性格	社会环境(资本主义)的另类	社会环境(极权主义)的另类
生活经历	独居,受女房东监视	独居,受电幕监视
恋爱体验	与罗丝玛丽在野外结合(未能成功)	与朱莉娅在野外结合(成功)
假想敌	科纳·忒布尔头像的海报	老大哥头像的海报
衬托人物	带有贵族气质的成功人士拉沃斯顿	带有贵族气质的成功人士奥布莱恩
下场	向资本主义屈服,放弃了写作的理想	向极权主义屈服,放弃了革命的理想

可以说,《让叶兰继续飘扬》在某种程度上是奥威尔前半生的写照,是他内心是否继续坚持文学理想和内心价值观的挣扎期的描述。奥威尔成文于 1946 年的《我为何写作》在回顾十年前自己在创作立场与思路上的改变时写道:"1936 年至 1937 年间的西班牙内战和其它事件改变了情况,让我明白了自己的立场。在我看来,自 1936 年后,我所进行的严肃创作的每一行话,都是在直接或间接地反对极权主义体制,并为民主的社会主义体制鼓与呼。我觉得,在我们这个时代,如果有人认为创作可以回避这个话题,那他们就想错了。每个人都在以这样或那样的形式阐述这些问题,差别只在于站在什么立场,以怎样的态度去阐述。一个人对自己的政治偏见越有清醒的认识,他就越能在政治上有一番作为,而无须牺牲他的审美情趣和思想气节……"虽然书中的戈登选择了放弃,但在现实中,对英国北方矿区的考察和奔赴西班牙内战的决定改变了奥威尔的命运,引导他走上批判极权主义的道路,但前半生的经历仍在他后半生的作品中留下了无可磨灭的烙印。

图书在版编目(CIP)数据

让叶兰继续飘扬/(英)奥威尔(George Orwell)著;
陈超译.—上海：上海译文出版社,2017.10
(奥威尔作品全集)
书名原文：Keep the Aspidistra Flying
ISBN 978-7-5327-7554-5

Ⅰ.①让… Ⅱ.①奥… ②陈… Ⅲ.①长篇小说—英
国—现代 Ⅳ.①I561.45

中国版本图书馆 CIP 数据核字(2017)第 153370 号

George Orwell
Keep the Aspidistra Flying

让叶兰继续飘扬

〔英〕乔治·奥威尔 著 陈 超 译
策划/冯 涛 责任编辑/宋 金 装帧设计/胡 枫

上海世纪出版股份有限公司
译文出版社出版
网址：www.yiwen.com.cn
上海世纪出版股份有限公司发行中心发行
200001 上海福建中路 193 号 www.ewen.co
江阴金马印刷有限公司印刷

开本 850×1168 1/32 印张 9 插页 6 字数 167,000
2017 年 10 月第 1 版 2017 年 10 月第 1 次印刷
印数：0,001—5,000 册

ISBN 978-7-5327-7554-5/I·4618
定价：46.00 元